ゼンカン
警視庁捜査一課・第一特殊班

安 東 能 明

ゼンカン

警視庁捜査一課・第一特殊班

目次

第1話　着任

1

三月一日土曜日

屋上部分を青い大庇《おおびさし》が取り巻いた六階建てのマンションが東向きに建っている。築年数が経ち、傷みが進んでいて、コンクリート壁の数か所にクラックが見える。エアコンの室外機が並んだベランダの鉄柵やアルミサッシも年代物だった。背後には、その倍ほどもある大きなマンションがのしかかるように建っている。

ここは京王線調布駅北側にある布田《ふだ》の住宅街。東西に細長い東京都の中央部に位置しているが、新宿から特急で十五分足らず。多摩地区の、自然環境にも恵まれた土地柄だ。

いま、マンション前面の道路に鉢植えの破片と土が飛び散っていた。

待機場所になっている電話会社の駐車場には、すでに捜査指揮車（L1）が到着しており、特殊班の捜査員たちも半数の十名ほどが先着していた。

新たに到着した管理官も加わり、捜査員全員で調布署刑事課長の宇部を取り囲んだ。

「立てこもっているのは五階の角部屋です」刑事課長がマンションを指さす。「510号室、長沢利行《ながさわとしゆき》の住戸に当たります」

　510号室の窓は、カーテンが引かれて中は見えない。

　マンション名はルグラン調布。この天気なら、ベランダに洗濯物があってもおかしくないが、三階の一室に布団が干されているだけで、マンション全体は無人のようにひっそりとしている。

「立てこもっている野郎は、いつ入った？」江間史明《えまふみあき》管理官が訊いた。

「まだ確認できていません」刑事課長が答える。

「長沢の家族は？」

「ひとり世帯のようですね。通報者は隣室の三浦敦子《みうらあつこ》。九時ごろ、510号室のベランダで揉み合うような声が聞こえて、道路を見下ろしたところ、鉢植えが落ちているのを見つけて通報に及んだようです」

　ほかにも110番が入電しているが、ほとんどマンションの住人のようだ。

「通報者はホシを見た？」

「三浦敦子は見ておりません。うちの署員が510号室の覗き穴から、リバーススコープを使って中を覗いたところ、長沢以外に四十前後の髪の長い男が部屋の中をうろついているのを現認しています」

「知り合いが来て、ケンカでもしている可能性は？」

「それもいまのところ不明です」

二列目にいた福地《ふくち》管理官が刑事課長に突き刺すような視線を送る。

「長沢宅に電話は入れたのか？」

刑事課長はその顔を見て怖《お》じ気づいたように、

「はっ、何度か固定電話と携帯に電話を入れました。応答はありません」

「警戒要員は張りつけてあるな？」

「510号室前に二名、マンション各階に一名ずつ配置いたしました。周辺道路の封鎖も完了しております。いかがいたしましょうか？」

刑事課長の問いかけに、全員の目が担当する江間に集中した。

つるんとした五十三歳の卵顔は、高血圧気味で昨日より赤みが増している。誘拐や立てこもり事案を専門にする捜査一課第一特殊犯捜査（SIT）の管理官だ。階級は警視。捜査一課では、課長と理事官・特殊犯罪対策官に次ぐナンバー3の複数ポスト。十名いる管理官のうちのひとりだ。

通常、管理官は複数の係を統括しているため、同時進行で数か所の事件を受け持つ。

いったん重大事案が発生した場合はただちに現場へ臨場し、陣頭指揮をとる。捜査の要だ。

江間は、「三浦宅にはお邪魔したの？」とだけ洩らした。

「玄関先で立ち話程度です。ほかは電話で」

「マル害（被害者）の長沢の様子はどうなの？」

「つかめておりません。何かありましたら、三浦宅から通報が入るはずですが」

心もとない、と日吉《ひよし》は思った。一分でも早く特殊班の配置を完了しなければならない。

駐車場に捜査一課の幹部たちが乗る専用車が続々と到着している。

捜査一課長より、全管《ゼンカン》集結が発出されているのだ。

誘拐や立てこもりなどの特殊事案の発生時、捜査一課は課長をはじめとして、補佐役の二名の理事官、そして、その配下にある十名の管理官が全員現場に集合する。

特殊事案は、傷害や殺人に発展する可能性があり、直接担当する特殊犯捜査以外の他係、たとえば強行犯捜査の殺人犯捜査係などが捜査を引き継ぐ。言ってみれば、捜査一課に所属する三百五十名の捜査員を指揮する立場にある人間が全員、顔をそろえているのだ。

マンションから甲高い声が響き、全員がふりかえった。

長髪を逆立たせた男がベランダに身を預け、下に向かって何事か声を上げていた。焦げ茶のトレーナーらしきものを着ている。

男は手にしていた黒っぽいものを、道路に向かって叩きつけるように放った。パチンとはじけるような音がした。ガラス容器のようなものを落としたようだ。

男は背を向け、サッシ窓を開けた。そのとき、窓の内側に立っている人影が垣間見えた。その胸元を殴りつけるように押し込み、男は部屋の中に消えた。ふたたびカーテンが引かれ、何も見えなくなった。

「まずいな」

江間は言うと、刑事課長の袖を突いて歩き出した。それを取り囲むように特殊班の捜査員たちも動いた。全員私服だ。資機材の詰まったバッグやジュラルミンケースを抱えている。パーカーにデニムを穿いている者もあれば、ミリタリーパンツ姿も見える。一様にさりげなく着くずしている。総じて若く茶髪も交じっていた。

「おい、日吉」

ベテラン捜査員に声をかけられ、そのしんがりに日吉智彦《ともひこ》巡査部長はついた。

「大丈夫か?」

「はい、何とか」

昨夜の雨で外気は冷えていた。ニットキャップをかぶり、ネルシャツの上にダウンベストを着込んでいる。

三十歳手前の日吉が所轄署から大抜擢されて捜査一課特殊班に異動してきて一年。本格的な立てこもり事件ははじめてだ。

捜査員たちの内輪話が洩れ聞こえ、堀内《ほりうち》の名前が出たので耳をそばだてた。

「……そうだな、もうホリは来れねえだろ」

堀内係長が来ない？　事故にでもあったのだろうか。

それならそれで連絡があるだろうに。

「そう思うよ」最年長の捜査員が口を開く。「じゃ、何か？　エゴイストが来るか……」

堀内係長について話しているのは明らかだ。直属の上司、現場処理の核となる特殊犯捜査第一係の係長だ。しかしなぜ、いつまでたっても堀内は来ない？　エゴイストって何なのか？　駐車場を見渡したが、堀内係長の姿はどこにも見えない。小金井在住だから誰よりも早く着いていなければおかしい。重大事案が発生しつつあるというのに、現場を担当する係長がいないなど、前代未聞ではないか。

堀内は二日後の月曜日付けで、刑事課長として赤坂署への異動が決まっている。しかし、きょう明日の二日間は、依然として特殊犯捜査第一係の係長の任にあるのだ。

江間が別段、気にもとめない様子なのがなおさら奇妙だった。

そういえば、新しく着任するはずの係長は、引き継ぎはおろか、挨拶にもやって来ない。

堀内の異動には首を傾《かし》げざるを得なかった。堀内は特殊犯捜査のベテランで、二年前、警備部の特殊急襲部隊（ＳＡＴ）から異動してきたばかりだ。ＳＩＴより厳しい局面での訓練や対応を経験してきただけに、現場では心強かった。しかし、入れ替わりにやって来る係長の前任は、五日市署の警務課長代理で留置場が担当であったという。

マンション前は一方通行の狭い通りをへだてて、戸建て住宅と低層アパートがぎっしり立ち並んでいた。刑事課長の案内で大回りし、マンションの裏口から入る。一階のエントランスで待機していた管理人から、立てこもり犯と思われる人物が映っている防犯カメラの録画映像を見せられた。マンション構造について簡単なレクチャーを受けたのち、それぞれの持ち場に分かれた。日吉は江間とともにエレベーターでマンションの五階に上がった。

2

ベランダに面したリビングキッチンで待ち受けていた三浦康孝《やすたか》、敦子夫妻はともに四十歳前後。驚くほど協力的、かつ低姿勢だった。小柄な康孝は丸顔に時折、笑みさえ浮かべ、510号室の様子を探るため、マイクやカメラを設置したいとの要望をあっさり受け入れてくれた。強行突入となった際は、大人数が土足で上がり込むとの説明も呑み込んでくれたようだ。

話をつけている刑事課長をよそに、江間はリビングの窓を開けてベランダを覗いている。

「その後、長沢さんの様子はどうですか？　悲鳴とか聞こえた？」刑事課長が訊く。

「そういうのはないですよ、な」康孝が答え、流しに立つ敦子に相づちを求める。

「ええ……」敦子が追従《ついじゅう》した。

それを聞いていた江間が窓を閉め、康孝に向き直った。

「立てこもってるやつ、見覚えあります？」

「知りませんよ。顔なんて見てませんから。だよな？」

康孝がもう一度敦子にふった。

「わたしだって、見てないですよぉ」

と敦子は火の粉をふり払うように否定する。

管理人室で見た防犯カメラの映像には、八時五十五分に玄関から入ってくる長髪の男が写っていた。あとでその映像を見せるはずだが、この調子だと期待は持てないかもしれない。

住まいは玄関の左右に洋間があり、中ほどに浴室などの水回りが集中している。ベランダに面したリビングキッチンの左手には日本間。ファミリータイプの典型的な3LDKの造りだ。築四十三年ということもあり、床や壁、柱といった基礎部分はかなり傷んでいた。

特殊班所属の技官の指図を受け、日吉はリビングと障子で隔てられた日本間に移った。畳の上に絨毯が敷かれている。部屋の壁ひとつ隔てた向こう側は、510号室のリビングキッチンだ。

その壁にコンクリートマイクを取り付ける作業を開始する。

本体の電源を入れてイヤホンを耳に差し込み、フラット型の円形マイクを自分の顔の高さのあたりの壁にあてがった。徐々に音量を上げる。壁の厚さは十センチと聞いている。話し声がすれば聞き取れるはずだが、いまはことりとも物音がしない。上下左右に動かしてみたが、音は拾えなかった。長沢と立てこもり犯は、リビングキッチンにはいないのかもしれない。

マイクから得られる情報は重要だ。会話以外にも足音や息遣いを聞き分け、対象者が室内のどのあたりにいるかを判断する有力な手がかりになるからだ。

マイクをテープで貼り付ける。浴室では天井の点検口が開けられ、中に捜査員が潜り込んでいる。配管を通じて明瞭な音声が拾える可能性があるからだ。

リビングでは、各所のマイクやカメラとつながった配線が床を這い回り、技官はそれらを接続する作業に余念がなかった。そうして拾った映像や音は、マンション内の通信回線を介し、有線で現地本部につながるはずだ。

気になるのは直接、隣を覗けるベランダだった。すでにふたりの捜査員がベランダに出て、左手にある戸境のパーティション前で作業をしていた。ひとりは隠しカメラとマイクを取り付け、もうひとりは長い柄の付いた探索カメラで隣戸のベランダを覗いている。いま、隣室のベランダに人影はないようだ。

窓の外には、遠くにタワー型マンションやオフィスビルが見える。マンションに近接したビルはない。

「ここはいい。本隊に合流しろ」江間に言われた。「裏手のマンションの集会室を現本《げんぽん》（現地本部）に借り上げた。おっつけ、おれも行く」

エントランスの暗証番号を教わり、その場を離れる。

日本間で動くモノトーンの服が目にとまった。白のパンツに黒いジャケット。ねずみ色のマフラーを首に巻いた男が、コンクリートマイクを仕掛けてある壁の前でしゃがみ込んでいる。

もう一度日本間に上がったとき、低い声が男から洩れた。

「……あっちに動かしたばかりだぜ」

男が指を当てている絨毯部分には、重いものを載せてあった跡がくっきりと残っていた。壁から六十センチほどのところだ。

部屋の北側の壁に、背の高い洋服ダンスと六段のハイチェストが置かれている。それらは、以前、コンクリートマイクを仕掛けた壁の前に置かれていて、少し前にそちらに移動させたと言いたいのだろう。

しかし、それがどうしたというのだ。だいたい、この男はどこの何者なのか。

腕をつかんで立たせようとしたが、見かけによらず肉づきがよかった。

黒く日焼けした精悍な横顔だ。長めの髪を丁寧にとかしつけ幾筋か白髪が浮いている。尖った顎が動き、黒目がちの大きな目が日吉に向けられた。黒のベルベットジャケットが艶っぽい輝きを放っている。

「どうかしたか？」

知らぬ間に江間が後ろに来ていて、日吉はそちらをふりかえった。

モノトーンの服の男は何も答えず、リビングに移動した。三浦夫妻など目にも入っていない様子で、片づいていないリビングに遠慮のない目線を飛ばした。テーブルの上にあるものを眺め、壁際にあるふたつのサイドボードの中を覗き込む。何をするかと思って見ていると、ガラス戸を開けて写真立てを取り出した。家族写真のようだ。

それを三浦夫妻の眼前に突き出し、「子どもさんはどこ？」と遠慮のない声を浴びせた。

「あ……外に」康孝がおどおどしながら答える。

それだけ聞くと写真立てを元に戻し、男はリビングをあとにした。

「ついてけよ」江間に声をかけられる。

「あいつに？」

「おまえの上司だぞ。さっさと行け」

上司……五日市署から来た新任の係長？　正式な異動日は二日後ではないか。わけのわからぬまま、男についた。

「……辰巳《たつみ》さん……係長？」

たしか名前は英司《えいじ》のはずだ。

玄関脇の洋間に入った男に声をかけると、「呼ぶなら名乗れ」と返され、「はい、日吉と申します」と思わず背筋を伸ばしていた。

自然とそうさせる雰囲気があった。

「名前は？」

「はっ、日吉智彦巡査部長です」

「おう、トモか」

辰巳英司は玄関で靴を履き、鉄製のドアを押し開いて外廊下に出た。

二メートル前を歩く男の後ろ姿をつくづく眺める。警官とわからないような服を身につけるのが特殊班捜査員の鉄則だが、白パンツに黒のジャケットはいかにも目立ちすぎる。

風が吹いてきて、ふとその匂いに鼻をつかれた。青臭いラベンダーの香りが漂ってくる。匂いの元は目の前を歩く男しか考えられない。覚えがある。香水にはまっていた大学時代の同期が使っていた男性用香水。シャネルのエゴイスト プラチナム……。匂い立ちからしてつけてすぐだ。

ふと同僚たちの話を思い出した。

――エゴイストが来るか

まさか、この香りのことを知っていてか？

それにしても、特殊班の捜査員が、現場でこれほどの香水をつけるなどありえない。

エレベーターの中でも香りが鼻についた。

一階のエントランスは、五階同様、警戒についている私服警官がいるだけで、住民の姿はなかった。入居している四十八世帯全戸に対して、立てこもり事件の報は入っており、外出禁止の警告が発せられているのだ。

管理人室で、辰巳は制服姿の管理人に、立てこもり犯と思われる人物が写っている防犯カメラの録画映像を見せてくれと依頼した。

その映像はすでに一度見ていた。今朝の八時五十五分、薄手のスプリングコートを着た細身の男がマンション玄関前の階段を上ってくる。男の前に人はいない。躊躇《ちゅうちょ》することなく自動扉の前に進むと、自動扉がすっと左右に開いて難なくエントランスに入ってきた。くしゃくしゃの長い髪が逆立っている。細い首の根元に焦げ茶色の服が垣間見えた。……立てこもり犯に間違いない。

入り口はオートロック方式だ。長沢と知り合いなら、インターホンで５１０号室を呼び出すはずだが、それをしなかったのは面識がないからだろう。それにしても、どうして玄関扉があっさりと開いたのか？

辰巳も同じ疑問を抱いたらしく、それについて尋ねると、貧相な顔立ちの管理人はおどおどした感じで口を開いた。

「オートロックを付けたのは五年前で、それまでは自由に出入りできましたから」

答えになっておらず、日吉は横から、「きょうはオートロックが入っていなかったの？」と口を出した。

「ふだんは朝の五時から九時、夕方は五時から九時まで解錠して、そのあいだは出入りが自由にできます。通勤通学で外に出る住民が多いし、朝夕刊を各戸の玄関まで入れてほしいという要望が強いので」

「じゃ、この男は解錠時間、ぎりぎりに入ってきたわけだ？」辰巳が確かめる。

「はあ、そういうことになります」

ここまで見た限り、防犯カメラはほとんど設置されておらず、セキュリティの充実したマンションであるとは思えなかった。

「玄関の外に防犯カメラがあるな。そっちの映像を見せてくれ」

まだ正面玄関に回っていないので、そのカメラについて知らなかった。辰巳はすでに現場をひととおり見て回っているようだ。

管理人は眉をひそめ、「そっちのほうは一週間前から故障していて、修理屋がなかなか来てくれなくて」と苦しげに答える。

「賃貸と分譲の割合は？」

辰巳の問いかけに日吉は目を丸くした。

いまここで、マンションの入居条件など知る必要があるのか……。

「賃貸は一割程度だと思います」

「ほー、優良マンションだ」辰巳が感心する。

築四十年を経て、賃貸入居者が一割程度というのはたしかに少ない。分譲という形で所有している者が多いのは、物件に価値がある証ではあるが。

「そうなると、区分所有者の年齢はかなりいってるね？」辰巳が訊く。

「六十歳以上のほうが多くなるかと思います」

「509号室の三浦さんはどっち？」

「あの方は三年前に分譲で入居されました」

「区分所有者のわけか」

「あっ」管理人が備え付けのテレビを見て声を上げた。

マンションのベランダに男がいて、声を張り上げている様子が映し出されていた。

〈調布のマンションで男が立てこもり〉とのテロップが出ていた。

民放のテレビ局が望遠カメラで中継しているのだ。

「……ご覧のように、男がマンション五階にある部屋で人質を取って立てこもっているようです」アナウンサーの声が響く。

まずいと思った。立てこもり犯がテレビを見れば、隣室にいる特殊班の存在に気づかれてしまう。

さらにズームアップされ、首が長く生白い男の顔が画面いっぱいに現れた。長い髪が逆立ち、耳元で跳ねている。頬がこけ無精ヒゲが浮き出て、小さな口がぱくぱく動いていた。

しばらくしてスタジオに切り替わり、中継が途切れた。

「情報が入り次第、追ってお知らせします」とアナウンサーは告げて、べつの話題に移った。

管理人室から出た辰巳は、エントランスの掲示板の前に立った。マンション住民同士の交流が盛んらしく、旅行会や食事会などの月間行事予定表がまとめて鋲で留められていた。何を思ったのか、辰巳はその予定表をチェックし出した。

呑気にもほどがあると思った。

現在進行形で立てこもり事案が発生している。こんなところで、油を売っている場合ではなかった。ただちに現地本部に入り、マイクやカメラで集めた音や映像がきちんと届いているかどうか確認しなければいけない。万が一強行突入となった場合に備えて、シミュレーションをする必要もある。

とにかく時間がない。人の命がかかっているのだ。

「辰巳係長」とはじめて名前を呼んだ。「現本に行かなくてもいいのですか？」

「まだ行っても仕方がねえ」辰巳は予定表を繰る手を止めずにつぶやいた。

たしかに開設されたばかりで、落ち着いてはいないだろう。

この人は特殊班の経験があるのだろうか。

辰巳はそこを離れてエレベーターホールに向かった。

突き当たりの壁に、シートが破れ、中身のクッションがはみ出た古いひとり掛けのソファが底面をこちら向きにして立てかけられてあった。辰巳はそれに顔を近づけ、舐めるように見ていく。

何事かと見守っていると、背もたれのところに持ち主らしい人の名前がマジックで書き込まれていた。

ＮＡＧＡＳＡＷＡ

５１０号室の長沢利行の持ち物？　だとしても、こんな代物は粗大ゴミではないか。

なぜ、こんな場所に棄てておくのか。

鉄製のドアを開けて裏手に出る辰巳に続いた。マンションの裏側は駐輪場とゴミ置き場があった。黒ずんだコンクリート壁に取り囲まれ、その向こうに十四階建てのマンションが建っている。

右手方向、屋根のついたゴミ置き場の中から、しわがれた女の声が聞こえた。

辰巳がゴミ置き場のドアを開き、急ぎ足で中に入った。

小豆色のチュニックを着た小太りの女が、ゴミの分別作業をしていた。三浦夫妻以外に、はじめて見るマンションの住民だ。五十前後だろうか。化粧はしていない。

「……またこんなところに突っ込んで」

ゴミの分別で文句を言っているようだ。

ゴミ置き場を出て、道路側にある出入り口のロックを解除して、マンションの外に出る。警戒に当たっていた制服警官に施錠してもらいそこを離れた。

現地本部が設営されている調布ロイヤルハイツの入り口が、路地の目と鼻の先にある。きれいに剪定《せんてい》された植栽に囲まれ、入り口前の花壇には、ところどころ沈丁花《じんちょうげ》が薄ピンクの花をつけていた。

歩きながら、辰巳はスマホで管理人に電話をかけている。

風除室のインターホンに暗証番号を入力する。音をたてて自動扉が開いた。エントランスはルグラン調布の倍の広さだが、総タイル張りの壁はくすんで目地が傷んでいる。こちらも相当古そうな建物だ。

壁に、〝当マンションの取り組みがテレビで紹介されます！〟と告知する案内ポスターが貼られていた。

電話でまったく意味のない聞き取りをする辰巳の意図が腑に落ちなかった。

狐につままれたあんばいで辰巳のあとに続く。

3

集会室のドアは五センチほど開かれた形で固定され、裏手から伸びてきたコード類が中に引き込まれていた。テレビ局に中継をやめさせる旨の申し入れをしている幹部の声が洩れている。

長方形の二十畳ほどの部屋だ。正面奥にある長机の上に、三台の大型液晶モニターが設置されていた。それに向き合う形で並べられた三十脚ほどのパイプ椅子は、半分ほどが背広姿で埋まっている。最後列に、見かけない顔の年配の男たちが何人か席に着いていた。私服姿の特殊班の捜査員がせわしげに動き回り、捜査一課に籍を置く九名の管理官がてんでばらばらに座っている。

壁伝いに辰巳が前に進むと、べつの長机の前に座っていた本多《ほんだ》康則《やすのり》捜査一課長と理事官たちがいっせいにふりむいた。

声をかけてくる者はいなかった。辰巳は挨拶ひとつしない。

あっけにとられた幹部たちの目線が辰巳に集中したものの、すぐまた一課長の横で電話をかけている捜査員に向いた。５１０号室の長沢に電話をかけている交渉役の警部補だ。しかし、つながらないようだ。

唯一、中ほどに座る頬骨の張った顔の男が、腫れぼったい目で辰巳の背中を睨みつけている。強《こわ》い髪をオールバックに固めた白髪交じりの頭。捜査一課第四強行犯捜査管理官の福地隆三《りゅうぞう》だ。

捜査一課殺人犯捜査の係長時代、指揮をとった特別捜査本部で十二戦全勝を勝ち取った伝説のエース。殺しこそ刑事《デカ》の本分。特殊班ごときが何様面でいる——。そう公言して憚《はばか》らない、特殊班にとって文字通りの好ましからざる人物《ペルソナ・ノン・グラータ》。

ボードには、５１０号室の内部を細かく描いた図面が貼り出されている。

長沢利行の住まいの情報が、得られた限り書き込まれているのだ。

その横には短髪で初老の男性のカラー写真が貼り出され、長沢利行と記されている。

横手の壁際に並んだ長机には、警察電話と一般電話が置かれ、基幹系、所幹系、隊内系の無線機もセットされている。

そして、正面にある大型モニターには、三系統の映像が映っていた。ルグラン調布の全景や周囲の道路などの様子が四分割されている映像。遠方から望遠レンズで５１０号室のベランダを捉えている映像。そして隣室のベランダに設置した隠しカメラで５１０号室のベランダを横から撮っている映像だ。

モニター手前の操作卓で、志賀《しが》篤志《あつし》巡査部長が技官とふたりして、せわしなくチェックをしていた。ふだんは技官とともに地下一階の資器材庫にこもり、機器の開発とメンテナンスに励む三十五歳。特殊班勤務八年のベテランだ。

マイクの音を拾えていますかと尋ねてみたところ、下ぶくれした顔がこちらを向いた。

「有線でやってるんだ」うるさそうに志賀が答える。「拾って当たり前だろうが」

「そうでした、すみません」

「いいって」志賀がつぶやく。「聞いてるか？」

「何をですか？」

「日吉、こんなときは全身を耳にするもんだ。わかってるか？」

「は、はい……」

ふだんにも増してピリピリしている志賀に気後れを感じた。

「立てこもり犯の人定ができそうだ。テレビ中継されて１１０番通報がばんばん入っている。こいつだ」

志賀はスマホで専用アプリを開き、容疑者情報を見せてくれた。

面長の顔写真とともに氏名年齢住所地が表示される。

〈板東政也《ばんどうまさや》　39歳　国分寺市泉町〉

間違いない。テレビに映っていた男だ。

要点は伝えたとばかり志賀は作業に戻った。

ようやく姿を見せた江間管理官に、「準備はいいか？」と本多一課長が確認の声をかけた。

厚みのある髪は黒く、頑丈で意志の強そうな目鼻立ちだ。二代続いた捜査経験のない一課長のあとを引き継いだ捜査畑出身の生え抜きの職人型刑事。外向きは地味だが現場の評判は上々だ。

江間は一課長の前で、「つつがなく」と答え、交渉役の警部補をはさむ形で長机の席に着いた。すでに容疑者の名前は知らされているらしく、一課長に、「板東って何者ですか？」と尋ねた。

「二年前、危険ドラッグでパクられてる」

赤みがかった江間の顔から、血の気が引いた。

「昨夜来の防犯カメラの映像をチェックさせたが、怪しい人物は潜り込んでいない」一課長が言う。

「例の八時五十五分に入ってきた男が板東ですか？」

「その線が濃厚だ」

「長沢と面識は？」

「わからん」

ふたりの会話はそれ以上進まなかった。立てこもり犯と連絡がとれず、出方が読めないからだ。

いずれにしても説得工作と強行突入の両面作戦で行くしかないだろう。特殊班勤務一年目の日吉にしても、それくらいはわかる。

そのときモニター右手に設置されたスピーカーから、人の話し声が洩れた。

〈……出てってくれ〉

全員がスピーカーをふりかえる。

脇にある小さな液晶画面に、マイクAとの表示が出た。

日吉が取り付けたコンクリートマイクだ。ふたりはリビングにいるらしい。

〈まーだ、来たばっかりだろ〉べつの男の声。立てこもり犯……板東のようだ。

〈こんなことして何になる？〉

〈黙れ〉

声がしなくなり、床を蹴るように歩く足音が聞こえる。板東の足音だろうか。靴下か素足で歩き回っているようだ。感情的になっているため、より足音が大きくなっているのかもしれない。

水道の蛇口を使う音が聞こえた。水でも飲むつもりか。

それきり声も足音も聞こえなくなった。

「理事長さん、いまの声はどう？」第一強行犯捜査管理官の川辺《かわべ》が口を開いた。捜査本部の設営など、筆頭的な役割を担う管理官だ。

「はい……長沢さんです」右手に座る白髪の男が答えた。トラッドタイプのブレザーが細身の体にフィットしている。身長が高い。

「お宅さんら、長沢宅に入ったことはあるね？」川辺が確認を求める。

「はい、しょっちゅうお邪魔しています」理事長と呼ばれた男が答える。

「テレビはあるね？」

「はい、あります」

受け答えをする男を見て、江間がどなたですかと問いかけると、一課長が、「いまの方はルグラン調布のマンション管理組合理事長の金原《かねはら》さん、その横が同じく理事の宇佐美《うさみ》さん。三人目がこちらのマンションの理事長の鶴岡《つるおか》さん」と答えるのが目に入った。

宇佐美は髪が薄く、でっぷりした体を紺のカーディガンで包んでいる。五十代後半だろう。細かなシワの寄った顔の鶴岡が、三人の中では最年長のようだ。

人質について確かめるために入ってもらっているようだ。ほかにも突入のシミュレーションなど、相談事は多くあるはずだ。

川辺が志賀を呼びつける。「長沢宅はテレビをつけているか？」

「はい、テレビの音が聞こえます。しきりにチャンネルを変えているようです」

「金原さん、長沢さんってひとり住まいだったよね？」江間が割り込むように声を上げる。

「はい、奥さんが五年前にすい臓ガンで亡くなって」

「仕事は？」

「駐車場整理員の仕事をしているはずですが」

「あなた、長沢さんと親しいの？」

「はい、マンションができたときに一緒に入った方ですから」

「なるほど。で、板東はどう？　知ってる？」

「間抜けたこと抜かすなよ」第三強行犯捜査管理官の矢部《やべ》が声を荒らげる。「わかってたら、とっくに言ってるぞ」

――おいおい、大丈夫かよ
――木俣《きまた》にやらせたほうがいいんじゃねえか
ほかの強行犯捜査管理官から、江間を危ぶむ声が上がる。

「大事ない、大事ない」江間と同じ特殊事案担当の第二特殊犯捜査管理官の木俣が冷やかしを中断させる。木俣は列車や航空機などのハイジャックが担当だ。

管理官たちのやりとりに怖じ気づいた感じで、「あ、はい、まったくわかりません」と理事長が三拍遅れの返事をした。

「すいませーん。モニター」

志賀が声を上げたので、全員の視線がモニターに移った。

板東と思われる男がベランダに現れていた。その右手に握りしめたものを見て日吉は心臓が縮み上がった。

……サバイバルナイフ。

隠しカメラで真横から撮っている映像に、二十センチほどもあるどっしりしたナイフが映っていた。刃の背が鋸状になっている。

板東はそれを振りながら、空いたほうの手を部屋の中に差し込んだ。

板東に腕を引かれて、白髪を短く刈り込んだ男が突然ベランダに現れた。グレーのブルゾンにスラックス。長沢利行だ。

「ほれ、ほれ、顔見せだ、おっさん」隠しマイクで拾った板東のかすれ声がスピーカーから響き渡る。

部屋にいる全員が息を呑み見つめた。

板東はナイフをちらつかせながら、長沢を誘導してベランダの鉄柵をつかませた。

「金原理事長」福地管理官の地声が響いた。射るような鋭い視線が最後列に座る三人に刺さっている。「あのナイフ、長沢さんの持ち物か？」

「知りません。見たこともないです」金原が答える。

板東が持ち込んだのだろう。

「あ、まだやってやがる」川辺が立ち上がり声を上げた。

捜査員たちの動きが止まり、壁際に置かれた小型モニターに視線が集まった。民放番組を流しているモニターだ。いまそこにはふたりの様子を正面から捉えた映像が映っている。望遠レンズが使われているのだろう。バストショットだ。ふたりの顔がくっきりと映っている。まだテレビ中継が行われているのだ。

立てこもり犯の姓名は板東政也であるとアナウンサーが伝えている。もう知られているようだ。

板東は口を半開きにして、絶えず視線を動かしている。まぶたが黒ずんでいた。抱きかかえられている長沢は、恐怖を超えて祈るような顔付きだった。

管理官のひとりが席を立ち、携帯でテレビ局に電話を入れる。

「戻るぞ」スピーカーから板東の声が響いたと同時に、ふたりはベランダから部屋に入っていった。カーテンがさっと引かれる。半分ほど開けられたままで、中の様子が垣間見える。

部屋のあちこちから、ため息が洩れた。

「510に架電しろ」一課長の声が響く。

交渉役の警部補は受話器を握りしめたまま、辰巳を見ていた。

命令が下されているにもかかわらず、電話をかけようとしない。まるで、辰巳の言葉を待っているようだ。日吉は呆気にとられた。新任係長に何の遠慮があるのだ……。

「いい……ですか？」警部補は一課長ではなく、辰巳に伺いを立てる。

辰巳は呑気そうに壁に貼られた掲示物を眺めたまま返事をしない。

ますます日吉は混乱した。

「いいからかけろ」江間がじれったそうに言い、警部補は踏ん切りをつけたように、短縮ダイヤルのボタンを押した。

固定電話では応答がなく、続けて、長沢の携帯に電話をかける。五度目のコール音のあと相手が出た。

警部補の背中が伸びる。無音状態が数秒続いた。

江間がうなずくと、警部補が口を開いた。「あ、長沢さんのお宅になります？」

「そうだ」板東らしき男の返事があった。

「お宅さんはどちらになります？」

「誰でもいい。おまえ誰だ？」

「わたしですか。竹内と申します」

「……警察か？」

「や、竹内ですよ。竹内弘と申します」

「用があんだろぅ……言え」板東が荒々しい口調で言った。

「落ち着いてくださいよ。お名前伺っていいですか？」

「だからあ……好きに、さらせって」ろれつが回っていない。

「……じゃ、林さんって呼んでもいいですか？」

「ああ」

「ありがとうございます。で、さっそくなんですけどね。そちらにいらっしゃるのは、林さんと長沢さんということでよろしいですよね？」

「ん……」

「なるほど、なるほど。いま、怪我とかされていませんよね？」

「呼べっつってんだ。全報道陣。テレビラジオ全員集合っ」

「それはですね、わかりました……掛け合ってみますから」

ぷつんと音がして電話が切れた。

事態は切迫していた。言葉尻が怪しいところから見て薬物が入っているかもしれない。このあとも、交渉は続けられるだろうが、そう遠くない時間に強行突入が待っている。特殊班一年目の日吉もそれくらいの見当はついた。

落ち着けという感じで一課長が咳払いをする。「板東の自宅のガサ入れ先行。勤務先、家族、友人、大至急洗え」

管理官のひとりがすっと席を立つ。「了解。小金井署に連絡入れます」

慌ただしくその場でスマホを使い、電話をかける。

「近所の防犯カメラの映像も取り寄せろ」

「はっ」

「ネットも燃えてるぜ」福地管理官の冷たい言葉が部屋を包む。

福地は手にしたスマホを覗き込んでいた。

呼応するように、志賀がモバイルパソコンのキーを打つ。

〈立てこもり　調布〉

たったそれだけの検索文字で、ずらっとライブ動画配信サイトが並んだ。そのうちのひとつをクリックして、動画を表示させる。

ルグラン調布の下の道路に集まる群衆が映っていた。コメントが連続して画面を横切る。

——近所で立てこもり、スンゲー
——おらおら、警察何してるの
ほかのサイトも似たようなライブ動画が配信されている。

さすがにこちらは切りがない。

「理事長、長沢さんはパソコンを持ってるのか？」福地は最後列に座る金原に遠慮ない質問を浴びせる。

「はい……持ってます。ノート型です」金原は軽く尻を浮かせる。「熱心にブログをやってるくらいですから」

「ブログって何の？」

「日々の生活とか、そんなものだと思います」

マンションでひとり住まいの六十五歳の男が、ブログになどはまるだろうか。

「板東にパソコンを見られたらまずいな」木俣が割り込んだ。

「そうですね」志賀が応じる。「ただし、ライブ動画は遠景のものばかりみたいだし、510号室がはっきり映り込んでいるものはないようです」

「確認しとけ」

川辺の一言でケリがついた。

本多一課長が辰巳に、「引き継ぎはできているな？」と声をかけた。

壁によりかかってやりとりを聞いていた辰巳が背を起こし、一課長をふりかえった。

少しのあいだ沈黙があった。本多と辰巳のあいだで交わされる視線が特別なものであるのに気づかされた。久しく相まみえなかった旧知の者同士のそれのようだ。もっと深いつながりがあるようにも見える。

辰巳はゆっくり言葉を吐いた。

「できてる」

いつ引き継ぎをやったのだろう。階級も役職も下になる辰巳のため口に、本多も江間も、咎め立てはおろか、言葉を待っている雰囲気すら感じられた。匂い立つ香水も気にならないようだ。

「突入のシミュレーションのために、理事長さんからルグラン調布の空き室を借りてある」一課長が言った。「十時きっかりにはじめろ」

辰巳は腕時計をちらっと見た。

「了解」

江間が一枚の紙を辰巳に差し出した。

突入する際のメンバー表だ。訓練に基づき、常に準備されているものだ。日吉は屋上からロープで懸垂下降して突入するB班に入っている。制圧が終わりかけたときの応援要員の位置付けだ。

今回もっとも危険なのは、言うまでもなく隣室から突入するA班になる。そのA班の一番手にあった堀内係長の名前は消され、辰巳英司の名前が記されている。

一番手——ホシから武器を取り上げる。二番手——ホシにタックルして横倒しにする。三番手は人質の安全確保。

一番手は最初にホシにぶつかるもっとも危険な役柄だ。

それを新任の係長が受け持つ？……考えられない。

辰巳は涼しい顔でしばらく眺めてから、紙を江間の前に落とした。

「おれのあとの二番手は、だめだ。代えてくれ」

江間は目を白黒させ、一課長を見、辰巳に目線を戻した。

「……松田は一番の猛者《もさ》だぞ。タックルするなら、ほかに代わりはない」

「そいつはだめだ」辰巳は否定した。「マル害はいいが、下手したら板東の命《タマ》まで取られちまう」

いま何と言った？　被害者は殺されてもいいが、立てこもり犯の命を大事にしろとたしかに言ったではないか。いったい、この男は何を考えている？

「去年の暮れの巣鴨のマッサージ店。松田はホシの上に乗っかり、窒息寸前まで首を締めつけた」辰巳が続けた。

江間は仲裁を求めるように一課長と視線を交わした。

「聞いてやれ」一課長がつぶやいた。

江間は不承不承うなずくと、「黒川ならどうだ、文句ねえだろ」と打診する。

「それでいい。シミュレーションの部屋は？」

「201。510の反対側。一番端っこだ」

「じゃ十時に」

辰巳はふたりの前から志賀の元に移動した。510号室が映っている三台のモニターを眺めながら、「移動中に見たい。電波を飛ばせんか？」と声をかけた。

――電波？

有線できちっと現場の映像は届けられている。これ以上何を望むのか。

志賀は太り気味の体をもてあますように、「……やれないことはないですけれども―」と間延びした答えを返した。

「中継用のアンテナを立ててあったな。すぐやれ」

見透かされたように言われ、志賀は返す言葉も見つからない様子で準備をはじめた。

辰巳は最後列でかしこまって座る三人の理事らに歩み寄り、右手の壁に貼られたイラストについて尋ねた。

「ああ、それですか」顔をシワだらけにして、一番年配の鶴岡が口を開いた。「来年度、うちとルグランさんで、マンションの共同建て替えをやる予定なんですけどね」

イラストに描かれているのは、一棟建てのタワー型マンションだ。

調布ロイヤルハイツとルグラン調布を取り壊し、タワー型マンションひとつにまとめる、との説明書きがある。

鶴岡が続ける。「……やー、しかし、参りましたよ。こんなことになっちゃって」

「持ち主が違うでしょ」辰巳が訊いた。「そんなことができるの？」

「三年越しで計画立ててね。何とかこぎ着けたんですよ。ね」とルグラン調布の管理組合理事長に相づちを求める。

「そうですね」ブレザー姿の金原が、長身を畳むように答える。「まあ、できればいいんですが……」

どことなく歯切れが悪い。

「東日本大震災でえらく揺れて、住民がびっくりしちゃってね」鶴岡が言う。「大規模修繕なんかすっ飛ばして、すぐ建て替えしようっていうことになった。六割以上が高齢者の世帯だし、この際バリアフリーにしたいという要望が溢れましたね。ルグランさんも同じだよね？」

「そうそう、同じですよ」金原が答える。

「最初は別々に建て替えを検討したんですよ」鶴岡が言う。「でも、容積率なんかの縛りがあって計画が作れないし。じゃ、うちとルグランさんで一緒にやって、ひとつの棟にまとめようっていう気運が盛り上がって。もちろん、等価交換方式ですよ。ね、金原さん」

それはイラストの説明書きにある。区分所有者が土地を提供し、開発業者が建物の建設費を負担する。通常、元々の戸数よりも多く住戸を建設するため余剰床が生まれ、それを分譲することにより住民は金銭的な負担なしで新しいマンションに住める――。

調布ロイヤルハイツ七十五戸、ルグラン調布四十八戸。予定されているタワーマンションの全戸数は、百八十。新たに建設される五十七戸が分譲され負担ゼロの原資となる……。

「ただ、ふたつのマンションとも、現状は市から容積率が八十パーセントに制限されていましてね」金原が残念そうに言う。「これを外して二百パーセントまで容積率を上げなきゃ、計画が達成できないわけですよ。それを建築屋の宇佐美さんに市と交渉してもらって何とかここまでこぎ着けたわけです」

宇佐美はカーディガンの下から、太い腹を突き出すように腕を組み、ぼそりとつぶやく。「そうでした。ロイヤル単独じゃ、等価交換で建て替えなんて夢のような話だったし」

「等価交換どころじゃないよ」鶴岡が口をはさむ。「当初の計画は建て替えの不足費用は全額持ち出しだったんだから。一戸あたり八百万超えてたじゃない」

「まあまあ、鶴岡さん」金原がなだめる。「うちのほうだって築四十年を超えてるし、修繕しようにもカネがかかりすぎるし。ほんと、宇佐美さんの力があったからこそだよ」

「いえいえ、市のおかげですよ。計画を認めて補助金の予算をつけてくれたんだから」宇佐美が事務屋口調で言う。

「いや宇佐美さん、あんたのおかげだ」鶴岡が言った。「貫通道路引いたり、公開空地を作ってさ。専門家のあんたがいなきゃ、とてもできなかったよ。さすが一級建築士だ」

イラストの横にも、〝当マンションがテレビに出る〟の告知ポスターが貼られていたので、日吉はそれについて尋ねてみた。

「それですね」鶴岡が立ち上がってポスターを見やる。「去年から今年にかけてテレビ局が何度か取材に来ているんですよ」

「マンション建て替えについてですか？」

鶴岡が笑みを浮かべてうなずく。「名義が違うふたつのマンションをひとつにまとめるというやり方が、あちこちで評判になってましてね。それで」

日吉は金原に向き直った。「ルグラン調布さんのほうにもテレビ局が入りましたか？」

「まぁ、ぼちぼちです」金原が頭を掻いた。

宇佐美は目をそらせ、一言も発しようとしない。

「宇佐美さん、シミュレーションのほう、準備願えますか」

江間管理官の声がかかり、宇佐美は助かったという表情で席を離れ、長身の金原理事長を従えるように部屋から出ていった。実務の切り盛りは、理事長ではなく宇佐美にまかされているようだ。

「お隣同士、仲がいいわけだ」見送る辰巳が言う。

「まぁ、そうですけどね」と鶴岡が口ごもる。

その態度が引っかかったように、辰巳がどうかしましたかと尋ねた。

「長沢さんなんですけどね……」

「人質の？」

「ええ、彼ひとりだけ建て替えに反対していて。裁判も辞さないって息巻いてるから」

「裁判まで？」

「ええ。賃貸の入居者だって賛成しているのにね」

「一世帯だけなら」辰巳がしばらく考えて口を開く。「マンション全体で五分の四の賛成があれば建て替えはできると聞いていますが」

辰巳はマンション問題に詳しいようだ。

鶴岡は額の皺を深く刻みながら、「法律上はそうなっていますよ。でもね、市や国の制度を活用する以上、実質、全員賛成でないとことは進まないんですよ」

「そんなものですか？」

「ええ、今月中に全員賛成の判を押した要望書を出さないと予算を執行できないって市から言われています」

残すところひと月で長沢の説得をしなければ計画は破綻する。しかし、いまここで建て替えのグチをこぼされても警察としては何もできない。

「どうして、長沢さん、あんなになっちゃったのかな」不思議そうに鶴岡が言う。「こっちも向こうも、年寄りが増えてるでしょ。長沢さん、長いあいだ理事やっていて、ペットや騒音の苦情なんかが出るたび、丸く解決してくれてね。そんな人が反対するなんて、人って見かけによらないよ……」

ますます脱線するような気配だが、じっと背中で聞いている福地が妙だった。

「長沢さんて、若いころは何をしていたんですか？」日吉は訊いた。

「大手の鉄鋼会社でばりばりやってたらしいよ。やめたときは、違う会社だったみたいだけど」

志賀が近づいてきて、ヘッドセットとタブレットを渡される。

使用方法を教えられ、辰巳とともにヘッドセットを頭に装着する。タブレットは日吉が持った。

一課長に呼ばれて離れていく辰巳の背中に目を当てながら、志賀が小声でつぶやく。

「十年前にいた」

「辰巳係長がうちに？」

志賀は日吉の顔を見てうなずいた。

「小岩の幼女誘拐事件」

「あれがどうしました？」

小岩の幼女誘拐と言えば、警察学校で何度も教え込まれた。四日間という長丁場の交渉の末、犯人側は五千万円の身代金を要求した。その晩、取引場所に現れた犯人を捕まえたものの、子どもはその日の朝、絞殺され亡くなっていたのだ。

「あのとき担当した特殊班の係長が本多一課長。交渉役の警部補が辰巳さん。おまえ知り調べたのが、当時、五係の警部補だった福地さんだ」

「捜査には一課の殺人犯捜査第五係も加わっていた。途中で捕まった連絡役《レポ》のホシを取
「……知りませんでした」

はじめて聞く話だ。

らなかったのか？」


捜査一課のエースの名前をほしいままにしていた時代だ。

本多、福地、そして辰巳。彼らが小岩の事件を担当していた？

寝耳に水の話だった。現在本多は五十三歳。福地が五十歳、そして辰巳は四十八歳。

本多と福地はそれぞれ課長と管理官に昇任している。階級も警視正と警視だ。一方の辰巳は警部にこそ上がったものの、本部勤務はおろか、閑職に回されていた。しかし十年前に交渉役をやっていたのなら、特殊班のエースとも言えたはずだ。ならば、辰巳もいまごろは、特殊班の管理官クラスまで昇任していてもおかしくはない。

「一年目だし、無理ないか」志賀が半分諦めの表情で続ける。「小岩の事件のあと、辰巳さんは自分から申し出て一課を離れた」

では、いままでの処遇も、自ら望んでのことなのか。

それを見るに忍びず、本多一課長が辰巳を引き上げた？

「トモ、行くぞ」

辰巳に声をかけられ、飛び跳ねるように志賀から離れた。

「調子に乗るんじゃねぇ。香水野郎」

福地の声が辰巳の背中に届いたはずだが、何も聞こえなかったように辰巳は部屋を出ていった。あわてて、日吉はそのうしろに続いた。

4

「A班の三番手をトモにしておいた」

歩きながら辰巳に声をかけられる。

「えっ、三番手……」思わず声を上げていた。

人質を確保する重要な役柄だ。

しかしなぜ自分が……。

「何かの縁だ。張り切ってやれ」

「……あ、はい」

ルグラン調布に戻った。裏手の駐輪場でふたりの年配の女が話し込んでいた。あの場所は危険だ。

「あ、こんちは」辰巳が気楽そうに声をかける。

モノトーンの服を着た辰巳をふたりは不思議そうに眺めた。頭にヘッドセットを装着しているので、テレビ局の人間と勘違いしているのかもしれない。

「ルグランの方？」

もう一度辰巳が訊くと、ふたりは調子を合わせたようにうなずいた。

両名とも六十前後。片方はベージュのコートを着て、もうひとりはハイネックの長袖だ。

「自転車で前から出てくのはちょっとまずいな。野次馬の中に突っ込んで行くようなもんだ」

辰巳が言うとふたりは困り顔で顔を見合わせた。

「あんた方、５１０号室の長沢さんとつきあいがある？」

唐突に辰巳から切り出され、ふたりは同時にうなずいた。

「どんな人？」

「挨拶すれば返してくれるし、礼儀正しい人よね」コートを着た女が社交辞令丸出しで答える。

「実際のところどうなの？」辰巳が突っ込む。「男やもめでしょ。ゴミ出しのマナーが悪かったり、わがまま言ったりしない？」

ふたりは困惑気味に、

「どうって言われても……ねぇ」

と声を合わせる。

「五年前に亡くなった奥さんはご存じ？」

「ええ、旦那さんと年が離れた若い方でした」ハイネックの女が続ける。「旅行もご一緒したことがあるし。色白でおきれいだったわよね」

「奥さんがお亡くなりになって以来、長沢さんはずっとひとり暮らしですか？」

「……のはずですけど」詮索するようにコートを着た女が言う。「二十年前に娘さんが出ていってから、ずっとご夫婦ふたりで住んでらしたわ」

「あなた方、芋煮会に入ってる？」辰巳が話題を変えた。

「入ってますけど」ハイネックの女が答える。

「きょうは開催予定がない？」

ふたたび辰巳が訊くと、ふたりは申し合わせたように首を傾げ、幹事じゃないから知りません、と言い、背中を見せて裏口に向かった。

そのとき無線が入感した。江間の声が響く。

〈表に野次馬が押しかけている。排除、排除〉

特殊班ではなく、下で警戒についている所轄署の要員に向かって放たれた命令だ。

日吉は持っていたタブレットをタップして、映像を表示させた。マンション全景を映す映像に切り替える。マンション前の道路に野次馬が繰り出している。

それを見るまでもなく辰巳が動いた。

「係長、われわれは行く必要が……」声をかけたが、辰巳はマンションの裏口から中に入っていった。

まったく、めまぐるしい人だと日吉は呆れながら、辰巳に続いた。

小走りにエントランスを駆け抜け、玄関から外に出る。

「そこー、邪魔邪魔」

道路に広がっていた野次馬たちが複数の制服警官に、道路の北側へまとめて押し込まれていくところだった。

「ほらほら」警官らの怒号が響く。「行って行って」

辰巳は野次馬の中に駆け込み、その中にいた小学生くらいの男の子の腕を取った。もうひとり同じ年代の子どもがいたが、あともふりかえらずに、ほかの野次馬にまぎれて去っていった。

辰巳は残された男の子の前にしゃがみ、何か話し込んでいた。

日吉が近づく前に、辰巳が解放すると男の子は一目散に走り去っていった。

「どうしたんですか？」日吉はわけがわからず声をかけた。

「三浦夫婦の長男坊だ」辰巳はマンションに戻りながら言った。

「いまの子が？」

ふりかえったものの、最後に残っていた野次馬が路地に消え、男の子の姿は見えなかった。

三浦家のリビングにあった家族写真に写っていたので、気がついたのだろうか。よく、そんな些細なことまで覚えているものだ。

妙に感心するものを覚えながら、辰巳とともに玄関に続く階段を上る。

左右に設けられた花壇にこちらも沈丁花が咲いていた。管理人に扉を開けてもらい中に入る。

「もうひとり男の子がいただろ」辰巳に声をかけられる。

「はい、いました」

「長男坊主はあの子んちへ、昨日の晩から泊まり込んでいたそうだ」

「昨日の晩からですか？」

「両親から、何があっても家に帰ってくるなと念押しされていたそうだ」

「何があってもって……何ですか？」

「テレビでマンションが出ていたんで、あわてて友だちと一緒にやって来たと言っていた。両親がいるんだから気になるんだろう」

「……とは思いますが」

それについて、三浦夫妻からは一言もなかったはずだが。

〈画面注目〉

ヘッドセットから江間の声が入感した。辰巳とともにタブレットに目を落とす。

タップして画面を切り替える。

510号室を外からズームアップで撮っている映像だ。半分ほど引かれたカーテンの向こう側で左右に動く影がある。板東だ。

いま、その手にパイプのような物を握りしめている。

〈……ドラッグか？〉江間の低い声が洩れた。

〈そうだ〉川辺らしい声が聞こえる。〈危険ドラッグだ。吸引してやがるぞ〉

隣室に設置されたコンクリートマイクの音に切り替える。

板東の重たげな足音が聞こえた。

〈……ス、ス、ハ……ス、ス、ハ……〉息を吸って吐くような音が聞こえる。

板東の息だ。

日吉は手を握りしめた。やはりヤクかと思った。表情といい、言動といい、異常すぎる。薬物を持ち込んでいるのだ。危険度が上がるのを感じる。

イヤホンのチャンネルが自動で切り替わり、板東が電話で交渉役に呼びかけるのが聞こえた。

〈竹内です。林さん？　どうかされました？〉

〈フッ、フッ〉息の切れる短い音が続く。板東だ。

〈何かお困りのことでもあります？〉

〈……腹、減ったな、フッフ〉息を吐き出す音が不気味だ。

〈そうか、もう昼だからね。どうですか？　何か差し入れましょうか？　寿司とかパンとか。飲み物は何にします？〉

〈いらねえ〉

〈遠慮されなくてもいいですよ。何でも仰っていただいていいですよ〉

〈……女房だ〉

〈奥さん？〉

〈呼べよ、早く〉

〈わかりました。で、お名前は何と仰います？　携帯の番号……〉

応答がなく、通話が途切れた。

辰巳はシミュレーションに設定された部屋のある階に上がるため、エレベーターを呼んだ。しばらくしてエレベーターが降りてきた。

辰巳はスマホを覗き込んでいた。横から見てみると、ブログのようなものを閲覧していた。〝ルグランの日々〟というタイトルが目にとまる。屋上部分が青い庇で囲まれたマンションの写真がはめ込まれている。ルグラン調布のようだ。

「長沢のブログですか？」

日吉が訊くと、辰巳は真剣な眼差《まなざ》しでうなずいた。

5

この日の朝、調布にあるマンションで立てこもり事件が起き、捜査一課長による全管集結が発出され、管理官をはじめとする十三名の幹部たちが集まった。現場を担当する捜査一課特殊班の捜査員たちは、間近に迫った突入に向けてシミュレーションを開始した。

シミュレーションは、突入する全員が本番で着用するアサルトスーツに着替えて行われた。ゴム底の長靴に防弾ベスト。背中の首から十センチ下のところにある装着ポケットに無線機本体を取り付ける。耳と口元にヘッドセットをつけ、その上からシールド付きのヘルメットをかぶる。相手の動きを封じる二十二口径セミオートマチック拳銃を右足太腿外側のホルスターに収める。

隣室から突入するA班は六名。屋上からロープを伝って降下するB班は四名。A班突入のあと、玄関から突入するC班が五名。合わせて三班十五名に対する辰巳の指示は的確で、十年のブランクを感じさせなかった。

シミュレーションは四十分ほどで終わった。

幸い板東に特別な動きはなかった。

現地本部には板東政也に関する情報が舞い込んでいた。

現在は国分寺のアパートでひとり暮らしだが、それまでは立川の持ち家で三十五歳になる妻とその連れ子の八歳になる男児と暮らしていた。去年の暮れ、妻は子どもを連れて家を出て行き、三年ほどの結婚生活が終わりを告げた。

この一月まで、調布市の鶴川街道沿いにある関東一円にチェーン店を持つヤマトホームというホームセンターに勤めていたものの、一月いっぱいでやめさせられた——などなど。

情報の仕分けに忙しい江間に、辰巳が声をかける。「持ち家を出たのは何か理由でも？」

江間はちらっと辰巳をふりむき、「ローンが払えなくなって、銀行の手に渡った」と答える。

「ほうマイホーム……建てたのはいつ？」

「四年前。月々のローンが十五万」

「そりゃ厳しい」

家を建てれば、それくらいは払うだろう。

「ホームセンターじゃなかなかの評判だったらしい」本多一課長が口を出す。「園芸部門を担当していて、得意客がかなりいたそうだ。突入行けそうか？」

思いやるように尋ねた一課長に辰巳は返事をせず、「危険ドラッグにはまった経緯は？」と実務一辺倒という感じで切り返す。

「わからんが、『族上がりの俺のパンチは痛いぜ』とか板東が言ったのを聞いた同僚の店員がいる」一課長が答える。

「暴走族上がり?」

「確認中だ」

なるほどあの跳ね上がった長髪は、リーゼントを造り慣れた髪だと思った。

「別れた原因は?」辰巳が訊く。

「奥さんの母親が認知症になって、その面倒を見る見ないでもめていたようだが」一課長が言う。「まだ、奥さんと電話がつながったばかりだ」

「こっちに来ますか?」

「一応呼んでいるが、どうかな」と江間が口をはさむ。

「PC(パトカー)を送り込んで連れてきてほしい」辰巳が命令口調で言った。「少しでも説得工作を長引かせてもらいたい」

「するよ。それはさ」

「ヤマトホームをやめさせられた理由は?」

「会社側はやめさせてないって言ってる。二月に、やめますっていうメールが店長宛に入っただけだ」

捜査一課長が口を開く。「十二月のはじめに、店の駐車場でお得意さんの子どもを交通事故に遭わせたようなことを板東は言っているらしい」

「それがやめた理由？」

「そっちも店側は認めてない。もうひとつ、べつの情報がある。人質の長沢がヤマトホームに勤めていた時期があるようだ」

「長沢も？」

「去年の十一月中ごろから約一か月、駐車場整理員として働いていた」

「……では、ふたりが顔見知りである可能性もある？」

「それはないようだ。長沢は派遣会社に籍を置いていて、ひと月単位であちこちの駐車場に回されている。ヤマトホームの従業員たちと交流はない。ただ、捜査員によると、店員たちのあいだで妙な噂が流れているようだ」

「噂？」

「問題の交通事故が起きた日は、十二月八日の日曜日だったが、同じ日、長沢が駐車場整理員として働いていたようだ」

「……では長沢も事故を見た？」

捜査一課長は首を横にふった。「駐車場は鶴川街道沿いに、出入り口が二か所あるんだが、多摩川寄りのほうは、出口専用になっている。当日、その出口専用のほうから、ミニバンがむりやり突っ込んできて、それで事故が起きたらしい」

「それで、板東のお得意さんの子どもが事故に巻き込まれた？」

「そのようだ。その日は奥さんと四歳になる子どもが板東の元を訪れていて、園芸用の土をかなり買い込んでな。それをクルマまで板東が台車に載せて運んでいたとき、そのミニバンが突っ込んできた。目の前でドン――」

「子どもの怪我の程度は？」

「命は助かったが、腰と頭蓋骨を骨折する重傷を負った。事故のあと、その母親が店長にクレームをつけたらしくて。子どもが事故に遭ったのは、子どものうしろを歩いていた板東が、注意を喚起しなかったせいだと」

「……その事故のせいで板東は店をやめさせられた？」

「店長は否定しているが、店員のあいだではそれが通説になっているようだ」

「そのとき長沢は？」

「どうも長沢はその日、出口専用のところで、車が入ってこないように誘導する役目だったらしいんだよ」

　どきりとした。事故は長沢のせいで起きたのか？

「じゃ、長沢がクルマの進入を許したために事故が起きた？」

「そうみたいだ……板東はどうもそれについて知っている節がある」

「……板東は長沢に恨みを抱いている？」

「それは否定できない」

「今回の立てこもりは恨みを晴らすべく長沢の家に侵入した……」

「その可能性も視野に入れておく必要があるな」

果たしてそうだろうか。これまで盗聴マイクで聞いたふたりの会話は、知り合い同士であるような感じではなかったが。日吉がそう洩らすと、一課長が日吉を見て言った。

「盗聴されているのを知っているのかもしれん」

本当にそうだろうか。

辰巳は大型モニターを見つめる志賀の脇に寄り、その耳にはめた大型ヘッドホンを無理やり外した。びっくりした顔で辰巳を見つめる志賀に、「いま、ふたりはどこにいる？ 聞こえるか？」と訊いた。

志賀はヘッドホンを耳に当て、じっと聞き入る。

「……リビングキッチンですね」

「長沢さんはスリッパか？」

「そうです」

「板東は裸足だからきっちり追えるな」

「……はい。でも、マイクを仕掛けてある反対側の部屋に移ったら、音は拾えなくなります」

辰巳が肉づきのいい志賀の肩に手をかけた。

「泣き言を言うな。突入のタイミングはおまえの耳にかかっている」

現場に慣れているはずの志賀だが、ぞっとしたような顔でうなずく。

大型モニターを見ていた江間が、「あっ」と声を上げた。

ベランダに長沢が姿を見せた。

その背後から、サバイバルナイフをぶらぶらさせながらのっそりと板東が出てきた。手すりから身を乗り出すように下を眺める。

〈……引いちまったか〉

野次馬のことを言っているのだろうか。パソコンでライブ動画配信サイトを見ているのかもしれない。ニュースの時間帯に入ったテレビでは、上空のヘリコプターから撮影する映像が流されている。

「長沢さんのパソコンを板東は見ているか？」辰巳が訊いた。

「たぶん、見ています」志賀が答える。「長沢さんにパスワードのようなものを尋ねていましたし」

「動画配信サイトの？」

「……おそらく」

モニターに蒼ざめた長沢の顔が大写しになっていた。

「何だ、この面《つら》」辰巳がつぶやく。

大型ナイフを突きつけられている。彫りの深い顔から緊張感は漂ってくるが、恐怖におののいている表情には見えない。眉根を寄せ、真剣な顔つきで、カメラ越しに何かを訴えているように見える。……いや、遠くの一点を見つめて、繰り返し祈るような顔で何事かつぶやいている。声が小さくてマイクでは拾えないようだ。かろうじて語尾だけが洩れてきた。

〈……み〉

やがてこみ上げてくる悲しみと必死に戦っているような表情――。

日吉も違和感を覚えずにはいられなかった。

板東が長沢を促して部屋に入っていった。今度はカーテンがきっちりと引かれて、リビングの様子はまったく見えなくなった。

せわしなく動き回る板東の足音がスピーカーから洩れてくる。

志賀は片方でライブ動画配信サイトのチェックも怠らなかった。

「まずい」と志賀はつぶやいた。

日吉も志賀のモバイルパソコンを見た。５１０号室のベランダを望遠で撮っている動画配信サイトだ。特殊班の要員が撮影している場所とはべつのアングルだが、かなり鮮明に隣室の５０９号室のベランダも映っている。

日吉は驚いた。このサイトを板東が見ていたら、特殊班の動きが手に取るようにわかってしまう。最悪、突入ができなくなってしまうではないか。

「江間管理官っ」志賀が声を上げる。「モニター」

志賀が同じ画面を大型液晶モニターに映すと、捜査一課ナンバー2の特殊犯罪対策官が声を上げた。

「どこで撮ってやがる？」

「たぶん、布田駅前のタワーマンション、それか北隣の総合病院」パソコンを見ていたほかの捜査員が応じた。

「両方に捜査員を送り込め。即刻中止させろ」捜査一課長が命令を発した。「動画配信サイトのプロバイダーに配信中止の申し入れをしろ」

慌ただしく管理官と捜査員たちが動き出す。

モニターに映る動画配信サイトの中継動画に無数のコメントが横に流れては消える。
――やってくれてるねぇ
――もっと派手にやれや
人質になっている長沢の名前も出てきた。
ネット特有の無責任なコメントが延々と繰り返されたあと、ひとつのコメントが流れを変えた。
――人質の長沢さんてどんな人?
――あ、こんなやつです
答えた人間が、下のコメント欄に一枚の写真をアップした。
まじまじとそれを見つめた。
これは……一階に棄てられた長沢のソファではないか。
いったい誰がこんなものを写してネットに放り込んだのか。同じマンションの住人だろうか。
しばらくして、新たなコメントが横に流れた。
――長沢さん、抵抗してみろや
――長沢ってゴミ出しもできねぇクズなの

長沢に対する嫌がらせのコメントだ。匿名性をいいことに、人質に対しても非難の矛先を向ける。ネットの世界はまったくの無法地帯だ。

辰巳が現本を出たので、日吉もあわててついていった。

部屋を出たところで背中に声をかける。

「係長、どちらに？」

「田所松枝の自宅」

言われてすぐに思い出せなかった。田所松枝……たしか、辰巳が管理人と電話で話していたときに出てきた名前だ。

ルグラン調布に戻り、303号室の玄関チャイムを辰巳が鳴らすと、ドアが開いて、髪をひっつめにした小太りの女が現れた。ゴミの分別作業をしていた女だ。アサルトスーツに身を包んだふたりに驚いたらしく、息を止めて見つめた。

「ああ、さっきの人」ようやくその声が洩れ、辰巳がさっと玄関に入った。

「さっきはどうもね」快活そうに辰巳が声をかける。「いつもおばさんがゴミの分別してるの？」

「違うよ。管理人がいるんだから。でも、目につくからやってるんだよ。だいたい、このマンションは年寄りばかりでさ。燃えるゴミのワゴンに平気で不燃ゴミなんかを放り込むから」

「それはご苦労様です」

ねぎらいの言葉を辰巳が口にすると、田所はぽってりと肉のついた腰に手を当てた。値踏みするような目で辰巳と日吉を見る。

「あんたがた、警察?」田所は笑みを浮かべる。「こんなところで遊んでいていいのかい?」

「人手はあるし、ここだけの話、暇こいちゃっててさ」

「そう?」まんざらでもない顔で応じる。「お茶でも飲んでいくかね?」

「いいですか?」言いながらさっさと、辰巳は靴を脱いだ。

辰巳のあとについてリビングに入る。

服を替えたせいか香水はさほど匂わない。

片づいた部屋だ。真ん中に丸テーブルがあり、二脚の椅子が置かれている。ローボードの上に液晶テレビが載せられ、その横に洋ランのプランターが置かれている。緑濃く茂る葉の中から、細い茎が垂れて、その先に黄色いぼかしが入った花が咲いている。

ティーポットでいれてくれた紅茶を口に含む。落ち着かない。テレビはどのチャンネルもマンション内で起きている立てこもり事件についての報道一色だ。

「きれいな花だね」辰巳はお茶で舌を湿らせながら、「やっぱり、おばちゃんも分譲？」と続ける。

「いや、親の持ち物。十年前に亡くなって、受け継いだんだよ」

辰巳はにやりと笑みを浮かべる。

「それって分譲なんだよ。で、田所さん、芋煮会なんかに入ってる？」

「興味ないね」

「510に住んでる長沢さんなんかとはつきあいはある？」

田所は軽く首を横にふった。

「階も違うし、ゴミ置き場で会うくらいだね」

「あの人、ゴミの分別ができてない？」

「や、そんなことないよ。新聞みたいな資源ゴミでもさ、散らばっていると縛っているのを見たりするよ。どうして？」

「一階のエントランスの奥に、長沢さんの家のソファが棄てられていたみたいだから」

田所は思い出したふうに、「あれって長沢さんの？」と訊いた。

「と思うんですけどね。粗大ゴミを出す日は昨日だったでしょ？」

田所は思案げに眉根を寄せた。「そうだけどさ……でも違うな。そんなことする人じゃないもん」

「そうですか……」

辰巳はテレビを見やる。

報道は過熱気味だった。どこで入手したのか、早くも板東の顔写真が流れていた。ヤマトホームの従業員も顔出しして、働いていたときの板東の様子を喋っている。田所に断ってチャンネルを切り替えると、長沢利行の名前まで出ていた。写真こそないものの、立てこもり犯の板東と同じホームセンターに勤務していたのを調べ上げているチャンネルもあり、ふたりが顔見知りである可能性もほのめかしていた。板東がヤマトホームをやめさせられた経緯も流れ、去年の十二月に駐車場で起きた交通事故について触れている有様だった。

マンションの共同建て替えで取材に入ったテレビ局に変えてみる。すると、アナウンサーのインタビューに応じる宇佐美の太い体が登場した。

〈……ルグラン調布に住んでいらっしゃる住民の方はご高齢の方が多く、車いすの生活を余儀なくされている方もいらっしゃるということですが、いかがですか？〉アナウンサーが訊く。

〈築四十年を超えていまして、一日でも早くバリアフリーの新しいマンションに入居したいというのが長いあいだの夢だったようですね〉宇佐美が応じる。

〈そうでしょうね。おひとりの方が建て替えに反対していまして、着工の見通しがなかなかつきづらい状況にあるというお話も伺っていますが、いかがでしょう？〉

〈それについては、ここでは〉宇佐美は口を閉ざした。

「そういや、昨夜、宇佐美さんがソファみたいなのをゴミ置き場から引きずり出してたな」思い出したように田所が言った。

「間違いない？」辰巳が確認した。

「……だったと思うけどね」

一度棄てたソファを宇佐美がわざわざあの場所に置いた？

ネットのライブ動画配信サイトが映ったので、日吉は身を乗り出した。

ルグラン調布の全景を下から捉えた映像だ。５１０号室はズームアップされていない。

画面に映し出されているライブ動画配信サイトは、相変わらずコメントが流れている。

長沢について書かれたものが多い。立てこもり犯の板東に対する非難は少なかった。

――負けるな板東
建て替えに反対する長沢を愚弄するコメントが流れては消える。

――ごね得者は死刑

――マンションから飛び降りて死ね

信じられない思いで日吉はそれらを見つめた。

いったい何が起きている……。

同じものを板東が見ていると思うと、大型ナイフが喉元に当てられているような緊張感を覚え、腋の下を冷や汗が伝わった。

店に勤務していた当時の板東の顔写真が大写しになったとき、ぽろりと田所の口から言葉が洩れた。

「こいつ、マンションに出入りしているよ」

日吉は耳を疑った。

板東がここに出入りしていた？

辰巳に驚いた様子はなかった。

「板東はマンションに知り合いでもいるんですか？」日吉は訊いた。

「違うよ。花壇や垣根なんかを手入れする業者だよ。土入れ替えているところを見たよ。あいつだと思うんだけどなぁ」

板東はホームセンターの園芸部門で働いていた。マンション管理組合が依頼して、土を運んできたのかもしれない。

辰巳は余裕たっぷりの表情で紅茶を飲んでいる。

そのときスマホが鳴った。現本の電話番号が表示されていた。

「……どこ、ほっつき歩いてる」江間の声だ。

「あ、はい」

「辰巳も一緒か？」

「はい、ここに」

「動き出した。すぐ来い」

「りょ、了解しました。ただちに参ります」

辰巳は慌てる様子もなく、ゆっくり紅茶を飲み干してから、おもむろに立ち上がった。

6

現本には張りつめた空気が流れていた。沈黙が支配する中、全員が身じろぎもせず、スピーカーから流れる音に聴き入っている。

大型モニターに映っている510号室は、相変わらずカーテンが引かれて中が見えない。

〈……わかってるんだろうな、あぁ〉板東の声だ。語尾が怪しい。

〈だから何がですか〉長沢だ。これまでになく怯えている声。

板東の興奮の度合いが増している。ドラッグを吸い続け、とうとうテンパったのか。

〈しらばっくれるなっつーの〉

〈よ、よしてくださいよ〉

〈怖いのか、てめぇも、ああ〉

ぱたぱたとスリッパの音がする。長沢がたまらず逃げ出したようだ。

どたどたと裸足で歩く音が続く。

板東が追いかけているようだ。

音は次第に遠のき、うまく聞き取れなくなった。

「マイクだ。切り替えろ」管理官のひとりが怒鳴った。

「だめです。マイクのないほうの部屋に入ったみたいです」志賀が答える。

スピーカーを睨みつけたまま、一課長は石のように固くなり、江間は顔を赤らめ肩で息をしだした。

交渉役があわてて受話器を手に取り、長沢の携帯に電話をかける。呼び出し音が鳴るばかりだ。

苦渋の声が一課長から洩れたとき、マイクから息を吐く音が伝わってきた。

〈はっはっ……や、やめてくれ〉長沢の声だ。

携帯の呼び出し音が鳴り続けている。

〈逃げるな、この野郎〉板東の声が次第に大きくなる。

床に倒れ込むような音がした。板の間を蹴るような音がしたかと思うと悲痛な声が上がった。

〈あ、あー、あ、痛ーっ〉長沢の悲鳴。〈や、やめてくれー〉

床を叩くような、それまで聞いたことのない音が聞こえる。

四つん這いになり、逃げ回る長沢の姿が見えるような気がした。

そのとき、ふっと携帯の呼び出し音が止まった。

「なんだ、用かぁ」板東が携帯に出た。

「あ、いえ、お電話出てくださらないから」

「女房はまだなのか？」

「あ……それはいまお呼び出ししていますから。間もなく到着する予定ですので」

「……来るかぁ、あのアマ」

「来ますって」

「誕生日プレゼントだって言っておけ」

誕生日プレゼント？　きょうが奥さんの誕生日なのか？

「了解、了解。ね、林さん、もう昼でしょ。お腹空かない？」

「……だな。冷蔵庫にゃ何もねぇ」

「だったらね、どうぞ、お好きなもの言ってくださいよ。何でも差し入れしますから。お願いしますよ」

「……だったら天丼でもいくか。車エビだぞ」

「結構、結構、お持ちしますから。三十分……いや二十分……大急ぎでやりますよ」

電話が切れた。

ミシミシと裸足で音を立てて歩く板東の足音が止まり、聞こえなくなった。リビングキッチンのソファに座ったようだ。

そのあたりで、かすかに長沢の吐く荒い息づかいが聞こえる。痛みをこらえているようだ。

刑事課長が天丼を取り寄せるため、慌ただしく本署へ連絡を入れる。

ひとまずの危機は脱したようだが、猶予はなかった。一刻も早く救出しなければ命が危うい――。

7

午後二時十五分。風が出てきた。509号室のベランダ。

日吉はひとりはさんで、パーティションの前で膝立ちになっている辰巳の背中を見つめていた。先頭の班員が硬質ゴムの丸型掛け矢を握りしめている。窓を割る役目だ。イヤホンから、しきりと現本で指揮をとる江間の上ずった声が入感する。

〈配置できたか?〉

〈こちらA班、配置完了〉辰巳の声。

〈こちらB班、配置完了〉屋上にいる班長の声。

〈……ホシはリビングの流し前の椅子に座っている〉

〈人質との距離は?〉辰巳が確認を求める。

〈およそ三メートル〉

〈確かか?〉

〈志賀、どうだ?〉江間が横にいる志賀に尋ねる。

〈……たぶんそれくらい〉強ばった志賀の声が流れる。〈……人質はテーブルをはさん

だソファ〉

たぶんでは困る。突入時は、たとえ十センチでも二十センチでも、犯人を人質から離しておきたい。

ひそかに利尿剤を混ぜ込んだ天丼を差し入れたのは午後一時半。ひとりが割り箸を割り、がつがつとかきこむ音を感知している。

それが板東である可能性が高かった。彼が我慢できずにトイレに駆け込むタイミングを見計らって突入する計画だが、待機して四十分近くすぎても板東がトイレに立つ様子はなかった。

摂取した利尿剤の量が少ないのだろうか……。

〈トイレ、どうだ?〉江間の呼びかける声が神経質に伝わる。

〈や……まだです〉何度聞いても志賀の返事は同じだ。

日吉は腰から下の感覚が痺れたように失せていた。膝立ちしている軸足を左足に替える。

辰巳のヘルメットはまったく動いていない。

〈人質は動かんな〉江間の声。

〈まだ、まだ〉志賀がじらす。

〈距離距離、人質との距離〉一課長が同じように言う。

〈うーん、三メートル変わらず〉

〈……どうだ？〉

〈まだまだ〉

さんざん引き延ばされた末に、志賀の声がした。

〈ウン……これって……動きました……板東が動いてテーブルを回って……あ、だめだ、あっ〉

〈どうした？〉

〈また……やってます〉ぞっとするような志賀の声だ。〈悲鳴が聞こえます〉

盗聴マイクの音声はいま、突入班の元には届いていない。現本から送られてくる指令のみだ。

〈電話だ、電話しろ〉

一課長の声がしたかと思うと、それに応ずる交渉役の声が聞こえた。

日吉の背中に冷たいものが伝わった。

〈……出た〉江間が言う。

交渉役が話をはじめる。

〈動いたか?〉一課長が訊いた。

〈携帯の置き場所はどこだ?〉

〈キッチンカウンターの上か、テーブルの右端、どちらかです〉

〈いまはどっちだった?〉

〈かなり動きました。たぶん、カウンターのほうに……あ、切れた〉

通話が切れたようだ。余裕はなかった。すぐにでも突入するべきだ。

〈人質との距離、約五メートル〉志賀の声。

〈ホシのいる位置は〉辰巳が訊いた。

〈左手十一時方向、窓から四メートル〉江間の声が上ずる。

〈人質はどうだ?〉

〈……やんでる、悲鳴はやんでいます〉志賀の悲痛な声。〈人質との距離五メートルで変わらず〉

〈よし、行くぞ。辰巳〉オペレーション開始の江間の声が伝わった。

電流のような緊張感が全身に走った。喉がからからに渇いていた。筋肉が石のように硬くなる。

〈了解〉冷静な辰巳の声。

〈よし、かかれ〉江間の号令がかかる。

〈了解〉一番手の辰巳が言い放つ。〈閃光弾、準備は？〉

〈できてます〉辰巳の後ろにいる二番手の黒川が答える。〈コンマ三秒にセット〉

投擲して三秒後に爆発するようセットしてあるのだ。

〈ゴーゴー〉辰巳が鋭く言い放った。

本番――。

先行するふたりの班員がパーティションに手をかける。あらかじめ固定ビスを取り除いてあるのであっけなく外れた。隣室のベランダと素通しになった。

〈パーティション排除〉辰巳が言った。

〈B班、降下準備〉江間の声。

屋上からロープで降下するB班に命令する。

〈よし、ゴーゴー〉江間の叫び声。

〈行くぞ〉腹の底から絞った辰巳の声が脳髄に届く。

唾を呑み込む。

辰巳の前にいるふたりが低姿勢でベランダに入る。

辰巳の背中のＳＩＴの文字が動いた。続いて黒川が動き、それに引きずられるように日吉も前に進む。

ふたりの班員のうしろで辰巳が再度確認する。〈ホシの位置は？〉

〈同じだ、窓から四メートル、左手十一時方向〉

辰巳に班員の視線が集中する。突入するぞと言う目で、その場にいる六名全員を見回す。日吉とも目が合った。

〈やれっ〉辰巳が窓を指さす。

窓の横にとりついていた班員が、中腰の姿勢で掛け矢を右方向に振りかぶる。息を止めた。水平に窓ガラスへ叩きつけた。

粉々に砕け散る音とともに、部屋の内部が垣間見えた。その穴に向かって黒川が閃光弾を放り込む。

ドーン――。

大音響とともに目映《まばゆ》い光が炸裂し建物が揺れた。足下がふらつき尻餅をついた。

班員が内側のロックを外し、サッシ窓を引く。

開け放たれた窓から、中腰の姿勢で辰巳が中に消えた。黒川が続いて突っ込む。日吉は体勢を整え、目をつむるようにリビングに飛び込んだ。

目がくらんだのかと思った。テーブルに座っているはずの板東はいない。ソファにも人がいない。どこへ消えた？

左十時方向。

リビングを突っ切り、玄関側に進む辰巳がいた。

黒川がそれに続く。駆け込むように日吉はそのうしろについた。

トイレ前の狭い廊下だ。斜めに突っ立っているふたりの人間が見えた。

いつの間にここまで動いた？

閃光弾は効かなかったのか。

髪を振り乱した板東が左手を長沢の首に巻きつけ、右手に握りしめたサバイバルナイフを喉元に突きつけていた。

躊躇しなかった。辰巳が飛び込んだ。サバイバルナイフを握りしめた板東の右腕をつかみ、引き上げた。上体で押し込むと、長沢の体がするっと抜けた。

黒川が飛びかかろうとしたとき、辰巳は背後から板東に抱きかかえられ、首筋にサバイバルナイフの切っ先を当てられた。

黒川も日吉も動きが止まった。一歩も前に出られなかった。

辰巳の目に恐怖の色はない。訓練のように、受け入れているように見えた。

それからの数秒間は、スローモーションのような映像として終生日吉の中に残った。

板東が握りしめているナイフの柄の上に、辰巳の右手があてがわれた。同時に辰巳の左手が板東の右手首を上側から押さえつける。そのまま、板東の手首を両手で絞ると、辰巳の体が横を向いた。辰巳の首に回されていた板東の左手がほどける。

辰巳は右手をナイフの柄に密着させたまま、板東の手首をねじった。ナイフが天井を向く。刃の背に左前腕を押し当てながら、辰巳は右足をうしろに引いた。

板東の肘を完全に決めていた。さらにねじり続ける。

ぽろりとナイフが床に落ちた。

武装の解けた板東の腹めがけて黒川がタックルした。そのまま壁にぶち当たり、ふたりして床に転がる。

「何してる！」ナイフを拾い上げた辰巳の声にはっとした。

日吉は壁にもたれかかっている長沢の体に抱きついた。

脇腹に手をはさみリビングまで引きずっていった。

やって来たB班の三人が、床に倒れ込んでいるふたりの上に折り重なるように飛びかかる。

「野郎っ」

押し潰されたような声が板東の口から洩れる。

玄関に移動した辰巳が、ロックを外すのが見えた。

C班五名がなだれ込んでくる。ベランダからもB班の残りが突入してくる。

「かかれーっ」

「やれっ」

「押せーっ」

「くそ野郎っ」

制止が利かないほどに班員たちの声が乱れ飛ぶ。

板東の顔は班員たちに隠れ、かろうじて右手首から上だけが見えた。

それを乗り越えるように辰巳が日吉の元にやって来た。

「怪我は？」

言われてはじめて長沢の体を見た。

呼吸は浅いがしっかりしている。額の生え際に血が滲み出ている。首に二か所、三センチほどの切創があった。その上側の傷口から血が流れ出ていた。

「大丈夫ですからね」日吉は声をかけ、手袋を外してスカーフを傷口にあてた。

ふたりで長沢を抱きかかえ、ソファに移す。

それを見届けてから辰巳は廊下を見渡した。

狭い廊下はアサルトスーツで埋め尽くされ、その一番下で板東が虫の息を吐いていた。

恨めしげなその赤目が辰巳を睨みつけていた。

〈制圧終了、人質は負傷しているが命に別状なし〉辰巳の声が響く。

〈よしっ〉江間の声。

体中の毛穴から汗が噴き出し、サウナに入ったように体中が火照《ほて》った。

現本の雑音が耳に入らぬほど、日吉は息が上がり、心臓が激しく鼓動していた。一分近くたっても、元に戻らなかった。

辰巳が粉々に砕け散ったガラス片を注意深く避けながら、歩き出した。

テーブルの上には天丼がふたつ、離れたところに置かれていた。キッチンカウンター寄りにあるそれは、半分ほど食べられているが、もうひとつは蓋がかぶせられたままだった。ソファの上に、板東が着ていたスプリングコートが脱ぎ捨てられ、サバイバルナイフを収める革ケースが床に転がっていた。

キッチンカウンターの前で辰巳は床を見下ろした。

パイプのようなものが転がっている。中に燃え滓《かす》のようなものが残っている。板東が使っていたドラッグの吸引器と思われた。しばらくそれを見つめてから、日本間やほかの部屋を歩き回り、くずかごの中を改めた。リビングに戻ってきた辰巳は、ふと気づいたようにスプリングコートを取り上げ、ポケットに手を入れた。

中から取りだしたのは黒地に赤い炎があしらわれた図柄のビニール袋だった。ハード・クラッシュと英語で書かれているそれに見覚えがある。

大麻と似た成分を持つ危険ドラッグだ。ドラッグ乱用者のあいだで『最凶のドラッグ』と呼ばれ、去年だけでも十名近い死亡者が出ている。厳重な取り締まりで取扱店舗は根こそぎになったはずだが、ネットなどで手に入れたのだろう。板東は相当な薬物中毒者かもしれない。

板東は恨みを持つ相手の部屋に上がり込み、立てこもろうという強い決意を持ってやって来た。正気ではやり通せないと考え、危険ドラッグを持ち込んだのではないか。

辰巳は袋のジッパー部分に顔を近づけ、興味深げに眺めている。ジッパー部分に黒っぽい土のようなものが付着している。コートのポケットの内側も改めだした。

あれだけの格闘を演じながら、息ひとつ切らしていない。現場検証らしきものに取りかかっている辰巳を、異星人でも見るように日吉は目で追いかけた。

8

主だった特殊班の捜査員が居残る中で、510号室では本部の鑑識員による鑑識がはじまっていた。板東は逮捕監禁、ならびに監禁致傷罪で現行犯逮捕され、調布署に連行されていった。長沢も待機していた救急車で病院に搬送され、治療がはじまっているはずだった。

スーツ姿の福地が現れた。ひととおり部屋を見て回ってから、リビングキッチンにやって来た。

点々と長沢の血痕が残り、窓ガラスの破片が飛び散っている床に細い目を当て、「まあ、運がよかったか」と口にする。

「運がいいって何だよ」江間が反応する。

「マル害が命《タマ》取られなかったのは、偶然以外の何ものでもねえ」

福地は声を荒らげ、「いつまで残ってやがるんだ。さっさと撤収しろ」と吐きかけた。

その場にいた捜査員が福地を睨みつけた。

誘拐や立てこもりは、いつ何時起きてもおかしくはない。それに対応するため、特殊班は事案が決着を見たら、ただちにその場を離れ、次の特殊事案に備えなければならない。

この現場もあとは捜査一課の強行犯捜査に所属する係が立件するはずだ。

今回は福地が管理官を務める第四強行犯捜査の係が受け持つだろう。

辰巳は意に介する様子もなく、日本間に上がり込み長沢の書いたノート類や手帳などに目を通している。日吉もクリアファイルに収められたメモ類を見る。

「辰巳っ」福地が呼んだが、一瞥しただけで目を元に戻す。

「何眺めてる」

近寄ってきた福地に、辰巳が差し出したのは長沢の日記帳だ。

福地は中身を見ようともせず、書棚に並ぶ本の上に置いた。

「病院で長沢は何か喋っているか？」辰巳は福地に訊いた。

「まだ話せるわけねえだろ」

部屋から搬送されるとき、長沢は意識を失いかけていた。板東を部屋に入れた経緯がわからぬままなのだ。

辰巳が言う。「板東のヤサに行かないのか？」

福地の腫れぼったい目が不機嫌そうに細まる。

「これから行く」ぶすっと福地が応じ、日本間から出て行った。

「こんなところに用はねえ」辰巳がきっぱりと言う。「いよいよはじまりだ」

はじまり？

いまさら何を言うかと思えば。

突入が終わり、あとは現場を片づけて撤収するだけなのに。

志賀とともに部屋を出て行く辰巳のあとを日吉は追いかける。

「下手するとフタをされかねん」

意味不明の辰巳のつぶやきが洩れた。何を言いたいのか、見当もつかなかった。


現本に戻った辰巳は、志賀を急かすように防犯カメラの録画映像を再生させた。

「板東がルグランの玄関に入ったときの映像を頼む」

辰巳に言われて、志賀はその映像をモニターに再生させた。

薄いベージュのスプリングコートを着た板東がはっきりと写り込んでいる。スリムタイプのコートなので体にぴったりと張り付いている。ナイフはコートの下でズボンのベルトにはさんでいたのだろう。

「そこでストップ」辰巳は言った。「そこから早送りで巻き戻せ」

志賀は太い首を動かし、何のためにという顔付きで辰巳をふりかえったが、結局言われた通りにした。

五分ほど閲覧したのち、辰巳は着替えをはじめた。日吉も着替えをすませた。

「行くぞ、トモ」

「どこに行くんですか？」

「ヤマトホーム」

そんなところに行って、何をする気なのか？

勤めていたときの板東や長沢の様子を訊くつもりだろうか。

ふたりの関係はすでにわかっている。特殊班が板東の立件に向けた捜査をする必要はない。捜査一課のほかの係にまかせておけばいいのだ。

辰巳はそんなことなど、まったく考慮に入れていないようだった。

とにかくついていくしかなかった。江間管理官から、辰巳にぴったり張り付いていろと厳命されているのだ。

9

ヤマトホームで聞き込みをすませ、次に向かう先として辰巳が指定したのは、国分寺にある板東のアパートだった。

日の傾きはじめたアパート前には、捜査車両が二台と鑑識課のワゴンが並んでいた。

二十年ほど前、盛んに建てられたプレハブ工法の二階建ての建物だ。一階奥手にある部屋に、捜査員が出入りしていた。

辰巳が顔を覗かせると、ビニールの足カバーを付けたまま、福地管理官が出てきた。

呆れた表情で、「入って見たけりゃ、入れ」とうるさそうに言う。

「ヤマトホームで話を聞いてきた」

辰巳が応じると福地は煩わしげに、「だから何だ」と訊き返してきた。

「去年の十二月八日日曜日、長沢利行は休みで自宅にいた」

福地の額に険しい線が浮き出た。

「板東の目の前で、お得意さんの子が交通事故に遭った日か？」

辰巳はうなずいた。

「長沢はその前の週の金曜日まで駐車場整理をしていたが、土日は休みだった」

福地の目線が一瞬宙を漂った。

「確かか？」

「行ってみたらいい」

その場で考え込むように福地はうつむき加減になった。

単純な立てこもり事件とは一線を画しているように思える。

「ネット中継で使われたカメラがセットされたビルについては、もうカタがついているはずだが」辰巳が訊く。

「タワーマンション北隣の総合病院だ。六階特別室のベランダにセットされていた」

福地はしぶしぶ認めた。

「その特別室は誰でも入れる？」

「空室のときは鍵がかかっている。ただし、一昨日、ルグラン調布の住人が精密検診で一日だけ入院している」

ふたりのやりとりに、日吉は息を呑んだ。

……ルグラン調布の住人がカメラを仕掛けたというのか？

「そいつはカメラの設置を認めた？」

「まだ確認していない」

了解したという表情を見せ、それを潮に辰巳はクルマに戻っていった。

その背中に福地が声をかける。

「どこ行くんだ？」

「わかってるだろ」

辰巳は答えるとクルマに乗り込んだ。

日吉も追いかけるように運転席に乗り、クルマを発進させた。

「ルグラン調布に戻りますね？」

声をかけると辰巳はうなずいた。

しばらく走ったところで、バックミラーに福地管理官の専用車が映り込んでいた。辰巳に知らせると、「好きにさせておけ」とつぶやいた。

10

ルグラン調布の管理人室で、管理人から話を聞き書類を見せてもらった。福地は外で待っていた。そのあと、二階にある金原の自宅を訪れた。マンション管理組合の理事長だ。

セーターに着替えていた金原は、長身を折り曲げるように玄関横の書斎に通した。福地も入ってきて、ドアの横に立つ。

マンション管理の実務書が目立つ書棚だ。管理組合の記録や日誌が綴じられたファイルも並んでいた。窓際にある机の上に、デベロッパーが作成したマンション建て替えに関わる設計図書類が置かれている。その机を背にして、「まだ何か……」と金原は不安げに洩らした。

辰巳が相好《そうごう》を崩し、「理事長さん、たいしたことじゃありません。少し確認事項があって寄らせてもらっただけですから」と言うと金原の顔からようやく緊張が消えた。

「どんなことですか？」

「理事長さん、長沢さんとのおつきあいは古いですよね？」

「ご家族がいらっしゃったころは、親戚同然のつきあいでした……それが何か？」

ふたたび顔が曇りかけた金原に、「もう少し詳しく、長沢さんのご家族についてお聞かせ願えますか？」と辰巳が訊いた。

金原は困惑しながらも、尋ねられるまま詳しく答えた。

福地はずっと口をつぐんでいた。

二十分ほど経ったとき、ドアのチャイムが鳴った。

リビングに回った金原がインターホンに「どなた」と問いかける。「宇佐美です」という声が聞こえた。

「おいでなすった」辰巳が洩らした。

金原に案内され、太った体が書斎に入ってきた。紺のカーディガンにコットンパンツ。現本にいたときのままだ。三人の警官を見て、宇佐美は一瞬怯んだような顔付きを見せたが、それを呑み込むように部屋を横切り、金原と同じように机に寄りかかった。

戸口にいた金原に辰巳が何事か声をかけると、書斎から出ていった。

日吉は宇佐美と正対している辰巳の背後についた。

「ちょうどよかった」辰巳が口を開いた。「これからお宅にお邪魔しようと思っていたところでした。さ、お座りになって」

言われた通り、宇佐美は椅子を引き中途半端な笑顔を浮かべてしゃがみ込んだ。

「えっと、何でしょうね？」心細げに宇佐美が訊いてくる。

「お宅、一級建築士をなさっているそうだけど、ご自分の事務所をお持ち？」軽い口調で辰巳が言う。

宇佐美は手を振り、「とんでもない。四年前まで、三鷹のちっぽけな建設会社に勤めてました。いまはフリーですよ」と答える。

「どうりでマンションの建て替えにお詳しいわけだ」

「や、それほどじゃないですから」

薄い髪に手をやりながら答える。

「ところで、こちらのマンションはサークル活動が活発なようですね？」

「そうですね。小さい割には。長いあいだ一緒に住んでいますから」

「芋煮会はどんな会になります？　毎週土曜の九時に開催されているようですが」

宇佐美は意外そうな顔で辰巳を見つめた。

「旬の食材を持ち寄って、集会室や中庭で料理を作る会ですが……何か？」

「来週、再来週も予定されているけど、きょうだけ入っていなかったでしょ？」

宇佐美ははっと息を呑んだ。

「……あまり参加していないんで、知りませんでした」立てこもり事件を思い返すように宇佐美は続ける。「でも、きょうはなくてよかった」

「人が集まっていたら大変だった」辰巳は言った。「板東に襲われていたかもしれないからね」

宇佐美は納得のいったような表情を見せた。

「もうひとつ」辰巳が続ける。「長沢さんの隣室の三浦さんご夫婦について。ご両家は仲がよかった？」

宇佐美はまともな質問と受け取ったらしく、安心した顔つきになった。

「それなりじゃないですか……どうされました？」

「今朝の九時半ごろ、マンション下の道路にいた野次馬の中に、三浦さんのご子息の拓《たく》馬《ま》くんがいたんですよ」

疑問を抱いたように、宇佐美の目が縮こまった。

「……それが何か？」

「昨日、拓馬くんは、ご両親から友だちの家に泊まりに行けと言われて、それに従っていました。きょうは絶対に帰ってくるな、と厳しく申し渡されていたようです」

「……ほう」うなずきながら宇佐美が洩らす。

「三浦さんのお宅については、ほかにもいくつか奇妙なことがあるんですよ。普通、突入部隊を入れさせてくれと頼むと、たいがいは拒否されるが、三浦さんご夫婦には快く受け入れていただいた。隣室に接する壁の前から、事前に家具を動かした形跡まであった」

コンクリートマイクを設置した場所だ。洋服ダンスやハイチェストを部屋のべつのところに移動させた形跡が残っていたのだ。それに気づいた辰巳が三浦夫婦に対して疑いを抱いたようだ。

宇佐美は所在なげに書棚に目をやる。

「芋煮会にしろ三浦ご夫妻にしろ、まるできょう、立てこもり事件があるのを察知していたみたいですね」

辰巳の言葉に宇佐美の顔が一瞬強ばった。

その様子を見ながら辰巳が続ける。「ネットの様子もおかしかった。立てこもり事件が発生して間もないというのに、犯人や人質の顔がアップされたり、勤務先まで書き込まれた。人質の長沢さんについても、彼がひとりだけマンション建て替えに反対していたのが暴露された。そのせいで、迷惑を被《こうむ》る住民が大勢いるのも。それでいっせいに彼に対する非難が沸き起こった。その火付け役になったのが、マンション一階に遺棄された長沢さんのソファの写真だった……あれって、あなたが粗大ゴミ置き場から昨夜、持ち出したよね？」

宇佐美の太い体が揺れた。薄い髪に手を当てさかんにしごく。

「わ……わたしが？」

「あなたが運び出しているのを見た住民がいる」

「ど、どいつだ」そう言った宇佐美の頰のあたりが赤みを帯びた。

「それはいい」辰巳ははねつける。「突入するにあたって、警察はテレビ局には報道規制を敷いた。しかし、ネットはその埒外だ。ライブ動画配信用のカメラは突入までのあいだずっと、ピンポイントで５１０号室の様子を撮影していた。それについては？」

「あったみたいだけどさ」と宇佐美は言葉を濁らせる。

「カメラが置かれていたのはこのマンションの住民が前日、入院していた部屋だよ。あなたが懇意にしている方だ」

つい先ほど、金原から教えられたことだ。

「宇佐美さん、あなたがカメラを付けたんじゃないのかね？」続けて辰巳が訊いた。

「め、めっそうもない……何でわたしが」激しく否定する。

「いましがた、マンションの管理人から、マンションの維持管理その他すべての委託契約関係の説明を受けた。マンションの植栽はヤマトホームが一括して請け負っているね？」

ようやく自分のフィールドに戻ってきたかのように、宇佐美が人心地ついた顔を見せた。

「そうですよ。うちだけじゃなくて、隣のロイヤルハイツも契約してますから。このあたりのマンションは全部そうじゃないかな」

「立てこもり犯の板東はヤマトホームの園芸部門担当だった。彼もこのマンションに来て仕事してたよね？」

ふたたび宇佐美の顔が青みがかった。

「……知りませんよ、管理人じゃないから。訊いたの？　彼に？」

「伺いました。管理人の話じゃ、頻繁に人が入れ替わるし、外で仕事をすることが多いから、いちいち覚えていないらしくてね。ほかに仕事多いでしょ。ヤマトホームは管理人が不在のときでも、どんどん仕事を進めるらしいし」

「そんなこと知りませんよ」

「いや、あなたなら、知っているはずだ」辰巳がきっぱりと言った。「二年前からあなたはマンション管理組合の会計担当になった。委託関係は全部頭に入っている。補修にしろ植栽にしろ、あなたは現場に立ち会って、口出ししていたと言うじゃないか」

宇佐美はせわしなく視線を動かし黙り込んだ。

辰巳は続けて訊いた。「一月九日木曜日午前九時、板東は玄関先の花壇にパンジーを植え付けるためマンションにやって来た。記憶ないかな?」

それは聞き込みで得た情報だ。

「さあ」と宇佐美は額に青筋を浮かべて突っぱねる。

「いいだろう」辰巳が言った。「板東が来たのはその一度限りだがね。でも、あの人相風体だからかなり印象強く残ったと思う。そのあと、あなたは、ヤマトホームのべつの店員に彼のことを訊いたな?」

宇佐美の喉元が動き、生唾を呑み込んだ。

「板東の離婚をはじめとする家庭状況、暴走族だった経歴、日ごろ見ているネットのサイトやハンドル名、そしてドラッグ中毒者であることも知った。それであなたは、うってつけの人間ではないかと踏んだわけだ」

　宇佐美は首を伸ばし訝しげな目線を辰巳に当てた。

「わ、わたしが何ですって……？」

「５１０号室の長沢さん宅に立てこもる人間として最適だと判断した」辰巳は言う。「板東が見ている闇サイトについても、あなたは簡単にたどり着くことができた。そして彼のハンドル名宛に匿名でメールを送った。〝十二月八日、あなたが不運にも立ち会うことになった交通事故は、長沢利行のせいで起きた〟という内容だろう。それを知らされた板東は、怒り狂った」

……そこにつながるかと日吉は思った。

うその情報をつかまされた板東は、離婚したばかりで気分が荒《すさ》んでいた。宇佐美の誘いに簡単に乗ったのかもしれない。

うしろにいる福地が電話で部下を呼び寄せる声が聞こえる。

「問題は板東が使っていた危険ドラッグだ」辰巳が言った。「あんたが彼に与えた」

「わたしが何を？」即座に宇佐美が否定した。「どこにそんな証拠がある？」

「立てこもりの前夜、玄関先の花壇にあんたは危険ドラッグが入ったビニール袋をこっそり埋めた」

「……ど、どこに」額にうっすらと汗が浮かんでいる。

「だから花壇に。念の入ったことに、そこが映り込む防犯カメラをあんたはわざと故障させている」

宇佐美は口を半ば開いたまま、辰巳の顔に見入った。

「だが玄関の防犯カメラは正常だった。二月二十八日午後十時四十二分、園芸に使う小さなショベルを持って玄関から出て行くあんたの姿が写っている」

その男が写っている映像は現本で日吉も見た。三分ほどで中に戻ってきたはずだ。あれは宇佐美だったのだ。

辰巳が続ける。「板東にべつのメールも送りつけた。内容はこうだ。『三月一日はあんたを捨てた女房の誕生日だ。彼女にでかいバースデープレゼントを送りつけないか』と」

思い当たる節があるらしく、宇佐美は肩で息をついてうなだれた。

「『長沢宅に押し入って立てこもれ。景気づけにその日花壇の中に、ハード・クラッシュを隠しておくから』とな」辰巳は言う。「長沢に対する恨みを持った薬物中毒者による仕業と見せかけるためにだ」

宇佐美の額に大粒の汗が浮き出ていた。開いたままの口から荒い息が漏れていた。何か言いたげに、太い体を前後に動かしているが一言も出ない。

辰巳は一歩前に踏み出した。

「すべては、長沢さんに対する嫌がらせだ。世間の非難を浴びるようマナーの悪さをネットにさらし、彼を徹底的に痛めつけた。最終的な目的はひとつ。マンション建て替えにあくまで反対する長沢さんの自己中心的な人柄を世間にさらけ出すことにあった。主だった住民にはあらかじめ、板東が来ると言い含めておいた。ただし、警察対応で矢面に立たされる理事長の金原さんと管理人には知らせなかった」

三浦夫妻も宇佐美の意を汲み、特殊班が来る事態を想定していた。

新しいマンションに住むためには仕方ないと思い、宇佐美に従ったのだ。

「そ、それは……」宇佐美は短く息をつきつぶやいた。

「あそこまで暴露されれば、とてもこのマンションには住んでいられなくなる」辰巳は言う。「いや、彼が自らすすんでマンションを出て行くだろうと踏んだ……」

「だって……あいつはさ」子どもが駄々をこねるように宇佐美は言う。

「なるたけ早く彼には出て行ってもらわなければならない。なぜなら、今月中に市に対して、マンション建て替えに関する、全員賛成の判が押された要望書を提出しなければならないからだ」

それが間に合わなければ、等価交換の条件はなくなり、住民たちはそれぞれ、建て替えに要する費用を負担しなければいけなくなる。

「どうしてここまでやった？」辰巳は訊いた。「専門家のプライドか？」

宇佐美は興奮の冷めやらない顔で辰巳をふりかえった。

「……さんざん説得したのに、長沢の野郎、一言も聞き入れねえ」宇佐美は憎しみをたぎらせた顔でつぶやいた。

日吉は腑に落ちた。

ルグラン調布の四十八戸のうち四十七戸。調布ロイヤルハイツの七十五戸。七割以上が高齢者世帯だ。合わせて百二十二戸の住民らの怨念が長沢利行ひとりにかかっていた。宇佐美はそれを晴らす巫女《みこ》役をみずから買って出た……。

宇佐美の言葉を潮に、辰巳はきびすを返した。部屋を出る間際、福地にちらっと視線を送った。玄関のチャイムが鳴る。辰巳が開けると福地の部下がふたり、入ってきた。

あとは彼らが宇佐美を調布署に任意同行して、続きの話を聞くだろう。

宇佐美は逮捕監禁の教唆のほかに、警察に対する偽計業務妨害の取り調べも受けるはずである。

辰巳のあとについて金原宅を出た。ルグラン調布を出てふりむくとすっかり日の落ちた向こうに、ロイヤルハイツの建物がひっそりと佇んでいた。

11

包帯でぐるぐる巻きにされた頭が痛々しかった。首に巻かれた包帯の片隅から傷口へ当てたパッドがはみ出ている。部屋に入った辰巳をふりかえった長沢利行は、「あ、そのままで」という声が届かないように、電動ベッドの背面を起こした。青く湿った能面のような顔は、モニターで見たときより小さな印象を受ける。彫りの深い目元に疲労の色がにじんでいた。

「お疲れのところ申し訳ありません」

ドアのところで辰巳が詫びると、長沢は両手を脇に垂らしたまま、かすかにうなずいた。

主治医から面会時間は十分以内にと言われている。それもうなずける顔付き体付きだった。

「立てこもり犯については、だいたいお聞きになったと聞いていますが……」辰巳が遠慮がちに声をかけた。

するとも長沢は首の傷を労《いたわ》るように、顎だけ前に出すようにしてうなずいた。

長沢の目が自分に当てられているのを感じて、日吉は辰巳の一歩前に出た。

「……あなた、わたしを救ってくれた方？」力のない声が長沢の口から洩れた。

「はい、そうです」日吉は答え、隣にいる辰巳を紹介する。「うちの係長です。突入したとき、犯人の手からナイフを奪い取りました」

長沢の大きな目が鈍く光り辰巳を向いた。

それに寄せられるように、辰巳はベッドサイドについた。

いまここで、立てこもり事件の真相について語るのだろうか……。不安を感じながら、日吉は辰巳のうしろに回る。

「少し気になることがありまして」ようやく辰巳が切り出した。「どうやって板東が部屋に入ってきたのか、わからなくて」

うなずいた長沢の口から、「ヤマトホームの者だって言われて」と洩れた。

「あっ、なるほど」辰巳がようやく謎が解けたとばかりに言う。「それじゃ玄関のロックを外さないわけにはいかなかったですね」

一仕事すんだとばかり、長沢は軽く目を閉じる。

「もうひとつよろしいですか？」ふたたび辰巳が声をかけた。

ゆっくりと長沢は目を開ける。

「差し支えなければで結構なんですよ」辰巳は労るように続ける。

「どうぞ」長沢が小声を発した。

「ありがとうございます。長沢さんはマンション管理組合の理事を十年以上されてきたと伺っています。信頼が厚いし、ペットや騒音の苦情も解決してくれたとも聞いています。ルグラン調布に愛着があるのですね？」

「それはもう」と苦しげに長沢はうなずく。

「そのような長沢さんがマンションの建て替えになぜ反対するのかと。そこのところがどうしても気になりまして」辰巳は口にすると、長沢の様子を窺った。

ゆっくり目を閉じた長沢が、答えを拒否しているように見えた。

「大変失礼かと存じましたが、日本間に置かれた写真立ての中の写真を持ち出させていただきました」辰巳は言うと、ビニール袋に収まった一枚のカラー写真を長沢の眼前に差し出した。

いつ、辰巳はそうしたのだろう。

薄く開かれた長沢の目が暗く光った。

写真には五十代前半くらいの長沢をはさんで、右側に四十代の女性、左サイドに二十歳ほどの若い女性の三人が仲睦まじく写っていた。手前の卓に結構な数の小皿が並び瓶ビールもある。日本料理屋の個室で撮られたようだ。

「奥様の美智子《みちこ》さんと娘さんの宏美《ひろみ》さんですね？」

辰巳が美智子さんと呼んだ女性は、レースのブラウスを着て、ショートカットをブローした軽めの髪型だ。よく整えられた眉をしている。

娘の宏美はタートルネックの半袖カットソーに細身を包み、ネックレスをかけている。きれいな顔立ちだ。長めのミディアムヘア。母親と似た目に薄くアイシャドーを入れ、形のいい唇を軽く嚙みしめて、小さなえくぼが浮かんでいた。

「ブログを読ませていただきました。たびたび娘さんの名前が出てくるので驚きました」辰巳は言った。「ご自身も本名を出されている」

長沢は目のやり場に困ったように横を向く。

「宏美さんはルグラン調布で生まれ、そこで育った。小さいころから星を見るのが好きで、たびたびお父さんにせがんでは屋上に出て、夜空を見たそうですね」

辰巳の言葉を黙って長沢は耳に入れている。

それらは金原から聞き出したものだ。しかし、いまさらそんなことを口にしたところで、何の意味があるというのか？

「学校の作文に、宏美さんはご自宅のことを〝青い帽子のおうち〟と書いていらっしゃった……利行さん以上に愛着があったのかもしれませんね」

わずかに首をうなだれた長沢の様子がおかしかった。

「そんな宏美さんでしたが、二十年前、彼女が大学二年のとき、ご家庭でちょっとした諍《いさか》いがあったとお聞きしています」辰巳が続ける。「それがもとで彼女は家を出て行ったきり、二度と戻ってこなかった……」

そこまでは金原から聞いている。しかし、いまここで、それについて詮索する必要があるのだろうか……。

「当時わたしは資源リサイクルを扱う子会社に出向させられていて。給料も減ってちょっと仕事に身が入らなかった」長沢が思い出すように言った。

「美智子さんも働いていたと伺っています」

「ちょうど娘の大学入学が決まって、学費の足しに、ドラッグストアの本部にパートで入って。年上の正規職員の女からイジメを受けていたようで……いまで言うパワハラっていうの？」

辰巳は顔を近づける。「そんなことが……」

「家内はすぐ胃腸にくるタイプで。すっかり体を壊しちゃって、それがなかなか治らないんだ。で、結局足を向けたところは当時流行っていた新興宗教」そこまで言って長沢はため息を洩らした。「断固反対したんです。そんなところに行くなって。近寄るなって。でも宏美は違った。いつも母親の肩を持って、『好きなところに行かせてあげればいいじゃん』と。それである日、ついかっとなって手を上げてしまった」

長沢の表情が暗く翳《かげ》った。

「秋晴れの気持ちのいい日でしたよ」長沢がつぶやいた。「わたしも家内も、大嫌いと言って飛び出していったきり……宏美はもう帰ってこない」

辰巳は軽く頭を下げながら、「お辛いことを聞いてしまい……」とだけ言った。

しこりに触れられたような表情を浮かべ、長沢は暗い窓に顔を向けた。

その横顔を見ながら、ふと日吉はベランダでサバイバルナイフを突きつけられたときの長沢の表情を思い出した。

あのとき、長沢は恐怖に捉えられていたのではなく、必死で呼びかけていたのではないか。

生きていればテレビを見つめているに違いない娘に向かって、戻ってこい、戻ってきてくれと必死で乞うていたのではないか……。

もはや言うべきことは何もないというふうに、長沢は口をつぐんだ。

ルグラン調布がタワー型マンションに建て替えられてしまえば、青い庇のマンションは跡形もなく消え去る。仮に戻ってきたとしても、住んでいた家を失った彼女は、そこから立ち去るしかないではないか——。

そう長沢が思い込んだとしても無理はなかった。

辰巳はその横で深々とお辞儀をして、日吉の背中を押すように部屋を辞した。

ドアを閉めるとき、電動ベッドを倒すかすかな音が洩れてきた。

こんなところに、ついてこなければよかったと日吉は思った。人質だった人物の繰言など、耳に入れるべきではなかった。

長い一日だった。ひととおりの重い仕事を達成した充足感はあった。しかしそれにもまして、やり場のない感情が身内に漂っていた。

辰巳はそんなわだかまりなど少しもない様子で、胸を張るように前を向いて歩いている。そのモノトーンの服を見ていると、日吉は胸の中に芽生えた中途半端な感情が少しずつ消えてゆくのがわかった。かすかに香水の匂いが漂っていたが、朝ほどではないので、さほど苦にはならなかった。

第2話　警護

1

女は大通りに面する精米店の角から、北向きの路地に入った。マキシ丈のスカートにズックという地味な出で立ち。小柄だ。布製のトートバッグを肩から下げている。やや時間をおき、ライトを消灯させて日吉はコンパクトカーのハンドルを切った。

狭い路地だ。突き当たりの暗がりに女の姿が吸い込まれるように消えた。そのとき、左手にある駐車場から、黒っぽい物が飛び出てきた。自転車だ。ニット帽をかぶった男が猛烈な勢いでペダルを漕ぎ、女のいるあたりに向かって突進した。

物を言う暇もなかった。日吉はクルマを降りて駆け出した。

「逃げろっ」

闇に慣れた目が、自転車もろとも女に体当たりしようとしている姿を捉えた。声に気づいてふりむいた女が、その場で凍りついたように棒立ちになった。

ぎりぎりのところで、女は自転車を回避した。よくよく見ると、男は女が提げていたバッグをつかんでいた。放すまいとして女がバッグの紐を両手でつかんだので、揉み合いになった。

あと数歩で届くと思ったそのとき、抵抗する女の胸元に、男が無慈悲な蹴りを打ち込んだ。後ろ向きに倒れる女を日吉はかろうじて支えた。

きつく結ばれた唇が恐怖で引きつっている。

「待っててください」言いながら、女をその場に残し、動き出した自転車のシルエットを追いかけた。

自転車の男は上体を左右に振ってペダルを漕ぎ、短い路地を一気に駆け抜けた。突き当たり手前で、体を右に傾けて曲がろうとする。

一瞬、闇の中にオレンジ色の車体がぱっと浮かび上がった。

後方から懐中電灯の明かりで照らされたのだ。白いマスクをつけた顔がちらっと明かりの方向を見た。

「止まれ！」

呼びかけたが応じるはずがなかった。勢いをつけたまま、自転車は角を曲がった。

突き当たりまで駆けた。走り続ける自転車の背面を見やる。

男は上体がぶれることなく自転車を巧みに操り、ハイスピードで倉庫とマンションのあいだを走り抜けようとしている。

瞬く間に明治通りまで達する。その左手の歩道に消えた。駅とは反対方向だ。

そこまでダッシュした。

歩道に出る寸前、うしろから声がかかった。

「もういい」

クルマに同乗していた辰巳英司係長だ。

諦めきれず歩道に出た。上がる息を抑えて自転車が走り去った方角を凝視した。広い歩道とそれに面して低層マンションが続いている。

四車線の通りをはさんで向こう側は大島《おおじま》四丁目団地。

自転車の影も形も見えない。

マル対（対象者）に違いないと思った。狙い澄ましたように、襲いかかってきた。警護をはじめて三日目。とうとう捕捉したのだ。ここで逃げられるわけにはいかない。

手元で無線スイッチをオンにする。

「こちらA班、襲われた、繰り返す、襲われた」

連呼すると、すぐに応答が入った。

〈こちらB班、そちらの位置は？〉

「四丁目団地前、明治通りをはさんだ手前の歩道。マル対は自転車で駅と反対方向に走り去った。黒のニット帽にマスクをつけている」

〈了解、ただちに追跡する〉

連絡をすませ、歩道に踏み出す。

「トモ、もうよせ」

辰巳が言い聞かせるように言い、手にした懐中電灯の明かりを消した。

そのまま背を向け、女を残した路地に戻った。

後ろ髪を引かれる思いであとにつく。

「駅が目の前だ」辰巳は日吉の胸中を見透かすように言った。「防犯カメラもあるし、目立つ車体だ。所轄にまかせておけばいい」

ここは都営地下鉄新宿線の西大島《にしおおじま》駅の南側百五十メートルほどの場所だ。江東区の北東にある下町で、西へ六キロ進めば東京駅がある。

今回のオペレーションで、特殊班は三台のクルマを遠張りにつけている。その全車がマル対の補捉に向かっているのだ。うまくいけば、今夜じゅうにも逮捕できる。しかし、もしだめなら……。

やむにやまれぬ気持ちで、辰巳の前に回り込む。「マル対に違いないと思います」

きょうの服はグレージャケットとネイビーパンツだ。

「単純なひったくりかもしれん。決めつけるな」

「でも」

囮《おとり》として、せっかく、警護対象者に単独行動を取ってもらったのだ。それを守りきれなかった——。

「男の特徴は？」辰巳が訊いてくる。

「中肉中背で黒っぽいニット帽とマスクをつけていました」

「自転車の種類は何だった？」

「……スポーツタイプだったと思いますが」

「サドルの高い多段変速タイプだ。細いタイヤにT字型のハンドドル。クロスバイクだぞ」

そこまで見ていたのか。

ママチャリと比べて車体が軽く、スピードが出る型だ。

調剤薬局前の明かりの中に佇んでいる女の影がある。

辰巳が声をかけると、長井《ながい》由里《ゆり》がこちらを向いた。

青白い顔に不安の色がありありと見てとれる。人並みの容姿だが利発そうな目が潤んで、いまだに唇を強く噛んでいた。怪我はないようだ。

辰巳は路上に置いたままのコンパクトカーに乗り込んだ。

「すみません。追い切れませんでした」日吉は言いながら、由里をクルマの後部座席に案内した。

自身も運転席に乗り込み、ご自宅に向かいますからと伝えてアクセルを踏み込む。明治通りに出て、自転車が走り去った方角にクルマを向ける。

「こっちは逆だろ」

辰巳に言われたものの、しばらく走ってから、信号でUターンした。

新大橋通りに入り、由里の住まいがある大島駅方向に鼻先を向ける。江東区大島は下町で東西に長く、これを横断する新宿線の駅が西大島、大島、東大島とある。

バックミラーで後部座席の様子を窺いながら、「怪我なさっていないですよね?」と改めて日吉は訊いた。

「あ……はい」か細い声の返事。

一日でも早くストーカーを捕まえてほしい、という由里の意思にそい、あえて、よう撃作戦をとったのが裏目に出た。

大島交番を通過して、さらに東に向かう。

辰巳が西大島の会社に残る夫の長井晃平《こうへい》に電話で報告を入れている。ふたりは、同じ会社に勤めているのが縁で結ばれたのだ。

無線が入感し続ける。〈B班、マル対は見えない、C班どうだ?〉

〈現在、四丁目団地の周回を走行中。それらしい自転車は見えない〉

日吉は無線のマイクを握りしめた。「D班そちらの現状は?」

〈こちらD班、日吉、自転車を乗り捨てられたらわからんぞ〉

「小道に逃げ込んでいるはずです。見落とさないでもらえますか」と、それだけ言うのがせいぜいだった。

「あいつです」つぶやくような由里の声がした。「間違いありません」

「顔を確認したのですか?」日吉はバックミラーを覗き込んだ。

ストーカーの名前はおろか顔もわかっていないはずだが。

由里は激しく首を横に振った。「言いました。『ミトメナイ』って」

「……さっきの男が?」

「バッグを奪われそうになったとき、はっきりした声で」

ハンドルを握りしめた手に力がこもった。やはり、やつはマル対だった……。

長井由里のスマホに、〝ミトメナイ〟とだけ書かれた最初のメールが入ったのはふた月前の三月二十日。同様のメールが入ったのち、自宅の郵便受けに〝早く別れろ〟とのメモが入った。昼夜を問わず、自宅の固定電話に無言電話がたびたび入るようになった。会社にも由里を名指しで、〝セックス上手　H好きで寝取るのが上手〟と新聞チラシの裏側に赤いマジックで殴り書きされた中傷ビラが投げ込まれた。心当たりがまったくないなか、四月上旬から男の声で、自宅の固定電話に由里を呼び捨てにして、電話に出ろという脅迫まがいの電話がかかってくるようになった。そうかと思うと、区役所から離婚届が出ているが、間違いないかという確認の電話が入ったりした。それは、まったく見知らぬ人間が勝手に郵便で送りつけたものとわかり、不受理願いを出す羽目にもなった。そして五月の連休明けの十日、出勤の途中、地下鉄大島駅の構内に下りる階段で後ろから背中を押され、突き落とされた。幸い、手首を軽くねんざしただけですんだ――。

　とうとう暴力行為にまで発展し、今年の二月に結婚したばかりの夫とともに、由里は地元を管轄する城東署を訪れた。

　ストーカー事案を受け持つ城東署生活安全課がただちに犯人特定のために捜査を開始した。しかし、大手プロバイダーのフリーメールを使っているため、相手方が特定できず、電話にしても名義のわからないトバシ携帯を使っているので、発信元をつかめないまま時間がすぎた。

城東署は霞が関の警視庁本部に応援を要請し、その結果、日吉たち捜査一課特殊班が身辺警護に駆り出された。凶悪事件につながる危険性や切迫性があると判断された場合、こうした事態に慣れた特殊班が対応する態勢に切り替わるのだ。

〝サンロード中の橋〟のアーチをくぐった。南北に百軒近い商店が連なっているはずだが、いまは半分ほどシャッターが下りている。

中ほどで右手に折れた。新旧の民家が密集する路地の奥まった場所に、マッチ箱を縦にしたような三階建ての家がある。さほど新しくない。向かいは歯科医院。すぐ横の空き地に停まっている年代物のドイツ車は長井家の父親の所有だ。

家の前でクルマを停めると、奥手にある玄関から晃平の母親が小走りに現れた。そのあと父親も続いた。由里は夫の両親と同居しているのだ。

すでにあらましを伝えてあるので、義母がクルマを降りた由里の背中を抱きかかえるように自宅の中に連れ込んだ。

2

翌日。

イタリア風建築の店に、長井晃平と妻の由里、それに同僚の二宮郁夫《にのみやいくお》の三人がランチに入っていくのを見届けると、日吉は慎重にハンドルを切り、店の向かいにあるコインパーキングにクルマを停めた。

後部座席に収まっている江間管理官が、「いつもこんなに豪勢なのか？」と日吉の耳元でつぶやく。

捜査一課第一特殊犯捜査を指揮する管理官だ。穏やかな気候になり、このところ体調はいいようだ。

「いえ、きのうはそば屋でしたから」日吉は答えた。

三人は西大島駅近くに本社ビルを置く医療機器の製造販売会社に勤めている。今年二十六歳になる晃平は開発部の技術者で、ふたつ年上の由里は総務課の事務員。

営業部勤務の二宮は、小学校、中学校、高校と晃平の同級生で幼なじみだ。自宅も目と鼻の先にある。大学では理系と文系に分かれたが、たまたま就職先が一緒になり、昼時は必ず食事をともにする間柄だ。結婚後、そこに由里が加わるようになった。

「城東署では、長井由里の鑑取りはどのくらい進んでいる？」辰巳が問いかけた。

長井由里の周辺に潜んでいると思われるストーカーを割り出すために、友人や親戚、同級生といった交友関係を調べているはずだ。

「会社の人間にも、ひととおり当たりましたし、由里の友人にも訊いて回りました」石《いし》上《がみ》警部補が言った。小太りな四十代後半。今回の事案を受け持つ城東署の生活安全課防犯係の係長だ。「それらしいのは、まったくいないんですよ」

「ひとりもいないのか？」

「ええ……高校のときにつきあっていた彼氏がいるみたいですけど、見た通り十人並みの器量だし、なかなかお堅い女の子ですよ」

「そいつに当たった？」

「いの一番に当たりました。結婚して山梨の甲府に住んでいます」

江間が思い出したように、「ストーカーは由里に対して、『ミトメナイ』とか『早く別れろ』とか言ってる。これって、相手は『別れるつもりはない』と言いたいんですよ。となると、やっぱり、由里が以前つきあっていた男がストーカーになっていると見るべきでしょう。石上さん、そっちはどうなんですか？」

「……それはご本人以外にも、大学の同級生や実家のご両親に何度も伺っているんです。でも、さっぱり出てこないんですよ」

由里はひとり娘だが、杉並にある実家の両親が彼女の交友関係についてどこまで把握しているのかは怪しいものだ。

「四年制大学の経営学科卒で、いまの会社もコネじゃなく、きちんと試験に通って入っているんでしょ？」江間が言った。「社内でもしっかり者で通っていて、いまの旦那とつきあうまでは、浮いた噂など、ひとつもなかった。やっぱり、大学のときに男がいたと見るべきじゃないの？　そいつ、由里が結婚したのが癪に障って、攻撃してくるとかさ」

「旦那のほうはどうだ？」辰巳が改めて訊いた。

「研究三昧ですね。仕事以外でも万事おっとりしているし、人柄も顔立ちも悪くはないんですが、とにかく目立たない。まあ姉さん女房タイプの由里に惹かれたのもわかる気がします」

「なるほど。過去につきあっていた男がストーカーになるとは限らないからね」江間が言う。「街でちょっと見かけて、目と目が合ったというだけでストーカーになる輩もいるし」

「どうなんですかね」石上が眉根を寄せて言う。「今回はもっと根が深いというか、それなりにお互いを見知っているというか……そんなふうに思えるんですけどね」

「だったら正体をさらして攻撃を仕掛けてくるんじゃないの？　おれって、こんなに苦しんでいるんだ、どうだ、見てくれ、ふりかえってくれって」

　それが偽りのないストーカーの心情だろうと日吉も思った。

それにしても、肝心の犯人を割り出す捜査が他人まかせというのは何とも歯がゆい。

「それにしても、あの二宮って、どうなの？」江間が呆れた感じで言う。「いくら親友だからって、少しぐらい気を利かせて、新婚さんふたりだけで食事させてやればいいのに」

「鈍感なんじゃないですか？」日吉が口をはさんだ。

「ちょっとチャラいやつですからね」石上が言う。「事情聴取でも、『ストーカーなんて見当もつかないけど、そのうち、消えてなくなるんじゃないの』って他人事のように繰り返しているし」

辰巳の目が光った。「二宮は、消えてなくなると言ったのか？」

「それが何か？」

辰巳は答えず、車窓に顔を向けた。

「いずれ正体をさらけ出すでしょう」石上が引き取った。「どっちにしても特殊班がついていてくれれば鬼に金棒ですよ」

「犯人はあなた方が見つけるんだ」

ぴしゃりと辰巳に言われて、石上はばつが悪そうに首をすくめた。

ミニバンが入ってきて、すぐ横に停まった。江間を迎えに来た特殊班のクルマだ。江間と石上がクルマを降りて、ミニバンに収まった。

気がついたとき、辰巳の姿も消えていた。

3

「来られるか？」受話器から辰巳の声が響いた。

「あ、はい」日吉は答えた。

長井由里の警護を終えて城東署に帰署したばかりだ。

「どちらに？」

言われた場所を復唱し電話を切る。

午後八時、高速を使えば二十分ほどで着くだろう。しかしそんなところでいったい、辰巳係長は何をしているのか。

フードコートは若者たちでほとんどの席が埋まっている。辰巳は支柱の陰から、ドーナツショップ前のテーブルに目を当てていた。見覚えのある男がロングヘアーの女と向き合って、ドーナツを食べていた。長井晃平の友人の二宮郁夫だ。会社帰りらしく背広姿のままだが、すっかりリラックスした表情でいる。

「……二宮さんをつけてきたんですか？」日吉は声をかけた。

二宮がストーカーについて、心当たりのあるような発言をしたために、二宮へ直当たりする気なのだろうか。

「盛んなやつだ」と辰巳は言った。「あの女と会う前、ほかの女に電話している」

「そうなんですか」

気づかれないよう近づいて、聞き耳を立てていたのだろう。

「長井由里は、あの男のとばっちりを受けているのかもしれねえ」

「二宮のせいでストーカーされているのですか？」

いきなり何を言い出すかと思えば。

「昔、五十歳になる分別盛りの大学の男性教授の事案を担当したことがある」辰巳は続ける。「そいつは、縁もゆかりもない女子学生と廊下ですれ違っただけで一目惚れしたあげくに、つきまとうようになった。結局、女子学生が拒否したのでストーカーに成り果てた」

「ひどいですね」

「女子学生はテニスサークルに入っていたが、そのサークルの部長をしていた男子学生がたまたま教授のゼミにいた。教授はそいつに自分のお気に入りの女子学生について、あれこれ問い質《ただ》した」

「自分勝手にもほどがある。それでどうなったんですか？」

「その男子学生は気味悪がって、教授を適当にあしらった。それが教授の自尊心をいたく傷つけた。どうなったと思う？」

「……その男に赤点をつけた、とか？」

「それくらいならよかったが、その男の恋人の女子学生をねちねちと攻撃するようになった」

「縁もゆかりもない女性に、ストーカー行為を仕掛けたのですか？」

辰巳は真剣な眼差しでうなずいた。「いずれにしろ、恋愛感情のもつれが一番の原因になる」

その女性にしてみれば、まったく面識のない男からストーカー行為を受けていたことになる。今回もそれと似たケースだと辰巳は判断しているのだろうか。

恋愛感情のもつれが原因とするなら、そのもとを正せば、女性関係の盛んな二宮しかいないと辰巳が踏んでもおかしくはない。

「そのパターンに当てはめれば、あの二宮の身辺を探るのもひとつの手か……」

言い終える前に動き出した辰巳のあとについて、テーブルに近づく。

ここはお台場にあるデートスポットとして名高い、テレビ局に併設された複合商業施設だ。

二宮は辰巳に気づくと、驚いた様子で面長の顔にぎこちない笑みを浮かべて挨拶してきた。オペレーションがはじまる直前、長井夫婦とともに一度会って話したことがあるのだ。

「そちらは？」辰巳は二宮の横に立ったまま、正面に座るフルメイクした女の顔を見て訊いた。

ネイビーのワンピースを着ている。二十代後半、ひょっとしたら三十に手がかかっているかもしれない。目の大きな、落ち着いた感じの顔立ちだが、着ている服が若作りすぎてどことなく不似合いだ。

「あ、こちら？」とぼけたような顔で二宮は言った。「森川さん――上野の整形外科に勤めてるんですよ」

森川という女は何も言わず、勤務中のような笑顔を作り、軽く頭を下げた。

辰巳が目で横に座っていいかという合図を送ると、二宮は立ち上がり先に立って歩き出した。

「やー、めっかっちゃったかぁ」ぺろっと舌を出し、ばつが悪そうに二宮は訊いてくる。「きょうは何です？」

人のいない窓際で向き合った。

「いま、関係者の話を聞いて回っている」辰巳は言った。

「ああ、はい……」どことなく納得できそうでできない感じで二宮は答える。自分だけを狙って、わざわざ尋問しに来たのではないかという顔だ。

辰巳は森川に目を当てたまま、つきあって長いのかと尋ねた。

二宮はふっと顔ゆるませ、「彼女？　えっと、二か月前にこれで」とスマホを操作する仕草を見せ、人気のあるＳＮＳの名を口にした。

「きょうで何回目になる？」

「デートの回数ですか？」ちょっと勘弁してくれと言いたげに、日吉の顔を見る。「三度目かな」

「今晩はこれからどこへ？」容赦なく辰巳は質問を浴びせる。

「えへっ……言わなきゃいけない……ですか？」

「そうしてくれると手間が省ける」

二宮は苦笑いを浮かべ、「そうですね、少し酒を呑んでから新橋のそういうところに

「……」

わかってくれよと言いたげな顔つきで辰巳の顔色を窺った。

「ホテルにしけこむか」

ずばり言われて二宮は肩をすくませる。

「きみ、かなりの発展家だそうじゃないか」

穴が開くほど二宮は辰巳を見た。「晃平が言ったんですか？」

「彼女は本命になりそうか？」

改めて辰巳は訊いたが、二宮はクスッと笑ってごまかした。

「長井ご夫妻について、きみが気づいた点を教えてもらいたい」

話題が切り替わり、ついて行けないという感じでまた二宮は日吉に目線をくれた。

「お答えください」と日吉は追従した。

「この前も話した通りですよ」面倒そうな顔で二宮は答える。「えらい仲がよくて、ちょっと妬けるくらいですね」

「どちらがより深く惚れてる？」

「どっこいどっこいですよ。お互い、脇目もふらず相手一辺倒ですから」

「当てられっぱなしか？」辰巳が言った。「よく毎日毎日、昼飯を一緒にできるな」

「毎日ってわけじゃないですよ。営業で出る日もあるから」

「ほかは？」なおも辰巳は問いかける。

「由里さんについてですよね？　思うに彼女、旦那一筋ですよ。大学でも男友達はいなかったし、晃平が入社したらすぐつきあい始めたし」

「そうじゃない」辰巳は言った。「いま流行りのSNSにしろ、合コンにしろ、何かしらでつながりができた男のひとりやふたりはいるはずだ。心当たりはないか？」

「彼女はSNSなんて、見向きもしませんよ。晃平だって、結婚と同時にやめてしまっている」

「長井晃平はどうだ？」

「晃平？　あいつこそ、女は由里さんひとりですけどね」妙に自信を持って二宮が答える。「奥さん以上に、ちょー奥手ですから。大学時代も毎晩毎晩、研究室で実験三昧の生活だったし、合コンに誘ったって、一度も来たためしがなかった。マトモなやつなのに友だちだってぼくくらいしかいない。ましてや、高校大学を通じてガールフレンドなんてひとりもいやしないですよ」

　二宮の言うことは当たっている。彼はいまどき珍しいくらい真面目な人柄だ。

「それは心得ている」辰巳が強い語調で問い返す。「あんた、ふたりに一番近いんだから、ストーカーになりそうな人間のひとりやふたり、わかんないか？」

「わかりませんねえ」見え透いた愛想笑いを浮かべ二宮は続ける。「誰にだってストーカーのひとりやふたり、いるんじゃないですか」

「何でもいいんです」日吉は口をはさんだ。「晃平さんとは長いおつきあいじゃないですか。何かないですか？」

「だから、わかりません。勘弁してくれませんか」

それだけ言うと二宮は背を向けてテーブルに戻っていった。

その場を離れる辰巳についた。

「あいつ、何かあるな」辰巳は洩らした。

「何かって？」

「スマホを見たが、この一時間、いまの森川以外に三人の女からＬＩＮＥが届いていた」

意外な言葉に日吉は戸惑った。

一時間足らずの行動確認で、辰巳はスマホを盗み見していたようだ。

それが本当ならば発展家というのはうそではないだろう。それにしても、二宮が今度のストーカー事案にどう関係しているというのか？　ストーカー被害に遭っている女性本人やその関係者でもなく、まったくの第三者に当たる夫の友人について、あれこれ調べている辰巳の意図がいまひとつわからない。

「係長、その三人の女が関係しているんですか？」

辰巳は首を横にふった。「違う。あいつ自身が気づいていない何かだ」

ますます日吉は辰巳の意図が腑に落ちなくなった。

「石上に調べさせるしかない」辰巳はひとりごちた。

城東署の防犯係長に二宮について調べさせる？

いったい何のために？

ひょっとして、二宮が由里に横恋慕して、ストーカーと化しているとでも言いたいのだろうか。それはないと日吉は思った。幼なじみの長井晃平に対して、恨みめいた感情は持ちあわせていないようだし、さきほどの女性から想像すると、長井由里はタイプではないだろう。

4

〈ワインレッドの丸首のニットカーディガン？　チェックのフレアスカートはそれに合わせたつもりか？　それと野暮なモカシン。おまえのセンスは中学生以下だな。晃平氏

が哀れだ〉

昨日、ストーカーからカミソリの入った手紙が由里に送りつけられた。同封された手紙の文面はある種の憎しみすら感じられた。

いま三階建ての長井家の窓はすべて閉じられ、玄関は施錠されていた。手紙がショックで、長井由里は会社を休んでいる。晃平の母親はいるが、晃平と義父は会社に出ていて不在だ。

辰巳は高性能ヘッドホンを耳に当て、タブレットに収まったストーカーによる脅迫電話の音声を聞いている。ぜんぶで三十回近く入っているはずだ。機器担当の志賀篤志巡査部長により、背景音までわかるよう特殊処理された音声だ。

長井家から五十メートルほど東の路上で警戒しているミニバンに、城東署の石上と管理官の江間が乗り込んできた。

ふたりは二列目に陣取ると、後方にある長井家の様子を窺ってから、車内をふりかえった。

「家の中は大丈夫なのかな？」ぶっきらぼうに石上が言った。

「ここと別に、二班が周辺で待機中。長井家の中には、うちの浅川《あさかわ》がいる」辰巳が石上に声をかける。

そのとき、石上のスマホが震えた。署からのようだった。

「……ふん……見つかったって……よし……そうしてくれ」通話を終えると石上は興奮した顔で江間をふりかえった。「ストーカーが判明しましたよ」

江間は身を乗り出した。「わかったって?」

「例のオレンジの自転車に乗っていた男」勢い込んで石上は言う。「カマタヒロシ、二十六歳。大島四丁目団地三号棟の住人」

石上は漢字で、鎌田宏と説明した。無職で、傷害と恐喝の前科がそれぞれ一犯ずつあるという。

「自転車は見つかりましたか?」

「自宅に置いてある」

矢も盾もたまらない様子で、石上はドアハンドルに手をかけた。

その腕を辰巳が助手席からつかんだ。「これからどうするつもりだ?」

石上は開いた口が塞がらないという顔で、「行って引っ張ってくる」と答えた。

「待て」

石上は辰巳の腕を振り切って、スライドドアを引いた。

「そいつに張りつけ」辰巳は鋭く言い放った。

「張りつく?」石上が逆らうように言った。「待ったなしのところまで来てるんだぞ。張りついてどうする気だ」

「検挙はいつでもできる。証拠が挙がってからにしろ」

「石上さん」江間がとりなすように言う。「マル被が見つかったんだから、焦ることないぜ。そいつに張りついていりゃ、とりあえず長井由里は安全だ」

「……証拠って何だ?」理解できないように石上が言う。「携帯の通信記録も何もない。引っ張って叩くしかないだろうが」

わがままな子どもを見るような目で辰巳は首を横にふる。「石上さん、とりあえず二十四時間、うちにもらえないか?」

石上は胡散臭《うさんくさ》げな顔で、「そっちが行確するのか?」

「あんたたちがする気がなければ、うちがする」

「まかせられると思うか?」

「では合同で。そちらは遠張りについてくれ」

石上は疎ましそうな顔でしばらく考え込んだ。「……いいだろう。二十四時間だ」言いながら腕時計を見る。「明日の午前十一時きっかりに、やつを逮捕する。いいな?」

「十分だ」辰巳は言った。「それから二宮の行確はそっちで頼む」

石上は忌々しげにうなずくと、ミニバンを降り、部下が待っているセダンに乗り込んだ。

5

男はボアのついた黒のレザージャケット、ジェルで固めた茶髪にサングラスをかけ、ジャージを穿いた細い脚をメダルゲームの台座に張りつけている。鎌田宏だ。

団地三号棟の自宅を出たのは午後三時。それからかれこれ一時間近く、ひとりでダイコー大島店三階にあるゲームセンターで遊んでいる。ゲームに没頭しているのだ。

団地で母親と弟の三人住まい。母親はレストランチェーンのウェイトレス。二歳離れた弟は、ピザのデリバリーの仕事をしている。城東署の資料によれば、鎌田はとび職をしているらしいが、最近はほとんど働いていない。高校在学中、地元の暴走族に入ったが、中退後は族を離れて職に就いたものの、思い出したように仲間とつるんで犯罪行為を繰り返し、荒んだ生活をしているらしかった。

顔写真を由里に見せたが、話すのはおろか会ったこともないという。接点として、住まいが会社の近くにあるというだけで、鎌田が立ち回るエリアは東大島に限られており、由里が住んでいる大島には寄りつかない。由里の実家のある杉並方面にも、知り合いは住んでいないという。

鎌田の隣では、三人のお年寄りが歓声を上げながら、次々とメダルを投入している。その横のゲーム機でも、夫婦連れらしい老人ふたりが夢中になってボタン操作をしている。店の常連のようだ。

辰巳はメダルゲームの後ろにある格闘ゲームで、ジョイスティックを握っている。店内に散っている特殊班の捜査員がさりげない視線を送るなか、日吉も適当に場所を変えて、鎌田を視界の隅に置いていた。

シニアと子ども向けのゲーム機が多く、店内の照明は明るい。それだけに、気づかれないよう気を配る必要がある。

四時ちょうど、鎌田はゲーム機に身をもたせかけたまま、ジャージのポケットからスマホを取り出すと一瞥して、すぐ元に戻した。

それを合図にしたかのように、きょろきょろと左右を見回した。ゲーム機を離れ、ゆっくりした足取りでトイレのほうへ歩き出した。

イヤホンに辰巳の声が入感した。〈白井、太田、鎌田に付け〉

〈了解〉

その声とともに、捜査員たちが気取られないようにいっせいに動き出す。

鎌田は男性老人が孫とともにクレーンゲームに興じている脇を通りすぎてゆく。太鼓ゲームの前あたりから、歩くスピードが速くなった。

ちらちらと、あたりを確認するように頭を動かす。

トイレの方向に足を向けたときだ。斜め方向に延びる通路を駆け出した。

〈至急至急、張りつけ〉辰巳の声。

ふたりの捜査員が鎌田を追いかけて通路を走り出した。

日吉もそこに向かった。

鎌田はトイレの手前にある従業員通用口を押し開き、さっと中に入り込んで見えなくなった。

〈通用口だ。入れ〉辰巳の声がした。

〈……見えない、マル対が見えない〉通用口に入った捜査員の声が響いた。

その声に従い、日吉も通用口のドアを破るように入った。

ゲームの景品がつまった段ボール箱が並ぶ通路の先に、走る捜査員たちが見えた。鎌田の姿はない。

捜査員の声が入感する。〈こちら白井、マル対は一階の生鮮食料品売り場、繰り返す一階の食料品売り場に下りた〉

続いて、イヤホンからけたたましい声が流れる。〈逃走、逃走！　裏口から走って出た、裏口、裏口〉

その声と同時に、辰巳とともに階段に向かって走った。

気づかれたか……。

裏口は城東署員が警戒に張りついているはずだが。

跳ぶように従業員専用階段を下りる。一階の正面玄関方向から、特殊班の捜査員たちが走り込んでくる。そのうちのひとりが裏口を指した。

辰巳はすでにその方向に走っている。

裏口から飛び出ると、パーカー姿の白井が肩で息をついて、あたりを見回していた。

鎌田の姿はどこにも見えなかった。

目の前に長々と左右に延びた四丁目団地二号棟に向かって、城東署員たちが走っている。二号棟の裏手にある鎌田の住まいに行くのだろう。しかし、自宅には逃げ込んでいないはずだ。

張り込みについていた捜査員が集まってくる。しんがりにやって来た石上が、「何だよこの様、えっ、ホシに逃げられて」と吠え立てた。

辰巳は落ち着き払った顔で相手を見やった。「逃げ隠れする場所はない。そのうち見つかる」

「冗談やめてくれよ、まったく」

「鎌田を見つけるのはあんたたちの仕事だ」辰巳は言った。「二宮は会社か？」

石上は怒りを嚙み殺すように辰巳を睨みつけ、「ちっ、きょうは午後からクルマで千葉に営業回りだ。もう、行確はやめるぞ」と続けた。

「おれたちが交代するまで待て。場所は？」

石上はしぶしぶ二宮の行確に当たっている捜査員に電話を入れ、場所を聞き出した。

それを聞くと、辰巳はその場できびすを返した。

「行くぞ、トモ」

呼びかけられ、まだ怒りの冷めやらない石上をおいて辰巳に続いた。

6

新船橋の総合病院に着いたのは五時近かった。

広い駐車場の建物寄りに停められたライトバンにもたれかかってタバコを吸っている男が見えた。二宮だ。

その横にクルマを停めると、辰巳はさっと降りた。

辰巳に気づいた二宮が驚いた顔でタバコを地面に落とし、足で踏みつけた。「どうして、ここがわかったんですか？」

「どうしてでもいい」

二宮は石上の部下が行動確認していたのだ。

「次のお得意様が待ってるし、時間が押しているんですけどね」

「おまえの身の回りにいる、ごく近しい人物だ。すべて教えろ」改めて辰巳は言った。

「身の回り……」胡散臭げに二宮は辰巳を見つめる。

「いま、おまえがつきあっている人間、入社してからつきあっていた人間、すべてだ」

辰巳は言った。「その中にストーカーがいる」

「で、ですから、この前も言った通り……」

「おまえはきれいに女たちと別れたつもりだが、その中におまえを恨んでいる人間が必ずいる。そいつは、なにかのきっかけで長井夫妻と関わりを持ったはずだ。覚えはないか？」

「そんな……いるわけないじゃないですか」

「いまここで言わなければ、とんでもない事態が起きるぞ。いいのか？」

脅すように言われて、二宮は緊張で蒼ざめた。「言いますよ、過去につきあった女でしょ。でも、どこまで……」

「全員だ。スマホを見せろ」

ポケットから取り出したスマホを辰巳は奪い取った。通話履歴の一覧を見、メールも調べた。そうしてから、もう一度通話履歴を表示させ、二宮の眼前にかざした。

「森川麻衣、田中奈津子、江口由里」辰巳は言った。「この三人は現在進行中の女だな？」

図星という感じで、二宮は頭に手をやり、うなずいた。

三人の女と同時につきあっている――。女たらしを地で行っているようだ。

「ほかは？」辰巳は声を荒らげた。

「それだけですよ」

「この三人は、おまえがほかの複数の女とつきあっているのを知っているか？」

「知らないと思うけどね」ふてくされるように二宮は答える。

「知っている知らない、どっちだ。はっきりしろ」

きつい調子で言われ、二宮の背筋がピンと伸びた。「知らない。知らないはずです」

「三人とも遊びか？」

どうしてそこまで訊かれるのかという顔で、

「そんな、わかりませんよ」

「うそをつけ。どうなんだ」

「そりゃ、真剣につきあってるのもいますけど」

「どいつだ？」

「……田中」

「ほかのふたりは遊びか？」

「ぼくは独身なんですよ」二宮は迷惑千万という口調で言った。「誰とつきあおうと、自由じゃないですか」

「もう一度言う。過去につきあった女、全員の名前と住まいを教えろ」

「……そんな、いきなり」

思いもかけない理不尽な要求に、二宮は顔を曇らせた。

しかし、辰巳は許さなかった。

二宮のスマホに収まっている電話帳をすべて辰巳のタブレットに転送させた。そのうえていちいち、名前を告げさせた。

入社以来、八人の女と二宮はつきあっていた。別れたのは五人。電話帳には全員の住所が入力されていた。五人とも、きれいに別れたという。トラブルがらみなど、特別な事情はないと二宮は言った。それはそれで、うそを言っているようには思えなかった。

そのとき日吉のスマホが震えた。石上からだ。

「長井家のドイツ車だ」石上の声がひきつっている。「燃えているらしい」

「クルマが燃えている？」思わず訊き返した。

「詳しいことはわからん。間もなく消防車が到着する」

それだけで通話は切れた。

獲物を狙う獣のような目で、辰巳がじっと日吉を睨みつけていた。

7

大島の長井家には、すでに本部鑑識が到着して、鑑識作業がはじまっていた。

城東署の制服警官や刑事たちが、それを取り巻くように眺めている。

道の東西に張られた規制線の向こう側で、野次馬たちが首を伸ばして長井家の横にある焼け焦げた車体を覗いていた。あたりにはまだ白い消火剤の泡が残っている。

「ビニール袋に入れたガソリンに着火剤で火をつけたみたいだ」先着していた江間管理官が言った。

京葉道路で事故があって渋滞したせいで、一時間近くかかったのだ。

大勢の捜査員の中から、目ざとく辰巳を見つけた石上がやって来た。

「鎌田の野郎」石上は苦々しくつぶやいた。「だいそれた真似しやがって」

「見つけたのか？」辰巳が訊いた。

「まだわからん」石上が辰巳を睨みつけた。「おまえの責任だ。わかってるな」

「無駄口叩くより、一分でも早く鎌田を見つける算段をしろ」

「ほざくな。とっくに指名手配した。今夜じゅうに草の根を分けてでも捜し出す」

晃平は砂を嚙むような不快な表情を見せ、がっしりした体を丸めるように柱によりかかっている。ふだんは整っている長い髪が乱れて額にふりかかっていた。

「ご両親は？」と辰巳は呼びかけた。

晃平は辰巳とは目を合わさず、中にいます、とだけ言った。

「奥さんも中ですか？」

「由里はさっき、警察の方に実家へ送ってもらいました」

本人も城東署も、ここより、杉並の実家のほうが安全だと判断したのだろう。

「わかりました」辰巳は言った。「怪我はないですね？」

「ぼくはないですよ……家に帰ってきたとたん、ぱちぱちっていう音がしたかと思うと、ボンと爆《は》ぜる音がして」

「爆発した？」

「覗いたら真っ赤な炎が上がっていて」かすれ声で燃えたクルマを見やる。「消火器でやったけど、ぜんぜん間に合わなかった」

消防無線を傍受していたので鎮火の様子はわかっている。

さほど、時間はかからず鎮火したのだ。

「必死で消したんですよ」晃平は続ける。「鎌田を捜す余裕なんてなかった」

「あいつが来たの？」辰巳が訊いた。

「わからない。でも、あいつ、来たんだ」晃平は声をふりしぼる。「どうして、あいつ、こんなことやるんですか？　家内はあいつと話したこともないし、見たこともないんですよ。どうしてなんだ……」

そこまで言うのがやっとの感じで、晃平はへなへなとその場にうずくまった。

辰巳は寄り添うように、地面に膝をついた。

「晃平さん」辰巳は声をかける。「クルマを燃やしたのは鎌田じゃない」

言われて晃平は顔を上げた。何を言っているのかわからないという表情だ。

「リストを見せる。知っている人間がいたら教えてもらいたい」

晃平は腑に落ちない顔で辰巳を見返した。「ぼくがですか？」

「この中にストーカーがいる」

辰巳が日吉が手書きしたリストを渡すと、晃平は眉根を寄せて、紙に見入った。

「女じゃないですか……」とつぶやくように言う。

「ストーカーの脅し文句を思い出してもらいたい」辰巳は言った。「『早く別れろ』とか『ミトメナイ』とか。これは鎌田宏が由里さんに横恋慕して、あなたに別れろと言ってるんじゃない。ストーカーが晃平さん、あなたに横恋慕して、由里さんに別れろ、あなたとの結婚は認めない——そう脅迫しているんだ」

晃平は信じられないといった顔で目をしばたたいた。

「でも、どうしてぼくなんですか？」

辰巳はタブレットを操作して、その音声データを聞かせた。

〈……由里はいるか……どちらさまです？……うるさい、由里を出せ……いませんよ、おたく、誰だ……いるんだろ、出せ……〉

四月上旬から、長井家の固定電話にかかってきた男性ストーカーと晃平の会話だ。ストーカーは同じことを二度三度、繰り返し言っている。

「これって鎌田でしょ？」晃平が訊いてくる。

「ほとんどは」辰巳は答える。「もう一度、よく聞いてくれ」

同じところを再生する。

あっ、と晃平は洩らした。「女の声……」

日吉もはじめて聞く声だった。男の声の合間に、女性の声がかすかに入っているのだ。

〈もう一度言って〉と。

「鎌田の横で女が指図している」

辰巳に言われて、豆鉄砲をくらった鳩のような顔になった。

まだ理解できないようだ。

「……こいつ？」晃平は言った。「この女にやられた？」

「そいつが裏で鎌田を操っている本物のストーカーだ」辰巳は言った。「もう一度、リストを見てくれ」

晃平は七人の女の名前が書かれている紙を見当もつかない顔で眺めた。

辰巳は答えを書きあぐねている生徒にするように、黙って見守っている。

晃平の表情に変化がない。

七人のうち、五人が都内在住だ。ほかは埼玉と千葉在住の女性がひとりずつ。

年齢がはっきりしているものもあれば、おおざっぱなものもある。

すべて、二宮から聞き取ったものだ。

晃平はひとりずつ名前をつぶやきながら、必死で記憶を呼び起こそうとしている。

しかしと日吉は思った。

晃平本人ならともかく、親友が過去につきあった女性の中に、ストーカーなどいるのだろうか。理由は何にせよ、やはり鎌田が、由里に対してストーカー行為を繰り返しているのではないか。実際に鎌田が由里を襲撃するのを目撃しているのだ。いまになって、鎌田とぐるになってストーカー行為を行っている女など……ありえない……。

表が騒がしくなった。城東署の署員たちが声を上げてあわただしく動き回っている。かたわらにいる特殊班の捜査員の中から江間が、思いつめたような顔でこちらに向かってくる。

「鎌田が見つかったぞ」江間は言った。

「えっ、どこで？」日吉が訊き返す。

「すぐそこのマンションの敷地だ」

やはり、鎌田はここに来て火をつけたのだ。

「捕まえたんですか？」

「自転車置き場に潜んでいたみたいだ。いま城東署に連行中だ」

日吉は辰巳をふりかえった。

気もそぞろの晃平を促して、リストを見させている。

どことなく、晃平の様子が変わった。不安に胸が落ち着かないような感じだ。

「……ワインをもらったような」晃平がつぶやいた。

辰巳はせき立てもせず、黙っている。

「去年の夏……いや秋……」少しずつ何かを思い出してきているようだ。

辰巳は身を乗り出した。「この中の誰かからワインをもらったのか？」

晃平はリストに目を当てたまま、「……ブルゴーニュかどこかの、かなり高級そうなやつを」

「どの女から？」

晃平はそこに指を当てた。今村美幸《いまむらみゆき》。世田谷区等々力《とどろき》在住の女性。年齢は三十七、八とある。

「会ったことあるのか？」辰巳が訊いた。

「……一度だけ」

まだ何か夢を見ているような、ぼんやりした目でいる。

「二宮と三人で会った？」

「いえ……この人とふたりきりで」

「あなたも知り合いだったんですか？」思わず日吉も口をはさんだ。

晃平は顔を上げ、日吉を覗き込んだ。「いえ……」考え込むような顔で、「いきなり、会社に電話がかかってきたんですよ」

「あなたを名指しで？」

「……だったと思います。強引に会社の近くの喫茶店を指定されて、それで」

「二宮と一緒に行った？」辰巳が訊いた。

「あいつは長期出張で留守で。九州に行っていた」

「それでふたりきりで会ったのか？」

「ええ」

「どうしてあなたが呼ばれた？」辰巳が訊いた。

「二宮と会っていると、よくぼくの名前が出てくると言って……」

「それで会社に電話がかかってきたわけか」辰巳はようやく得心したように言った。

「で、用件は何だった？」

「……このごろ二宮がつれないから、わけを教えてくれと」

日吉は耳を疑った。

自分がつきあっている男の友人を呼び出して、様子を訊くなど……あるのだろうか。

「あいつ、女関係が派手なんですよ」晃平は言った。「これまでも、よく尻ぬぐいをさせられてきたし、ああ、またかっていう感じで会って」

「具体的にどんなふうに訊かれたのか話してくれ」辰巳はオペをはじめる医師のように慎重に言葉を選んだ。

「得意先とゴルフの予定が入ったので、デートをキャンセルされたとか」少しずつ思い出してきたように晃平は続ける。「スキューバダイビングの免許を取るのに忙しいから会えないとか言われているらしくて……二宮のやつ、別れたい女がいるって言っていた」

「それが今村美幸？」日吉が口をはさんだ。

晃平はうなずいた。「ぼくが今村と会う前に、しきりとそう言っていたはずです。それを聞いていたから、適当に調子を合わせたんですよ。彼はいま忙しいけど、そのうち会えますからとか、頑張ってくださいとか」

「会っていた時間はどれくらい？」

「一時間かそんな程度だったと思います」

「ほかに何か話した？」

「会って話を聞いてくれてとても気分がすっきりしたとか、別れ際にそんなことを言われたかもしれない」

「それでお礼にワインを送ってきた？」

「……一週間後ぐらいに、うちに届いたはずです。簡単なお礼の手紙が入っていたような記憶もありますが……会って話したとき、ぼくがワインが好きだと言ったのか……二宮から聞いたのかもしれないし。でも、ちょっと気味が悪かったな。それで、すぐその人の携帯にお礼の電話を入れたんだ」

「そのときの反応は？」

「……さぁ、覚えていません」

「今村と会っていたとき、あなた個人に関することで何か言わなかった？」

「ええ……」しばらく考えてから、「……ぼくのことをやさしいとか、女の人だったら誰でもつきあってみたくなるとか、そんなお世辞を言われたかもしれません。来春、結婚すると、話したかもしれない」

その時点ではまだ晃平は独身だった。じっくり話すと人柄のよさが伝わってくるし、顔だって悪くない。ひょっとして、今村の吐いた言葉はお世辞ではなかったのではないか。

「今村から呼び出されて会ったことを二宮に伝えた？」

「ええ、伝えたと思いますけど」

「二宮は何か言っていた？」

「悪かったな、の一言だったんじゃないかな。それ以来、この人のことは一度も話題に上らなかったし」

それから、今村の名前はふたりの脳裏から急速に消えていったのだ。ことに晃平の記憶には、顔すら残っていなかったのかもしれない。

「今村美幸って、どんな女《ひと》なの？」

「それが……主婦でした。たしか子どもがふたりいたんじゃなかったかな」

今村美幸について、二宮から聞かされた話を口にする晃平を日吉は黙って見つめた。

8

世田谷の西の外れ、神奈川県にほど近い等々力には、かなりの農地が残っている。いまでも、立派な門構えの家が点在しており、竹林を含めた農地の際に佇み垣根に囲われたその家は、江戸時代の豪農の雰囲気を漂わせている。古い数寄屋門の左右に松が植えられ、庭に茂るケヤキやクスノキの大木が目隠しになり、玄関すら見えない。

最寄りの交番の巡回連絡カードによれば、今村家は仰々しく当代という文字が書き込まれた七十代後半になる夫婦の持ち物で、そのひとり娘の美幸と婿養子、そして子どもふたりの六人暮らしとなっている。

二宮が三十代と推測していた美幸は、四十を超えて四十三歳だった。交番の勤務員によれば、今村家はあたり一帯に十以上のマンションやアパートを持っている地元でも有数の資産家らしい。その言葉通り、ふたりの子どもはそろって名門私立中学校に籍を置いている。

等々力渓谷の清掃活動に子どもともども参加した際に撮られた写真が交番に残されていた。サンバイザーをつけた生白い瓜実顔《うりざねがお》が美幸本人だった。確かに目が大きく、目鼻立ちもくっきりして器量は人並み以上だ。

しかし、写真に写っている姿は年相応だ。上半身は中年の四角い厚みが出ていて、ストレッチパンツを穿いた腰元も肉がだぶついている。

今村美幸の情報を得るため、二宮の元に送り込んだ特殊班の捜査員によれば、ひとり娘の美幸は、幼いころから、何不自由ない暮らしを謳歌していた。名門私立女子大学の英文科を卒業し、区役所勤務の夫を婿養子に迎え入れた。ふたりの子どもに恵まれて、暮らし向きにはまったく困らない家だという。

その美幸と二宮は、三年前、テレビ局が主催する夏祭りで知り合った。以来、月に一、二度、ホテルで逢瀬を重ねる間柄になった。二年ほど続いたものの、やがて秋風がたち、二宮のほうが避けるようになった。そのときに救いを求めたのがほかならぬ長井晃平だった。

「夏祭りでどっちが声をかけたと言ってますか?」日吉は辰巳に訊いた。

「女のほうだ」

「美幸ですか……」

いま、垣根の中ほどにある車庫は、三台分あるうちのひとつが空いている。美幸は自宅にいるのだろうか。それともまだ外出中か。長井家のある大島までクルマなら四十分。もうとっくに帰宅していてもよさそうだ。

辰巳は暗がりにほんのりと洩れる今村家の明かりを見つめている。

スマホが震えたので、ズボンから引き抜いた。

江間管理官からだった。

認めない」


「まだ等々力にいるのか？」

「はい、います」

「その今村何とかという女が本犯のストーカーなのか？」

「だと思われます……鎌田は落ちましたか？」

「長井由里に対してストーカー行為に及んだのは認めてるが、クルマに火をつけたのは認めない」

「近くにいたのに？」

「ダチの家に行く途中だったと言っている。実際、そいつに電話を入れているしな」

「鎌田は今村美幸について何か言ってますか？」

「まったく知らないの一点張りだ。スマホのメールの履歴を見ると、きょうの四時ちょうど、コイケヤスコという女から『警察が監視している。気をつけて』とのメールが入っている。ここひと月、ネットで頻繁に闇サイトにアクセスしていたようだな」

ようやく読めた。今村美幸は、違法行為を商売にしている闇サイトを通じて鎌田と知り合い、コイケヤスコという偽名を使って彼にストーカー行為を依頼していた。必要に応じて鎌田と会い、それなりの金も渡していたはずだ。

江間は続ける。「おまえらもそんなところで油売ってないでさっさと帰ってこい」

「……了解しました」

管理官の言葉には逆らえない。

電話が切れたと同時に、江間から得た情報を口にした。

その程度は、はなから承知しているという顔で辰巳はクルマから降りた。

あわててそのあとを追いかける。

「係長」暗がりで背中に声をかける。「どこに行く気ですか？」

辰巳は迷うことなく今村家の数寄屋門をくぐり、玄関に続く砂利道に入った。

――まさか、美幸を任意同行する気になっているのではないか。

逮捕状はおろか、任意で連行するにしても、まったく理由が立たない。美幸がストーカーの本犯である証拠はどこにもないのだ。

寄棟造りの大きな二階屋が見えてくる。砂利は石畳に姿を変え、そのまま玄関に通じていた。左手に張り出した庇の下に、大きな一枚ガラスの窓がしつらえられ、その内側にある縁側から明かりが洩れていた。

昔風の屋敷をそのまま現代建築に置き換えたような豪華な造りだ。

辰巳は呼び鈴を押さずに、いきなり玄関の引き戸に手をかけて開けた。

広いコンクリートの土間になっていて、応接セットが置かれている。

その脇に土で汚れた長靴が無造作に脱ぎ捨てられてあった。壁に耕耘機《こううんき》の刃のようなものが立てかけてある。いまでも農業を営んでいるようだ。

「いらっしゃいますか？」と辰巳は大声で言った。

しばらくして、ワイシャツにスラックスを穿いた五十前後の男が上がり框《かまち》に姿を見せた。メガネをかけ、ワックスでなでつけた髪のところどころに白いものが混じっている。美幸の婿養子のようだ。

辰巳は名乗ることもなく、いきなり、「ご主人？　奥さんはご在宅ですか？」と声をかけた。

「家内ですか？」男は目を丸くして言った。

警察ですと辰巳が言うと、男は高級そうな障子に手を当てたまま動かなくなった。

「美幸さんに用事があります。呼んでください」

「う、うちのは……あれ、どうかな」そわそわしながら、男は居間のほうをふりかえる。

「お呼びいただけなければ、上がらせてもらいます」

「あ、ちょっとお待ちください……そこで」と土間を指しながら、居間に消えた。

しばらくしてふたたび現れると、「見当たりません」

「どちらに行かれましたか？」

「……わかりません」

「上がらせてもらっていいですか？」

辰巳が言うと、婿養子は恐る恐るうなずいた。

声をかけられ、辰巳とともに上がった。

二階に行けと言われてそれに従った。

二階には子どもがひとりいただけで、母親はいなかった。

玄関に戻ると、ひとまわりしてきた辰巳が先に土間に下りていた。

「いないか？」

「いません」

早々に玄関を出て行く辰巳のあとにつく。

「……しまった」と辰巳はひとりごちている。

クルマに戻る。

辰巳はスマホで電話をかけている。つながらないようだ。

「杉並だ」辰巳は言った。「急げ」

「……ひょっとして、由里の実家に？」

「由里が電話に出ない」

首筋に冷たいものが走った。何か異変があったのだろうか。

「住所はわかっているな。急げ」

「了解」

カーナビの到着地点を、あらかじめ入力してある杉並、堀ノ内の実家に合わせる。環状七号線の西側、狭い路地の多い建て込んだ堀ノ内の住宅街が表示される。到着は二十八分後。

目黒通りを都心に向かって走った。環状七号線に入り、北に直進する。

風が流れ込み、辰巳のつけた香水《エゴイスト》が鼻先をかすめる。

「美幸は長井由里の実家に行っているんでしょうか？」

「そうじゃないことを祈るしかない」

「しかし、もしそうなら……何ていうしつこさだ」

「裕福な家のひとり娘だ。欲しいものはどんな犠牲を払っても手に入れる」

「公務員の旦那との家庭生活に飽きていたんですよ。冷え切っていたんだ」日吉は言った。「それで、つい二宮と浮気を重ねた」

しかし、二宮からすげなくされて寂しさが募り満たされない美幸は、何とか元通りにならないかと頼ったのが長井晃平だったのだ。

「長井晃平と会って、美幸は一目惚れしたんじゃないですか？」日吉は口にした。

「そうかもしれん」

「でも、それだけでストーカーになったんでしょうか？　晃平さんは、つきあうとも何とも言わなかったのに」

「晃平はそうであっても、美幸は違う。きちんと愛の告白をしたと勝手に思っている」

「告白？」

　ふと日吉は晃平の吐いた言葉を思い出した。

　――ぼくのことをやさしいとか、女の人だったら誰でもつきあってみたくなるとか、そんなお世辞を言われたかもしれません。

　あれが愛の告白だったのか。

「蝶よ花よと育てられ、女として手に入らなかったものはなかった」辰巳は言った。

「告白と同時に固く自らに誓った。この男はどんなことがあっても手に入れてみせると」

　ぞっとした。

　相手にそんな意思があるとは夢にも思わない晃平は、婚約者がいると話し結婚の予定まで口にしてしまった。それを聞いて、美幸はプライドがずたずたに切り裂かれた。

「それでも、ワインを送ったのは……」

「これからも、わたしとつきあってもらいたい——契《ちぎ》りの盃を送った気分だったろう」

「それをすげなく、さらりとかわされた」

晃平本人も何と言ったか覚えていないくらいだ。

電話を終えた美幸は怒りで身を震わせた。

絶対に許せない——。

そう思ったのだ。

ふたりが結婚してから、美幸の心の中に激しい嫉妬の炎が燃えさかった。

怒りの矛先が由里に向かった。

繰り返し繰り返し、由里を尾行したはずだ。由里のスマホの電話番号も、二宮と別れる直前に入手していたのだ。そして、隙あらば……と狙っていたに違いない。その過程でインターネットを介して鎌田を知り、頻繁に嫌がらせをするようになった。由里に電話をかけるときだけ鎌田と会い、それ以外のふだんの指示はメールですませていたのだろう。

由里は、そんな逆恨みをされているなどとは夢にも思わなかった。その結果のストーカー騒ぎ。

環七から一本脇道に入ったそこは、クルマがすれ違いできないほどの狭さだった。三階建ての駐車場を回り込み、三角の変形地に建てられたアパートを通りすぎる。内科クリニックからふたつおいた民家が長井由里の実家である。

そのあたりから、黒い煙が立ち上っているのが見えた。煙の根元あたりでオレンジ色のものがうごめいていた。

人はいなかった。アクセルを踏み込む。

瞬く間に煙の出所に達した。由里の実家だ。茶色い壁とコンクリート塀のあいだから、炎が勢いよく立ち上っている。壁はどす黒く焦げついていた。

門扉のところで立ち尽くしている女がいた。由里だ。

為す術もなく、凍りついたように炎を見つめている。

家の人はいないのか。

日吉はクルマから飛び出た。玄関先に回り、由里を道路に誘導する。

辰巳がクルマに常備している消火器を持ち出して、火の元めがけて噴射した。

近くから、消火器を手にした人たちが三人四人と集まり、消火器の泡を炎に向けた。

隣家からホースが伸びて、水が噴きつけられた。

「トモ」

名前を呼ばれて、ふりかえった。

辰巳がアゴでしゃくっている路地の先に、黒っぽい影があった。

女だ。

影はこちらに気づいた様子で、背を向けて走り出した。

あれは——。

日吉は駆け出した。ゆるい上り坂だ。

太腿を上げ体を前傾させて一気に速度を上げる。

少しずつ女が近くなる。

ローヒールのパンプスが地面を蹴る音が耳につく。街路灯の明かりに、ニットのチュニックとデニムのシルエットが浮かぶ。肩にかけたショルダーバッグをきつくつかんでいた。

突き当たりの道路標識は右折禁止になっている。そこに達したとき、髪がなびき白い瓜実顔が一瞬こちらをふりかえった。今村美幸だ。

美幸はそこを右に折れた。

遅れて同じ方向に曲がった。

やや広がった道の端を選ぶように、女は走り続けている。

二十メートルほど先だ。

美幸は気配を察知したように、後ろを気にしだした。

進入禁止のブロックが置かれた細い路地に入った。

息を止めて走り込む。

すぐ先は袋小路だ。美幸の足取りが重くなった。

一気に距離を縮めた。美幸の肩に手が届いた。

それを剝がすように、美幸は前のめりになった。

民家の玄関脇にシートをかぶせたオートバイが横付けされていた。

バランスを失い、美幸とともにそこをめがけて、ダイビングするように倒れ込んだ。

シートのところでバウンドして、地面にふたりして落ちた。

美幸の黒髪が顔にかぶさってくる。女の汗臭い臭いが鼻につく。

溺れかけたみたいに、手足をばたばたさせて、必死で逃れようとする。背中から抱きついて、身動きが取れないように腕をとる。

ようやく静まったものの、荒い息が伝わってくる。

疲れが来て、体が動かなかった。ぴったりと重なり、しばらくそのままでいるしかなかった。

もぞもぞと動いたかと思うと、美幸がその場で体を回転させて上向きになった。美幸は目を細めて日吉を睨みつけた。額から血が流れている。

その唇にわずかばかり、笑みらしいものが張りついてるのが見えて、日吉は濡れ手で触られたような冷たいものを感じた。

その笑みはすべてをやり尽くした満足感から出たものなのか、それとも、これから何かがはじまるのを期待して洩らしたものなのか、どちらともつかなかった。

組み伏している腕を離そうとしたが、美幸は両手を日吉の首に回してきた。顔もろとも、上体をぴったりと合わせてくる。息ができない。

「いつまで抱っこしている」

荒々しい辰巳の声とともに、体が持ち上げられた。

美幸の腕から解放され、横に放り投げられた。

ちゃりんとかすかな金属音が聞こえた。

辰巳は横たわっている美幸の腕を、足で押さえつけていた。

その美幸の腕の先に、青白く光る剃刀《かみそり》の刃が見えた。

ぞっとした。

辰巳は美幸に声をかけているが、自分の息のせいで、うまく聞き取れなかった。ゆっくりとその場で身を起こし、美幸を立ち上がらせるのを見ながら、なおも日吉は激しく動悸がしていた。

第3話　追撃

1

四月二十四日木曜日　9：40 am

そのバスが視界に入ってきたのは、練馬駅に近づく手前の直線道路だった。目白通りの下り二車線の左側。ボディに笹の葉が描かれた路線バスが十キロ前後のゆっくりした速度で走っている。目白とは逆の大泉方面。埼玉の方向だ。右車線を一般車両が次々に追い抜いてゆく。

「こいつか？」江間管理官が険しい顔で前方を注視する。

日吉はモニターに映るバスのナンバーを口にした。「これです。間違いありません」

西紀《せいき》鉄道、新江古田《しんえごた》駅八時五十分発、大泉学園駅北口行きの路線バスだ。

出発直後、最後部の座席にいた四十代と見られる男が、隣席の女性の首にナイフらしいものを突きつけ、こいつを殺すぞと怒鳴り声を上げて、バスを乗っ取った。四つ目の練馬駅北口バス停で停車を指示し、降り口の中扉付近にいた乗客七名を解放してふたたび走り出した。

それ以降、バスは極端に遅いスピードで走るようになった。同時にカーテンが閉められ、中の様子がまったく見えないまま、のろのろ運転で進んでいる。路線付近のビルから、バス車内を盗撮する人間がいるとの苦情が営業所に入り、先週から急遽《きゆうきよ》、カーテンを取りつけるようになっていたという。車内には依然として三、四名の人質が乗っているはずだ。

「このあたりでいい。真後ろにつけろ」

「了解」捜査指揮車（L1）を運転する捜査員が言った。

徐々にスピードが落ちる。バス後方に近づきながら左側車線に移った。トヨタハイエースの改造車体だ。小回りがきく。

バスジャックの通報があったのは、九時ちょうど。首都高速を使い、北池袋経由でここまでやって来た。特殊班をはじめとして、すでに捜査一課所属の幹部十三名全員を現地に呼び上げる全管集結命令が発出されている。バスの前後は交通規制が敷かれ、走行車両は少ない。L1のうしろには、特殊班の捜査員が分乗する車両と資器材車（マテリ）がついてきている。周辺にもおびただしい数の警察車両が集まっているはずだ。

警察無線が入感する。

〈警視庁から特殊4、練17バスの現在状況を詳しく説明願いたい〉

〈こちら特殊4、練17の前方三十メートルを走行している。あっ――〉

〈こちら警視庁、どうした？〉

〈野郎……バスの前面を布で覆いやがった〉

布を持参していたのか？

〈運転席は見えるか？〉

〈見える〉

〈乗っ取り犯は視認できたか？〉

〈それらしい影がちらっと見えた。男性だ〉

〈人質は？〉

〈バスの後部にいると思われる〉

〈警視庁了解。現場到着の各局。このままバスを走らせる。前方の二キロ及び付近の交通整理を行え〉

〈了解――〉

各局からの応答を聞きつつ、日吉はスライドドアの取っ手口側から、狭いＬ１の車内を見やった。

造り付けのテーブル席には、江間管理官と並んで固太りの男が座っている。捜査一課理事官の古谷康久《ふるややすひさ》警視だ。日吉と対面する窓側の席では、辰巳係長がバスの走行を見守っている。後方一面にモニターや無線機器類が備えつけられ、志賀巡査部長がせわしなくチェックしている。モニターには、Ｌ１の前部カメラで撮影しているバスの映像が映っていた。

バス路線はしばらくして、目白通りから離れ、北側の住宅街を走るルートをとる。しかし、バスは路線など関係なく、このまま目白通りを進むだろう。

「自然渋滞している谷原の交差点まですぐだぞ」古谷が苛立たしげに口を開いた。「そんなところに突っ込んでいったらどうなる？」

谷原の交差点は、四方を取り巻くように陸橋が架かる巨大な交差点だ。すでに笹目通りからのクルマの流入は規制されているはずだ。

「時間稼ぎにはもってこいだ」落ち着いた声で辰巳は言った。

ジップアップセーターにノーカラーのジャケット。ジーンズに白の革製のスニーカー。散歩にでも出かけるような春めいた出で立ちだ。きょうもかすかなエゴイストの匂いが漂っている。

古谷は話にならないという顔で江間を見た。「そこで一気に決着をつけるか？」

警察車両でまわりを固め、一気に制圧するという強硬手段だ。走行していても、ストップ・スティックでタイヤをパンクさせて、バスを停められる。しかしそれは人命が危ぶまれるときの緊急措置だ。

「いや、それはまだ……」江間は困惑気味に辰巳を窺ったものの、答えないので、仕方なさそうに続ける。「バスジャックの解決は一にも二にも、犯人側を刺激しないというのが鉄則ですから」

バスジャックに限らず、立てこもり事案の解決は同様だ。

しかし、この三月付けで大塚署副署長から捜査一課理事官に横滑りしてきた古谷にとって、特殊班はまったく未経験の領域だった。もともと五十に手が届く前に副署長に昇任したのも、ひとえに警務部長の引きがあったからこそ、というのがもっぱらの噂だ。万事が目立ちたがり屋で、経験の少ない捜査一課でも、上へ上へと昇りたがる性癖は抜けない。一課長と管理官のあいだを取り持つ調整役としての役目など、はなから眼中にない。

「そんな消極的なこと言っているからだめなんだ」古谷が頬骨の張った顔で江間を睨みつけた。「乗客が刺されでもしてみろ。誰が責任を取るんだ」

「あなたですよ」

こともなげに辰巳に言われ、古谷は白目に赤筋を浮かべた。「ふざけるな。どこで制圧する気だ？」

「行き着くところまで、行かせるしかない」

「悠長なこと言いやがって」怒りの持って行き場がなく、古谷は江間を睨みつける。

「だいたいもう、報道のハイエナ連中は嗅ぎつけているぞ。このまま、何分も走らせておけるか」

　乗っ取られた直後、バスの運転手は、すぐさま行先表示板に、〝緊急事態発生〟のサインを映し出した。犯人に表示をとりやめるよう命令されるまでのごく短いあいだに、複数のタクシー運転手や一般人が気づいて、110番通報が殺到した。マスコミに洩れるのも時間の問題だったのだ。

「しかし、よりによって、こんな本数の少ない便を乗っ取るなんて」古谷が呆れるように続ける。「よっぽど運がない運転手だな」

　乗っ取られたバスの路線の運行は、朝夕二本しかない。

「偶然ではなかったらどうする」辰巳が言った。

「だったら何が目的なんだよ？　カネか？」古谷が声を荒らげる。

　金目当てにバスジャックをするような人間はいないはずだ。バスジャックは、薬物中毒者による突発的な犯行がほとんどだ。いずれにしても、犯人はこのまま逃げおおせられると思っているのだろうか。

「解放された人質をひとりも帰すな」唐突に辰巳が無線で指揮本部に要請した。「住所、勤務地、バスに乗った理由、すべてについて尋問しろ」

「人質を？　調べてどうするんだ」古谷が口をはさむ。

辰巳はそれに答えず、

「それから西紀バスの路線の実態と会社の醜聞を調べさせろ」

と、またしても乗っ取りに無関係と思われる要請を繰り出す。

しかしそれについては、日吉も少なからず知識がある。

西紀バスの親会社の西紀ホールディングスは、鉄道事業がメインだが、不動産とホテル事業も行っている。五年前、旧経営陣らによる有価証券報告書の虚偽記載問題で上場廃止となり経営危機に陥った際、アメリカのハゲタカファンド、イーベイが増資を引き受け、そのまま西紀の筆頭株主となっていた。しかし、今年に入って、現経営陣とイーベイ側が経営方針をめぐって激しく対立し、イーベイ側はＴＯＢ（株式公開買い付け）を仕掛け、現在、両者は戦争状態に陥っているのだ。

辰巳が言い終えたとき、特殊班専用チャンネルに無線が入感した。

〈……こちらトカゲ３、Ｌ１どうぞ〉女性の声だ。若い。

〈こちらＬ１、どこだ〉辰巳が答える。

〈真後ろにつきました。指示お願いします〉

機動捜査隊から応援に入っている紅トカゲの半田《はんだ》久子《ひさこ》だ。

〈すぐにやってくれ〉

〈了解〉

無線が切れた。

右車窓の後方から、銀色の単車がすっと現れた。

ピンクのライディングジャケットに黒のジーンズ。

左手親指が上がると同時に、流線型のバイクは弾かれたように飛び出た。

数秒でバス横に達すると、そのままぴたりと張りついた。軽くバスの車体にタッチしたかと思うと、勢いよくバスから離れて走り去っていった。

志賀が無線のチェックをはじめた。

練馬区役所とマンションのあいだに渡された高架橋（スカイウェイ）が見えてくる。しかし、バスはそこに付設されたバス専用レーンには入らず、高架橋の下を通過していった。

志賀が親指を立てた。「感度良好、ばっちり聞こえる」と声を張り上げた。

半田がバスに取りつけた集音マイクが、車内の音を拾っているのだ。

応じた辰巳がヘッドセットに手をやり耳を傾ける。日吉も同様に耳を澄ました。

低いエンジンが聞こえる。

次は向山町《こうやまちょう》、向山町でございます……

自動音声によるバスの車内放送だ。マイクの装着は成功したようだ。

人の話し声は聞こえない。車内は平静を保っているようだ。

バスはゆっくりしたペースで走り続けている。電車のガード下をくぐり抜けた。

向山歩道橋の下を通過する。橋のたもとに向山町バス停が見えてくる。

しかし、バスは停まる気配がなかった。

「また通りすぎやがった」いまいましげに、古谷が過ぎ去ったバス停を見やった。ふたりの客が呆然と見送っている。

腕時計を見る。九時五十分に差しかかっていた。新江古田駅から三キロ弱の道のりを一時間かけて走った計算になる。しかも路線通りにだ。

まったく何を企んでいるのか。

「テレビです」志賀がモニターを指して言った。「臨時速報が出ています」

マルチ表示された民放テレビの画面に、〝練馬区内にてバスジャック事件発生〟とのテロップが出ている。

信号が赤になり、バスは停車した。バスの前に車両はない。バスの前方を走っていた特殊班のミニバンが、交差点の先に行ったところで路肩に停まっている。そのミニバンから入感があった。

〈こちら特殊4、運転手の脇で犯人らしい男がちらついている〉

〈顔は見えるか?〉辰巳が訊く。

〈見えない〉

〈武器は?〉

〈確認できません〉

「おい、行くか」古谷がたまらない感じで言った。

準備もできていないのに、ここで突入? できるわけがない。

突然、辰巳は窓を開け空を見上げた。

何事かと思い、日吉も身を乗り出した。

からんと開けた空に、黒っぽいものが浮かんでいた。

小刻みに震えながら、同じところに滞空している。

ドローンではないか。

バスのやや前より、十メートルほど上空だ。

いつ、現れた？

機体の下側でカメラのレンズらしきものが、わずかに光ったのが見えた。

乗っ取り犯が操っている？　信号が青になった。走り出したバスにつく。

そのまま、目白通りを進む。左右に高層マンションが続く。

道はゆるやかに左へ曲がっている。

ドローンはバスにぴったりと張りつくように飛んでいる。

「乗っ取り犯が操縦しているのか？」古谷が声を張り上げる。

「でしょう」と江間。「カメラがついていて、上から映像を撮っているんです」

「乗っ取り犯はそれを見ているのか？　志賀、電波妨害でも何でもして、あいつを落とせ」やみくもに古谷が言った。

「むだです」志賀が答える。「あれは、自動追尾型です」

「自動追尾？」

「半年前、アメリカで発売された製品だと思います。小型発信器から出る電波を自動で追いかける優れものです」

「どうなってるんだ」古谷が腹立ちまぎれに膝を叩いた。「手も足も出ねえじゃねえか」

「いまにわかるだろう。ほっとけ」辰巳が言う。

信号をふたつ通過する。バスは右のレーンに移った。さらに右斜め方向、右折専用レーンに入った。Ｌ１も距離をおいて追いかける。

「おいおい、どこへ行く気だ」古谷が声を上げる。

バスはゆっくりと鼻先を右に向けた。

「曲がります」運転手が言った。

「おう」辰巳が応じる。

「路線どおり走るつもりですよ」日吉は言った。「何をしたいんだ、まったく」

目白通りをはずれ、バスとともにＬ１は住宅街の狭い道路に入った。

「そのまま、そのまま」

「了解」

辰巳の命令に応じた運転手は、バスの後方三十メートルにピタリとつけた。

「ホシの写真、入ってきました」モニターを見つめている志賀が言った。「解放された乗客のひとりが、こっそり携帯で撮ったようです」

言われてモニターに見入った。

オレンジ色の手すりを握りしめ、カメラ側を向いている男の上半身が映っている。頬のこけた細長い顔だ。ネルシャツを着ている。大きな目が油を引いたように光っていた。

2

石神井《しゃくじい》川にかかる橋の手前まで来た。道路の真ん中に追い越し禁止の黄色いラインが引かれた片側一車線のほぼまっすぐな道路だ。低層の一戸建てやアパートが軒を連ねている。ところどころに、野次馬たちの人垣ができていた。

バスは相変わらず、時速十キロ前後で徐行している。ややスピードを上げたようだ。とはいえ、停まらない限り手が下せない。

〈乗っ取り犯はこのまま、路線どおりに走らせるつもりなのか？〉イヤホンに本多捜査一課長の声が響いた。石神井署に設けられた指揮本部に到着しているのだ。

現場《げんじょう》が刻々と変わるいま、捜査経験がほとんどない古谷が事実上の捜査指揮をとっている現状に日吉は危機感を覚えた。

「ホシの人定、できそうですか？」せかせかした口調で江間が訊く。

〈まだだ〉と一課長。

「人質は何か言っているか？」辰巳が訊いた。

〈いま、手分けして事情聴取している最中だ。ふだん、この路線を使っていない人間がいるようだが、まだはっきりしない。イリエカズオという三十五歳のサラリーマンらしいが〉

一課長は漢字を入江和男と説明した。

「勤め人か？」

〈投資顧問会社勤務と言っているが、どうも言動がおかしい。徹底的にやる〉

「何かわかったらすぐ知らせてもらいたい」

〈そうしよう〉

応答のあいだに、バスは環八《かんぱち》の高架下に入った。高架の先にある信号を通りすぎる。ドローンが高度を低めて、バスに従っている。L1もややスピードを上げた。

通りすぎた直後、信号が黄色から赤に変わった。特殊班のマイクロバスが赤信号を無視して、突っ込んでくるのがバックミラー越しに見えた。

ドローンは高架下をすり抜け、相変わらずバスに追従している。

「操縦していやがるな」ドローンを見た辰巳が言った。

自動追尾型ではなく、犯人が操縦？　そんな暇があるのか。

人が大勢いるバス停を通過する。ほとんど野次馬だ。

バスに取りつけられたマイクから、自動音声の車内放送が洩れてくる。

次は高松三丁目――。

黄色いラインが引かれた片側一車線の道は、左右に蛇行し、右側の車窓に広い畑が見える。左右の歩道はなくなり、道の両側に民家の塀が迫るように続いている。

そのとき、雑音が入感した。イヤホンを通じて、かすかに男の声が聞こえてくる。

〈う、ウチダです……バスを停めたら、人質を殺すと言っています〉

いまのは誰だ?

スイッチを切り替えるような音がして、本多捜査一課長の声がかぶさった。

〈聞こえましたか?〉

〈聞こえました〉江間が答える。

〈バスの運転手だ。たったいま、バスと無線がつながった。内田という男だ〉

営業所とバスは無線交信できるが、これまで乗っ取られたバスの無線機の電源が落とされていたらしい。警察無線はデジタル化されて傍受できないが、西紀バスが運用しているバスの無線はアナログ方式で、営業所やバス同士が交信できる。警察サイドでも、通本(通信指令本部)が傍受しており、それを警察無線に変換して、こちらに届けているのだ。

〈犯人に無理やり言わされていると思われる〉本多が続ける。

「運転手の内田の経歴は？」辰巳が訊いた。

〈西紀バス練馬営業所の所長によれば、バス運転歴十二年目になるベテラン、四十一歳だ〉

「人柄や勤務態度は？」

〈有給休暇も取らず、まじめな運転手らしい〉

「所長を出してもらいたい」

〈ここにいるから、いま代わる〉

〈……練馬営業所所長の水谷と申します〉おどおどした男の声が洩れてきた。

「この路線の一便あたりの利用者数はどれくらいだ？」辰巳はいきなり訊いた。

所長は戸惑ったように、

〈……五十名前後かと思いますが〉

「一般的な路線の利用者数と比べて、多いのか少ないのか、どっちだ？」

〈かなり……少ないかと思います〉

「もう一度訊く」辰巳は口調をあらためた。「このバスが、乗っ取られるような理由はあるのか？」

〈それは、当方ではわかりかねますので……〉

一言のもとに否定しない言い方に、引っかかりを覚える。

「辰巳、そんなことはどうでもいい」怒り調子で古谷が言った。

辰巳は応じない。

信号のある交差点をすぎて、追い越し禁止ラインも消えた。細く蛇行する道をゆっくりと走る。次のバス停が迫ってくる。

車内の音声に耳を澄ませる。

かすかに、つぶやくような声が洩れた。

「……くそっ……ふたりもやりやがって」

ぷつりと音声が途切れた。不用意に口にした感じだ。

運転手の声ではない。……乗っ取り犯の声のようだ。

ただ事ではない文句だ。

ふたりもやりやがって……。

いったい何なのか。

バス停を通過し、ふたたび自動音声。十時二分。

次は真宗会館前——。

バスは右手に小高いコンクリートフェンスの続く道を回り込んだ。その先でクルマが三台、交差点で信号待ちしていた。住宅街を走り抜け、ふたたび目白通りに入るのだ。

雑音が入り、先ほどの声が入感する。

〈は、はずせと言っています……〉

バス運転手の内田だ。

興奮し顔を赤らめて古谷が訊き返す。「はずすって何をだ？」

〈マイク、さっきオートバイがつけたマイク〉おどおどした内田の声。

あのドローンが、上からマイクの装着を監視していた？

江間が困惑した顔で日吉を見た。「はずしてこい」

辰巳は何も言わず、日吉を向いてうなずいた。

日吉はドアノブを引き、Ｌ１から出た。

目白通りは何事もないように、クルマが往来している。

バスの右手から対向車線を見た。クルマが来ないのを確認して、バスの右側を進む。

真ん中からやや前寄りのところだ。黒っぽいマイクが張りついている。引っぱると、簡単にはずれた。取り外したそれを、バスのバックミラーにかざす。覗き込んでいる運転手と目が合った。それだけ確認して、きびすを返した。

L1に戻ったとき、信号が青になった。上空を舞っていたドローンが左右にふれ不安定になった。しばらくして、あっけなく地面に落ちていった。電池が切れたようだ。

それをよそに、バスはゆっくりと動き出した。

3

10：27 am

〈内田さん、聞こえるか？〉

江間が声をかけるが、応答がない。

バスとの無線はつながっているようだが。

〈……は、はい、路線どおりに……はい、走らせます……〉

か細い声が聞こえた。内田が犯人から命令されているようだ。

乗っ取られたバスは、谷原陸橋交差点の手前で、自然渋滞にはまっていた。

三車線の一番左手の車線だ。信号が青になったが、バスは停まったままだ。

指揮本部にいる一課長から入感する。

〈ネットの動画サイトを見ろ。しばらく前からアップされてる〉

本多は有名な動画共有サイトの名を口にした。日本発で多くのユーザーを持つサイトだ。

「見てみろ」

辰巳に言われて、日吉は備え付けのモバイルパソコンを開いた。言われたサイトを開く。オススメ動画の一番目に〝練17車内〟と表示されている動画があった。乗っ取られたバスの路線名だ。クリックすると、バスの車内らしい映像が現れた。バス後部の高い位置から撮っているようだ。きょうの日付と時間が表示されている。

10：32：07
現在時刻に間違いない。

オレンジ色の手すりと、運転席が見える。すべての窓にカーテンが引かれている。運転席の横の手すりに男がよりかかり、運転手に何事か話しかけていた。垂らした左手にナイフらしきものが見える。

固定刃タイプの長い刃先が下を向いていた。フィッシュナイフか？　殺傷力がありそうだ。

〈電話会社に送り込んだ捜査員が、この映像の発信源を突き止めた。乗っ取られたバスからの発信に間違いない〉一課長が言った。

人質らしい人間は映っていない。

〈バス最後部の座席の背もたれの上あたりから撮られている〉本多が言った。

「スマホを二台持ちしていた人質が残していったんだと思います」志賀が口をはさんだ。

「犯人の隙を見てサイトにアクセスしてから、撮影モードにしたまま、スマホをこっそり背もたれのうしろ側に置いて席を離れたんですよ」

〈どうやらそのようだ〉

乗っ取り犯は前を向いていて顔が見えない。中肉中背、縦じまのネルシャツにぴっちりしたスキニーパンツを穿いている。ボブレイヤーにまとめた髪は、さきほど送られてきたマル被のそれとほぼ同じだ。全体から受ける印象はサラリーマンのようには見えない。

映像を見つめる辰巳が口を開いた。「ホシの写真を動画サイトにアップしろ」

「ネットに流すだと？　気でも狂ったか」古谷が割り込んだ。

最近ではSNSサイトを使って、警視庁が一般向けに被疑者の情報を流すことがある。一刻も早く被疑者を割り出すためには、やむをえない。

〈わかった。そうさせる〉一課長が応じた。

会話のあいだにも、画面にコメントが右から左へ流れる。
――これ何？
――ひょっとして、いまバスジャックされてるやつ？
――さっき家の前を通った
横切るコメントの量がみるみる多くなる。読み切れない数だ。
――しけた路線だな
――乗っ取るならもっとメジャーな路線にしろ
好き放題のコメントだ。
――乗っ取り犯、激写。こいつです
一課長に命じられた捜査員がアップしたようだ。
乗っ取り犯の写真が動画の片隅に表示される。
瞬く間に、それへのアクセスが集中する。
辰巳はパソコンのキーボードのホイールでコメント欄をスクロールさせる。
――運転手は内田だろ。いい気味だ
――内田なら自業自得だな
五分ほど前の、それぞれ別人によるコメントだ。客たちのあいだでは、かなり名の通った運転手のようだ。ふつうは誰も、路線バスの運転手など気にかけないだろうに。

渋滞が解消しだした。ゆっくりと、バスが動きはじめる。信号は青のままだ。二分ほどして交差点に入った。陸橋の下を通過する。車内放送が聞こえた。

次は谷原二丁目——。

交差点をすぎ、バスは三車線の一番左手を走る。谷原二丁目バス停が迫ってくる。バス停には、五、六人の制服警官が警戒にあたっていた。それを囲むようにテレビ局や報道カメラマンが十人近くいて、近づくバスにレンズを向けている。

ネット映像を映し出しているパソコンのスピーカーから、その声がはっきりと聞こえた。

〈……内田、この路線も今月限りだな〉

この声は何者？

「ホシだ」志賀が言った。「運転手に声をかけていますよ」

日吉はまじまじと画面に見入った。

運転手は答えない。

路線が今月限り？　いったい、ホシは何を言いたいのか。

〈おまえの仕事がなくなるんだぞ〉ホシらしき男の声。〈さんざん、イーベイを悪く言ってない。ネットへの関心が失せたみたいに、辰巳はイヤホンから聞こえる音に聴き入っている。志賀に命じて、外付けしたマイクで録音されていたバス車内の音声を再生させているのだ。いまさら、そんなものを聞いても意味はないと思った。ここまで来た以上、どの場所でいつ制圧するかだけが問題だ。グズグズしていたら、乗客の命が失われかねない。

しばらくして、何事か気になるらしく辰巳は眉をひそめた。

乗っ取られたバスは、三車線に増える手前で、左車線をとった。右ふたつの車線は、すぐ先で陸橋になる目白通りの本線だ。

陸橋が近づいてくる。目白通りの本線から、フェンスで遮られた左手の通りにバスは走り込んだ。大泉学園駅北口に向かうバス路線どおりの道。大泉通りだ。

次のバス停を知らせるアナウンスが聞こえる。

動画サイトのコメントにイーベイの文字が多くなる。

――イーベイって、あのイーベイか？

――連中はバス路線の廃止も提案しているのか？

――違う、違う。西紀本体が廃止を検討しているんだよ

――西紀本体が？　うそだろ
――イーベイを悪く言えねえな
〈このまま路線どおりに進めろ〉犯人の声が聞こえる。

路線に固執する犯人の意図がつかめない。

「水谷所長、訊いておきたい」辰巳が無線で所長を呼び出した。「西紀の現経営陣は、バス路線の廃止を持ち出しているのか？」

ふいの質問に所長は応じることができないようだった。

「所長のあんたが知らないはずがないだろ」

〈け……経営方針については、知らされておりませんものですから〉

「議論している余地はない。トップにつなげ。社長はどこにいる？　こっちに向かっているだろ」

〈……は、はい、さきほど所沢の本社を出たと聞いていますが〉

それにしても、乗っ取り犯がなぜ、路線廃止の話を持ち出すのか。

指揮本部の一課長から入感があった。

〈匿名でホシの情報が入った〉声が低い。〈コジマサトル、住まいは練馬区向山〉

このバスの路線にある町ではないか。

これだけ鮮明な写真がネットに出れば、すぐに反応があるだろうと予測していたが、それにしても早い。

——児島悟

ホシ……児島は何らかの理由があって、乗っ取った……？

「児島の情報を至急集めてもらえませんか」江間が割り込んだ。

〈むろんだ。福地に命令した〉

捜査一課第四強行犯捜査の管理官だ。

「運転手の内田についても同様に」辰巳がつけ足した。

〈わかった。西紀の社長が間もなく大泉学園駅に着くそうだ〉

「了解」

〈大泉学園駅北口にバスが着いたら、そこで制圧する〉一課長は断固とした口調で言った。〈そこから先には進ませない。特殊班全員を駅へ送り込む〉

「了解」

バスは閑静な住宅街を西に向けて走っている。時速十キロほどだ。大泉学園駅まで、このスピードでも、三十分以内に到着するだろう。

動画サイトを見る。乗っ取り犯……児島らしき人物は前を向いたきりだ。恐怖で車内を支配しているのだろう。後部座席にいるはずの人質たちは、児島に手を出せないのだ。

大泉学園駅にはすでに機動隊が到着して、バスターミナル近辺に展開しているはずだ。その中にバスが入れば、袋のネズミになる。乗っ取り犯がどうあがいても、もう間もなく突入の局面に入る。

「いつまで、そんなかたりを見てるんだ」辰巳に声をかけられる。

騙《かた》り？

いま見ているこの動画サイトの映像が偽りだと言っているのか。

「動画に映っている野郎が一度でも顔をさらしたか？」辰巳が続ける。「こいつと聞き比べてみろ」

たしかに、ずっと前を向いたきりだ。それに、十メートル以上離れていても、かなり明瞭に音声を拾っている。あらかじめ作られた偽物の映像なのか？

辰巳に指示され、機捜の半田久子が取り付けたマイクが拾った音声を聞いてみた。

……違う。ネットのホシの声とは別物だ。

スマホから送られているネットの動画は偽物なのか？

ふいに動画サイトの映像が消えた。再生バーを押してみるが、反応はない。

動画を送りつけているスマホの電源が切れたのだろうか。

「追い越せ」辰巳は運転手に命じた。

「バスを？」運転手が辰巳をふりかえる。

「さっさと行け。うちも大泉学園駅に先回りする」

「了解」

運転手はバスの右手を窺ってから、いきなりスピードを上げた。

狭い路地だ。バスの右サイドをぎりぎり走り抜ける。

バスの前方に回り込み、速度をゆるめず西に向かった。


大泉学園駅まで一キロを切ったとき、ふたたび一課長から入感があった。

〈人質の事情聴取が終わった。解放されたのは、中扉近くにいた乗客だけだが、最後部にいた男が厚かましく人を押しのけて降りようとしたので、ホシも呆れながら解放したらしい。例の投資顧問会社の男だ〉

「入江とかいう男か？」

〈そいつだ。金剛グループという投資クラブに籍を置く主任アナリストだというようなことを言っている〉

ひょっとして、動画のスマホを仕掛けたのは入江か？

〈バスに乗った目的や目的地をしつこく尋ねても、あやふやな答えしか返ってこない。住まいも川崎だ〉

「金剛グループ……聞いたことがある」

〈かもしれん。誇大広告、虚偽広告でこれまで何度も証券取引等監視委員会から行政処分を食らって、そのたび社名や代表者を替えて、いまは無登録で投資家を募っているワルの集まりだ。うちの二課が尻尾をつかみかけている〉

捜査二課は知能犯専門のセクションだ。

「入江はたぶん仲間だ」

日吉は耳を疑った。

4

大泉学園駅のバス乗り場は、北口と南口にある。北口は新しくできた商業施設の一階、南口は円形のロータリー形式になっていた。すでに機動隊は両方のバス乗り場に展開しているはずだ。特殊班の本隊から、続々と到着したとの無線連絡が入る。

指示をすませた辰巳がつぶやく。「路線どおりなら北口になる」

バスが大泉学園駅北側にある交差点を南に入り、最初の角を右手にとれば、駅北口。そこを曲がらず、まっすぐ行った先は南口。どちらにしても、制圧地点はバスが停まったところだ。

大泉学園駅に発着するバスの運行は、すべてストップさせられている。乗っ取られたバスは空のバスターミナルに進入するはずだ。

モニターに映る民放テレビのワイドショーは、停留所を通過する乗っ取られたバスの映像を繰り返し放映していた。

強面《こわもて》で通る経済評論家が合理化案について解説をしている。

「鉄道に関しましては、西紀側が廃止を提案している西紀鉄道の路線は五つありますが、ぜんぶを一緒くたに廃止してしまっては、沿線の住民にとって迷惑このうえない話になりますよね」司会者が口をはさむ。

「そのとおりです。自治体や住民、関連企業で働く人たちも大勢いますし、いまもマスコミを巻き込んで、こぞって反対していますからね」評論家が言う。

「鉄道はそうですが、バス路線の廃止って、これまで話題に出てきました？」

「まったくないですね」

「かりに西紀バスが不採算路線を廃止するのが明るみに出たら、西紀の経営陣に批判の矛先が向くんじゃないですか？」

「仰るとおりです。株価も、一時は二千円の大台に乗ったんですが、内輪もめが続いて、このところずっと千五百円前後で停滞していますからね」

「なるほど」司会者がカメラを見る。「間もなく、西紀ホールディングス社長の記者会見が行われますので、注目してみましょう。それにしても、犯人はどういった人物なんですかね？」

「まったくわかりません」

ネットは西紀本体への批判一色になりつつある。

――西紀はバス路線を廃止するな
――バスは住民の足だぞ。卑怯な真似をするな
「こちらL1、入江は何か吐きましたか」江間がじれったそうに指揮本部に質問を繰り出す。

〈まだだ〉即座に捜査一課長が応答する。

「金剛グループについては？」

〈二課の捜査員をグループ会長宅に送り込んでいる。間もなく、何らかのウラがとれるはずだ〉

「了解。わかったらすぐ知らせてください」

　大泉通りから、路線バスのルートに沿って、大泉学園駅北口に進入する。ところどころにセダンが停まっている。先着している捜査一課の管理官の専用車だ。

　再開発が完了して間もない駅北口は、垢抜けた景観だ。橋上駅部分にペデストリアンデッキがあり、その下がバス乗り場になっている。

　駅前ビルを回り込み、建物の東側からバス専用路に入った。

　一方通行を進み、2番バス乗り場に横付けする。湾曲したペデストリアンデッキの真下だ。2番乗り場は、練馬駅や埼玉方面に向かうバスの発着場になる。少し先にある1番乗り場に制圧部隊のバスが停まっていた。

　一課長から、ふたたび入感があった。

〈たったいま、バスは東大泉駐在所前を通過した。あと五分ほどで着くぞ〉

「了解しました」江間が答える。

　江間が一課長と話しているあいだに、辰巳はL1から降りて、先着していた特殊班の捜査員たちの中に入っていった。日吉も続いた。

　額の広い丸顔の久松孝史《ひさまつたかし》警部補が、張りつめた面持ちで、辰巳に声をかける。この春から交渉役のひとりに抜擢された人間だが、実戦は今回がはじめてになる。

「内田について、バスの運転手仲間から情報が上がっています」久松が言った。「口うるさい運転手みたいです。平気で乗客を叱りつけたりするらしくて、苦情が絶えないとか」

「どんなときに叱りつけるんですか？」日吉は訊いた。

「間違ったドアから乗ったり、小銭を持たない客なんか、乗車拒否するらしくて」おどおどした口調で久松は続ける。「路肩に迷惑駐車している自家用車なんかにも、うるさくクラクションを鳴らしたりさ」

「体育会系ですね」

バスの運転手に気性が激しい人間が多いのは、バスジャックの共同訓練を通じてよく見聞きしている。

「それはいい」辰巳は言った。「久松、バスがこの専用レーンに入ってきたら、出すなよ」

「あ、はい」

専用レーンの入り口を封鎖し、前に停まっているバスと挟みうちにするのだ。

「児島の情報は入っているか？」辰巳があらためて訊いた。

「向山で雑貨卸の店をやってるようです」久松が硬い表情で答える。「福地さんの班が着いて、大家の確認をとりました。動画サイトにアップした写真の男に間違いないそうです」

目線がしきりと動く。緊張が高まっているようだ。大丈夫だろうか。

「自営か？」

「グロスっていいます。倉庫兼用の小さな店舗らしくて。大家の立ち会いのもとで、ガサ、入れてる最中です」

「どんな店だ？」

「ネット販売が主だそうです。二、三人、従業員がいたみたいですけど、月初めから見えなくなったと言っています。倒産したとか言っているようです」

「倒産か……」

バス乗り場に設置された液晶ビジョンに、民放のニュース番組が映っている。

大泉学園駅前にある自社ビルに到着した西紀ホールディングス社長と西紀バス社長が、取り巻く記者たちにもみくちゃにされて、記者会見会場に入ってゆく。

「来たぞ」

捜査員たちが声を上げた方向を見た。

乗っ取られたバスが一方通行の進入レーンに入ってくる。

ここまで来た以上、バスは商業施設を回り込み、バス専用レーンから入ってくるに違いない。

辰巳とともに前に停まっているバスに入った。

特殊班の捜査員が六名と機動隊員が十名ほどいる。全員私服だ。

捜査員たちが覗き込んでいる後方に、乗っ取られたバスが走り込んできた。カーテンは引かれたままだ。

トンネルの中を歩くような速さで迫ってくる。方向幕の行先表示は〝泉17　大泉学園駅北口〟のままだ。

二十メートルほど離れた1番乗り場の前でバスは停まった。運転席の横も布で覆われていて、車内が見通せない。

運転手がハンドルにしがみつくように、肩で息をしている。

久松がたったひとりで乗っ取られたバスに歩み寄ってゆく。おぼつかない足取りだ。

白シャツに制帽姿の運転手が石のように固まり、その久松に視線を当てていた。こちらも面長の顔が恐怖にひきつり、血の気が失せている。汗で濡れた首もとに、ヘッドセットマイクがかかっていた。

〈犯人は見えん〉

久松が身につけているマイクから、引きつった音声が聞こえてくる。

「何をしている？　早く運転手に声をかけろ」

運転席の横にたどり着いた久松が、一メートルほど距離をおいてようやく声を上げる。

「大丈夫ですか？」

運転手はハンドルを握りしめたまま、黙って見下ろしている。

「窓、開けてもらえる？」

おどおどした久松の呼びかけに応じて、内田が後方をふりかえった。

後部座席に向かって話しかけるような仕草をして、もう一度横を向く。

運転席の窓がゆっくりと開いた。十センチほどだ。

久松がその横に張りついて、おそるおそる車体に手を触れる。「警察の久松って言います。話せます？」

後部座席から応答があったようで、内田は小さくうなずき、久松を見やった。

「うしろにいる人と話したいんですよ」

久松が声をかけたそのとき、バス後方のカーテンが開いた。

男が顔を覗かせる。

児島悟だ。

バスの最後部の座席に、女性がふたり並んで腰掛けている。

児島がふたりの前に歩み寄り、ナイフをかざした。

ふたりの女性が、互いに抱き合うようにしながら顔をそむける。

「何の用だ」

久松がつけているピンマイクが児島の声をかろうじて拾った。

この声……ネット動画のとは違う。

あれは、いったい何だったのか。

「少し話せない」久松が声をかける。「どう……」

「用があるなら言え」せかせかした口調で児島が言う。

「わかった、わかったから。喉、渇いてない？　ジュースでも差し入れようか」

「いらん」児島ははねつけた。

「え、でも運転手さん、喉が渇いているみたいだしさ」

内田が眉をひそめて、久松を見下ろす。

「腹へってない？」久松が労るように言う。「パンかおにぎり、差し入れようか」

もどかしい。もっと別の呼びかけができないのか。

「内田、閉めろ」

呼び慣れた感じで、児島が内田に声をかけた。

「あ、待って。これ、渡して」つぶやくように言いながら、久松がガラケーを運転手に渡すのが見えた。運転手は受け取り、それを児島に見せた。

児島はカーテンを引いた。中の様子が見えなくなる。

そのとき中扉が開き、人が出てきた。人質の女性だ。

ひとりはスカート、もうひとりはジーンズを穿いている。

〈救出、救出〉ヘッドセットにＬ１にいる江間の声が響く。

特殊班のマイクロバスに乗り込んでいた特殊班所属の女性捜査員が間髪を入れずに飛び出し、そのあとをもうひとりの女性捜査員が追いかける。

ふたりして、解放された人質を抱きかかえるように連れてくる。バスから降りた機動隊員たちに囲まれて、人質は前方へ送られた。

乗っ取られたバスの中扉はすでに閉じられていた。運転席もカーテンが引かれて、車内が見えない。

手の下しようがなかった。

〈突入準備っ〉古谷の声。〈前後からかかるぞ〉

捜査員たちがいっせいに動き出した。

「早まるな」辰巳が制する。

運転手が解放される様子はない。

久松がバスのわきで、左右をしきりにふりかえっている。

「電話をかけろ」古谷が久松に声をかける。

〈はい〉久松が自分が持っているガラケーで電話をかける。

呼び出し音が伝わってくる。いつまでたっても、電話に出ない。

辰巳が中断させた。

バスは眠りについたように、動きを見せなくなった。

十二時十分になっていた。

5

「このまま、ずるずる引きのばす気か？」古谷理事官は苛立ちを隠そうともしない。

「様子を見るしかないですから」江間がそれをなだめた。

L1のモニターにバス乗り場に停車しているバスが映っている。すべての窓をカーテンが覆っているので、中がまったく見えない。

「人質は運転手だけなんだ。どうにでもなるじゃないか」

「理事官、突入するにしても、人質とホシの位置は見ておかないと、話になりませんから」

扉が閉められている以上、窓ガラスを割って突入するしか方法はない。しかし、車内のふたりがいる位置をつかんでいなければ、ガラスを割る場所を決められない。

「久松、もういっぺん、かけてみろ」

理事官の命令に従い、久松があわてて携帯に電話をかけた。

何度呼び出し音を鳴らしても、児島は応答しない。

膠着状態になり、二十分が経過していた。

モニターの別ウィンドウに、民放のニュース番組が映っている。午前中からずっとバスジャック報道を続けているチャンネルだ。西紀ホールディングスの社長が記者会見をする様子が中継された。その横で西紀バスの社長が腫れぼったい顔をさらしている。

駅前にある高層ビルの西紀グループの社屋からだ。

真っ先に、現在行われているバスジャックが、バス路線の廃止と関係しているのかと記者に問いかけられる。

『それはまったく無関係です』と社長は言い切った。

『会社のほうに、犯人側から要求を突きつけられていませんか？』

『ありません。すべて警察にまかせています』

『廃止予定のバス路線は現実にあるんですか？』

社長は記者を睨みつけた。『会社経営から見て、あらゆる選択肢があるのは否定しません』

『えっ、廃止予定の路線があるんですか？』

『だから、経営判断ですから』

「テレビなど消せ」古谷が言った。「久松、もう一度、電話だ」

言われて、久松はふたたび電話をかけた。

呼び出し音が十回鳴る。応答はない。久松がオフボタンに手をかけた。

そのとき、呼び出し音がとぎれた。

「もしもし、います？」久松が呼びかける。

「ああ」ようやくそれだけ洩れた。

「運転手さんも疲れているようだし、どうですか？　ちょっとだけ窓を開けてもらえませんか？」

直接、犯人と面していないので落ち着いているようだ。

いったい、何を見ているというのか。

「あっ……テレビの中継見てます？」

バス乗り場にある液晶ビジョンか。こっそりカーテンを引いて見ているらしい。

「ああ」

想定していなかった問答に、久松は戸惑いを隠せない。

「……えっと、バス会社に言いたいことがあったら、うちのほうから伝えますけど」

電話が切れた。

久松が恨めしげに携帯を眺め、もう一度、ボタンに手をかけた。

「待て」辰巳は言うと、バスが映っているモニターに目をやった。

一瞬の出来事だった。方向幕のLEDが明滅し、行先表示が切り替わった。

〝泉29　新座駅南口〟

「な、何だ」驚いた顔で古谷が言った。

「児島の答えだ」辰巳が言う。

「調べろ。路線、路線」

志賀は用意した路線図を広げた。大泉学園駅北口を出て北西方向、五キロほどで埼玉県に入り、田園地帯を新座《にいざ》駅に向かうルートのようだ。全行程十キロほどの県境をまたぐ路線だ。

「停まっている1番乗り場の……あの乗り場の路線です」志賀が言った。「一日一本しかありません」

「その路線を走るとやつは言いたいのか？」

「……かもしれません」

「そいつの出発時刻は何時だ？」辰巳が口をはさむ。

「十三時十分……あと四十分です」

古谷が拳で机を叩いた。「馬鹿野郎、人を舐めやがって」

「どうしますか？」江間が訊いた。

「どうもこうもあるか、ただちに突入だ」

「ちょっと待ってくれませんか、中、わからないし」

古谷は江間を睨みつけた。

「このまま、路線どおりに走ったら三十分もしないうちに、埼玉県に入るんだぞ。黙って見ていられるか」

「埼玉県警の特殊班も待機していますから」江間が説得口調で言う。「タスク組んでますから、いつでも合同で制圧にかかれます。ここは落ち着いて……」

「田舎警察にまかせておけるか、ガラを持っていかれるんだぞ」

まったく引きそうにない古谷の様子を見て、日吉は内心苦笑した。

誘拐や立てこもりなど、特殊班が受け持つ犯罪は、緊急性があり、他道府県警と縄張り争いなどしているひまはない。警視庁の特殊班は、日頃から周辺の県警特殊班と連携を密にし、合同訓練もたびたび行っている。今回のバスジャックについても、発生した時点で埼玉県警の特殊班が待機しているのだ。特殊班に限って警視庁と他県警同士のメンツ争いは存在しない。そのあたりは古谷も心得ているはずだが、いざとなれば功名心ばかりを押し出してくる。

「ここで突入してもいいが、外野が多すぎるんじゃないか」辰巳が静かな口調で言った。「バス路線を廃止しようとする会社の非をアピールするためにバスを乗っ取ったとしたら、衆人環視の中で突入するのは、それこそ犯人が望むところだろう」

テレビ局が中継する面前で突入すれば、バス路線廃止の反対を訴える犯人にとって、世論に訴えかけるビッグチャンスになる。西紀ホールディングスの社長もいるのだ。マスコミは西紀グループ対イーベイの争いを面白おかしく書き立てるだろう。

古谷は額に横皺を作り、辰巳の顔に見入った。

「何か方法があるのか？」

辰巳はバス路線の中ほどの埼玉県側を指でなぞった。

「県境の畑のど真ん中でやったほうが、目立たなくてすむ」

そのあたりは人家はなく、畑が広がっている。

「万が一、制圧に失敗したら、うちへの風当たりも強くなりますからね」江間が言った。

「それも回避できますから」

「埼玉県警と合同でやるだと？」古谷は聞く耳を持たない。「ほざくな。うちでやる、うちで」

「だったら、このあたりになるか」

辰巳は地図を示した。

大泉学園駅の北一キロほどのところに関越自動車道が東西に走っている。泉29のバス路線は、駅を出て、いったんこの高速道路に向かって進む。高速道路の高架下に突きあたってから、三百メートルほど高速道路の真下の建物が少ないあたりを西に走る。東京都内ぎりぎりで制圧するとすれば、ここしかない。交通規制も簡単にできる。マスコミを遠ざけられるのだ。

古谷は助かったという顔で辰巳を見た。「よし、ここで様子を見て突入のチャンスがなかったら、この高速下で決着をつける」

言うが早いか、古谷は早々に捜査一課長に了解を求める電話をかけた。

一課長はすぐ出た。〈バス乗り場で動きがなければ、それでいい〉

「入江はどうだ？」辰巳が横から割り込んだ。

〈偽の動画を収めたスマホをバスに置いていったのを認めた。スマホは外部からコントロールされて、ネットの送信が切られたようだ。ドローンもほかの仲間が操縦していたらしい〉

「金剛グループの命令か？」

〈そうだ。仕手集団のようだぞ。捜査二課によると、高値づかみした西紀ホールディングスの玉《ぎょく》を大量に抱えていて、にっちもさっちもいかなくなっているらしい〉

まさかと思った。株価操作グループと今回のバスジャックが関係していると言いたいのか？

古谷が江間とともに、特殊班を二手に分け、片方を高架下に先回りするように申し伝えるのを聞きながら、しばらく思案にふけった。

機材や人員の配置、交通規制など細々したやりとりをするうちに、二十分が経過した。

乗っ取られたバスは、カーテンが引かれたままで変化はなかった。午後一時ちょうど、辰巳のスマホが震えた。福地管理官から電話が入ったようだ。しゃべり続ける古谷を残し、L1から降りる辰巳に日吉も続いた。

通話しながら、辰巳は階段でペデストリアンデッキへ上がる。

「保証人になっている兄貴と連絡がついたらしい」辰巳が言った。

「この駅にいるんですか？」

辰巳のあとを追いかけるように、階段を下る。南口のロータリーに出た。

規制が解除され、発着するバスが数珠つなぎになっている。バスを利用する乗客たちでごった返していた。

「交番に出頭するように伝えたそうだが」辰巳は言うと、左手にある交番を見やった。

警官が立ち、混雑するロータリーを整理している。

辰巳は利用客にまぎれて、そこに近づいた。

廉価版メニューでチェーン展開している飲食店の前だ。交番に体を向けて、じっと固まっている四十前後の男がいた。痩せた面長の顔だ。顔が石化したように強ばっている。

「児島昭夫《あきお》さん？」

辰巳が声をかけると、男は警戒するような険しい目でふりかえった。

小さくうなずいたその顔は、乗っ取り犯とそっくりだ。

辰巳は警察手帳を素早く見せ、男を人混みから遠ざけるように、店の脇に引っ張った。

悟さんのお兄さんですねと訊く。

児島昭夫と呼ばれた男は、おどおどした感じで、目をしばたたいた。

「バスを乗っ取っているのは悟さんに間違いない？」辰巳は訊いた。

「テレビ見てびっくりして……」

「穏便にすませたい」辰巳は言った。「協力してくれますね？」

「はい……」

「弟さん、店が倒産したらしいけど、ほんとうかね？」

「大口で輸入している中国の取引先が潰れて、品物が入ってこなくなって。そっちへ入金したカネも戻ってこないし」

「いくらぐらい？」

「五、六百万円。銀行も貸してくれないみたいだし」

「それで保証人のあなたに泣きついた？」

「わたしだけじゃなくて、サラ金なんかにも。でも……」

「でもなんですか？」

「倒産は何とかまぬがれたみたいで」

「今月に入ってから仕事はしてないんでしょ？」

「ええ……でも、金を貸してくれる資産家が現れたとかで、わたしが貸した三百万も返ってきて」


辰巳は、弟さんは西紀グループに対して、仕事上で恨みがあったのかと尋ねた。

「仕事じゃないんです」昭夫はきっぱりと言った。

それからしばらく迷った末に、「嫁さんが病院で自殺しちゃって、それで」とつぶやくように言った。

「ひょっとして、奥さんは妊娠していた？」

どうしてわかるのかという顔で昭夫は辰巳を見た。

決まり悪そうな顔で昭夫は続ける。「この二月です。あいつの嫁さん、バスに乗っていて転んでしまって、それで……」

その日、発車間際のバスに児島の妻の里美《さとみ》がドアの横のインターホンに、開けてくださいと呼びかけた。運転手はしぶしぶドアを開けたが、乗り込んだ里美に、もっと早く来て待っていろとか、ほかの客の迷惑になるなどとさんざん、マイクを通して嫌みを口にした。車内は珍しく混み合っていて、里美は座れなかった。歩道から子どもが飛び出してきたときも、まだ運転手は客に当たり散らしていた。それに気をとられて、急停止させた。そのとき、里美が転んだという。

「弟さんが乗っ取ったバス路線ですか？」

日吉が尋ねると、昭夫はしぶしぶうなずいた。

「その直後は異常なかったみたいなんです。でも、家に帰って気分が悪くなって、出産予定の病院に駆け込んで、即、入院になったんだけど、けっきょく……五か月で流産しちゃって」

「それで、奥さんは悲観して自殺したんですか？」日吉が訊いた。

「もう二度と子どもを産めないと医者から言われて」思い出すのも辛そうに答える。

「病院の屋上から飛び降り……」

「嫁さんが乗ったバスの運転手は、内田？」辰巳が訊いた。

昭夫は辰巳を見つめ首を縦にふった。

ふたりもやりやがって——。

そう、児島悟はつぶやいている。

復讐のためにバスを乗っ取ったのか？

ヘッドセットに古谷の声が響いた。〈辰巳どこにいる？　バスが出たぞ〉

あわてて腕時計を見る。十三時十分。発車時間だ。

辰巳はその病院の名前を聞き出し、交番の巡査に児島昭夫を預けて、待機していた目の前のミニバンに飛び乗った。

運転席の小《お》畑《ばた》良幸《よしゆき》巡査が驚いてふりかえる。抜群のドライブテクニックを持つ若手だ。

「どちらへ？」

「バスを追いかけろ」

「了解」小畑は口を引き結び、アクセルを深く踏み込んだ。

6

ふたたび乗っ取られたバスに追いついたのは、妙延寺前交差点の手前だった。Ｌ１をはさんで前を走るバスは、依然として歩くようなスピードだ。

辰巳は小畑の肩を叩いた。「前に出ろ」

小畑は驚いた様子で、アクセルを踏み込んだ。「Ｌ１より前に？」

「グズグズするな」

交差点の手前で追い抜いた。バスの真後ろ、十メートルに張りつく。

L1に乗る古谷から無線が入った。

〈何で前に来るんだ？　どけ〉

「しばらく様子を見る」こともなげに辰巳が答える。

「制圧地点に先回りしろ」

辰巳は答えず、無線を切り、バスを見やった。「あいつはもたねぇ」とつぶやく。

どちらのことを言っている？　運転手、それとも犯人？

「内田だ。水も飲んでいねえ。この低速でこのまま走らされてみろ。先は見えてる」

ここに来るまでも、三時間以上低速運転を強いられている。これからまた十キロ強の道を、二時間近くかけて走らされるのだ。足がつるなど、体に異常をきたしてもおかしくない。制圧地点にしても、この速度だと二十分近くかかる。だからといって、命令に反した行動をとってよいものか。

制圧地点からの報告が入感する。

〈特殊5、配置完了〉

〈こちら、土居《どい》、交通規制完了、周囲に車両はなし〉

制圧地点を統括する特殊班第二係の係長からの報告だ。

〈機動隊は?〉江間の声。

〈こちら、第四中隊、バスで封鎖しています。いつでもどうぞ〉

応援に入っている第四機動隊の中でも、精鋭中の精鋭だ。

バスは繁華街をゆっくり北上する。前後を交通規制しているため、スムーズな走行だ。北園の交差点が近づいてくる。信号機が赤から青になった。その下を歩くようなスピードで通過する。左右のビルは低くなり、戸建ての住宅が多くなる。うっそうと青葉を茂らせる桜並木に入った。

直線道路にもかかわらず、バスはふいに速度を速めたり、遅くなったりを繰り返すようになった。そのたび、黄色い線を対向車線側に踏み出す。

〈なんだ、なんだ、しっかりしろ〉運転手に呼びかけるような古谷の声が入感する。

カーディーラーが二軒続いたとき、ふいにバスは左側によった。ピンク色の花を咲かせる路肩のツツジの生け垣に突っ込んだ。それらをなぎ倒し、なおも進んだ。十メートル近く走り抜ける。太い桜の幹が迫ってきていた。

あっ、小畑が小さく叫んだ。

バスはかろうじて鼻先でかわし、道路に戻った。

「あいつ、これ以上はもたん」辰巳が洩らした。

ずっと慣れない低速走行で、アクセルに置いた足がつったのだろうか。

それとも、児島に暴行を加えられたのだろうか。たぶんそれはない。

「前に出て制止しますか」小畑が訊いてくる。

「やめろ。こっちが粉々になる」

前方三百メートルほどのところだ。青葉の向こう側に、関越自動車道の高架道路が見えてくる。

小畑が辰巳をふりかえる。「追い越して、制圧地点に行きますか？　ここで追い越さないと、間に合いません」

バス路線は高架道路の手前の信号で左に曲がる。そこまで、もうあと二百メートル足らずしかない。

「見ろ」

バスはいきなりスピードを上げた。

日吉は呆気にとられて、みるみる離れてゆくバスを見つめた。

辰巳に声をかけられ、小畑はようやく速度を上げた。

並木の向こうに、信号が近づいてくる。青だ。

左右に長々と横たわる高速道路が視界いっぱいに広がる。

バスはあっという間に高架下に達した。そのまま、まっすぐ高架下を走り、ふたたび桜並木の通りに入った。直線道路だ。バスは速度を落とさない。

古谷の叫ぶ声が入感する。

「野郎、どこへ行くんだ」小畑が言った。

バスは四十キロを超えるスピードで走っている。新座に向かう道だ。建物が疎《まば》らになり、キャベツ畑が続く。

「埼玉県です」小畑がカーナビの画面を指す。「入りました」

突き当たりの交差点が近づいてくる。新座市の総合技術高校交差点だ。

信号は青だ。バスはやや速度を落とし、交差点を左に曲がった。

辰巳が小畑の肩をつかんだ。「右折しろ」

「バスは？」

「早くしろ」

小畑は狐につままれたような顔で、ハンドルを右に切った。

「さいきょうだ。急げ」辰巳は言った。

さいきょう——埼玉協同病院？

児島の妻が自殺を遂げた病院ではないか。

日吉が病院の名前を告げると、助手席の捜査員がカーナビに入力した。

新座駅の南東五百メートルほどのところにある病院が表示される。

「児島はもともと病院に行く気だったんですか？」日吉は訊いた。

「さっきの事故で、児島は動転した」辰巳は言った。「路線なんて、もうどうでもよくなった」

それで曲がるべきところを曲がらず、直進してしまったのか。

泉29のバス路線は新座駅まで大回りするルートだ。路線どおりに走るのをやめて、病院までショートカットする道を選んだのだ。

「やつは病院での決着を覚悟している」辰巳が言った。「２５４号線を使え。うちのほうが早く着ける」

小畑は「了解」とつぶやき、意を決したように速度を上げた。

カーナビによれば、十五分足らずで病院に着ける。バスがとった道は、やや大回りになるはずだ。とにかく、病院に先着して準備をしなければならない。

助手席の捜査員が、無線でバスが病院に向かっていることを報告する。

〈来ないって？　どうなってるんだ？〉制圧地点にいる土居の混乱した声が応答する。

辰巳がマイクを取り、大至急、埼玉協同病院に転進するように命令する。

パトカーで先導させれば、制圧地点で待機していた特殊班はバスより先に病院に着けるだろう。いずれにしても時間はない。それにしてもと日吉は思った。最後のあがきとして病院を選んだとしたら、無難な決着は望めそうにない。

一課長から無線が入感する。

〈金剛グループ会長が、西紀ホールディングスの株を大量に持っているのを認めた。買値は二千円前後〉

「信用取引で？」辰巳が返す。

〈むろんだ。顧客から集めた金を担保にして二十億円近く。今後ひと月のあいだに、信用期日が連続して到来するようだ〉

信用買いの場合、信用期日にあらかじめ買っておいた株の価格が下回っていれば、その差額を現金で支払わなければならない。

「カネはあるのか？」

〈ないようだ〉

「信用期日までに株価が上がれば、支払いはチャラになるんだな？」

〈もちろんだ。西紀ホールディングスとイーベイが和解して、話し合いに応じれば株価は上がるというのが大方の読みだ。業績は上向いているだけに株価も連動して上がるだ

ろうと。だが、西紀の経営陣は世論の支持をいいことに、話し合いに応じない〉

西紀グループは世論を味方につけて、筆頭株主であるイーベイを無視し続けた。そのため、イーベイはＴＯＢという最終手段に訴えたが、日本の世論からハゲタカファンドと罵られ、個人投資家や機関投資家は嫌気《いやき》して、西紀株を見放しているのが現状なのだ。

「逆に言えば、西紀経営陣の評判を落とせば、話し合いに応じるわけだな？」

〈そうだ。西紀バスの路線廃止をスキャンダラスに暴露すれば、両者はまた手を結ばざるを得なくなる。イーベイにしても、株を高値で売り抜けて日本から撤退したいっていうのが本音だ〉

「そこに金剛グループは目をつけた」辰巳はぴしゃりと言った。「バスジャックは、そのために金剛グループが仕組んだ罠だ」

　ようやく日吉は呑み込めた。

　金剛グループは西紀バスに苦情を申し立てて、カーテンをつけさせた。そして、バスの乗っ取り犯を仕立て上げた。バス路線を注目させるため、乗っ取り犯には、路線どおりに徐行して走らせろと厳命していたに違いない。決行に向け、バスジャックを側面から支援する人間も複数使ったのだ。

イーベイのようなハゲタカファンドは、狙った企業の株を安値で大量に購入し、二倍三倍の高値で売り払うのが目的だ。アメリカ在住のトップは、最大の株主と話し合いもしない西紀経営陣に業を煮やしていたはずだ。そうした内情に金剛グループがつけ込んだのだ。

7

病院は雑木林を背にして、どっしりした六階建ての姿をさらしていた。西側に戸建て住宅、南側は一面の畑だ。先着したのは日吉らが乗ったミニバンだった。矩形《くけい》の駐車場に来院者たちのクルマが並び、かろうじて間に合った特殊班の捜査員が乗る車両がまぎれ込んでいる。バスを追いかけているL1から、間を置かず無線連絡が入る。午後二時になろうとしていた。

駐車場から死角になる建物の東側で、警視庁と埼玉県警捜査一課の特殊班の捜査員たちが待ち構えていた。全員、私服で拳銃を携行している。

道路側に停めてあった来院者たちのクルマをどかして、バスが入ってこられるスペースは確保できた。病院の建物に近づけないよう、二台の警察車両を正面玄関に続く通路を塞ぐ形で左右に重なるように停めてある。病院の一階は人払いされて、病院関係者以外は誰もいない。

バスが来たら駐車場に導き入れて、交渉役が再度、児島との話し合いに持ち込む手はずだ。バス内部を確認できた時点で、二か所から突入するオペレーションが予定されている。訓練どおりだ。

〈こちら、L1、関越自動車道の高架をくぐった。到着予定は十四時ちょうど〉ヘッドセットに江間の声が入る。

やはり、病院に来るようだ。いったい何をする気か。

〈特殊3、了解、突入態勢は整った。どうぞ〉

〈ぬかるなよ〉押し殺した古谷の声。〈奥方が自殺した病院だ。何するかわからんぞ〉

日吉は正面玄関わきに停めているミニバンの中から、そちらを眺めた。

辰巳はどこへ消えたのか。病院の中に入ったきり、出てこない。

北にある信号のついた交差点で笹色のそれらしいものが見えた。バスだ。

かなりのスピードで左折し、病院に近づいてくる。

手前で徐行し、ゆっくりと駐車場に入ってきた。カーテンは引かれたままだ。前面の布が取りはらわれ、角度によっては中が見通せる。運転手以外に人の姿は見えない。ホシは降りたのか？　バスが近づいてくる。

〈そのまま、そのまま〉江間の声。〈久松、用意できたか？〉

〈待機してます、いつでもどうぞ〉

〈児島はどこですか？〉捜査員の声が上がる。

見えない。どこへ消えたのか。

　バスは駐車場に入ってきた。空けておいたスペースに停まらず、正面玄関に向かって走り続けた。付近の車両に身を隠していた捜査員たちがあわてて飛び出し、バスを追いかける。

〈あ、停まらん、停まらん〉

　バスは勢いをつけ、通路を塞いでいた二台のクルマに体当たりした。激しい衝突音とともに、二台ともテールをふられるように向きを変えた。空いたスペースをバスは走り抜け、瞬く間に正面玄関に鼻先を突きつけるように停まった。同時に前部扉が開いた。

　ふたりの男が飛び出てきた。児島と内田だ。

「来るなーっ」

　叫び声とともに、児島は内田の制服をつかみ、正面玄関に向かって追い立てるように進んだ。手にナイフの刃が見えた。

止める間もなかった。ふたりして正面玄関の自動扉の中に消えた。

〈警戒、警戒〉江間が叫ぶ。〈正面玄関、正面玄関に行け〉

捜査員たちが正面玄関に殺到する。

それに先んじて、日吉はミニバンを降り、病院の中に飛び込んだ。

がらんとした受付ホールの奥だ。エレベーターに乗り込むふたりが確認できた。日吉がたどり着いたとき、ふたりを乗せたエレベーターは三階まで上昇していた。しかし、そこで止まらなかった。ひょっとして、児島は妻が身投げした屋上を目指しているのか？　その場で、あらためて西紀バスの非道ぶりを訴えるつもりか。

予想したとおり、ボタンは屋上に続く六階で止まった。

下りてくるのを待っている余裕はない。単独でわきにある階段を駆け上るしかなかった。

五階の踊り場に達したとき、上の階から重い扉が閉まるような音が聞こえた。六階にたどり着き、音のした方向に歩いた。

通路の先に鉄のドアがあった。それを押し開いた。白いフェンスに囲まれた屋上が広がっている。ところどころに芝生が張られ、あちこちに置かれたプランターのツツジが満開になっていた。外周にもうけられたミニトラックの先に、ウッドデッキがある。

児島はそこに内田を座らせ、背後から羽交い締めにしていた。手にしたナイフが内田の首もとにあてがわれている。

二十メートルまで近づいたとき、キンモクセイの木々のあいだから辰巳が現れた。児島がぎょっとしたような顔で、そちらをふりかえった。

「待ってたぞ」辰巳が声をかけた。

「誰を」ふてぶてしい態度で児島が答える。

「あんた方ふたりだ」

「おまえを呼んだ覚えなどない」

「児島、おまえ何しにここへ来た？」

児島は答える代わりに、手にしたナイフを内田の頬にあてがった。

「内田に奥さんが飛び降りた現場を見せるためか？」

「構うな。すっこんでろ」

「このフェンスはおまえの奥さんが飛び降りた直後にもうけられた」辰巳はフェンスを見ながら続ける。「それまでは何もなくて開放的だったらしい」

「ほざくな。こいつのせいで女房は死んだんだ。殺されたんだぞ、この野郎に」

握りしめたナイフに、児島が力をこめた。

小さな悲鳴が上がる。

「これ以上、罪を重ねるな」

「もういいんだよ、馬鹿野郎」

「おまえは、はめられたんだ。わかっているのか？」

問いかけに応じない様子で、児島は目をギラギラ光らせる。

「こいつのせいだ」内田の髪をつかんで、顔をこちらに向けさせた。

「それは隠れ蓑だろう。ほんとうは潰れかけた店を立て直すために、うまい話に乗ったにすぎん」辰巳は冷静に声をかける。「バスを乗っ取って、走らせれば赤字分のカネは出す。そういう条件で、おまえは資産家と称する人物から金を受け取った。妙な話と思わなかったか？」

「わかっているならいちいち訊くな。それに、資産家なんかじゃない。おれと同じように、その人は子どもをひき殺されたんだ。復讐するなら手を貸すと言ってくれたんだ」

「そんな話を誰が信じる？　路線どおり、徐行して走らせろなどと命令されて、おかしいと思わなかったのか？」

言いながら、じりじりと辰巳は間合いをつめる。

「そ……それはこんなタチの悪い運転手を使っている会社を世の中に知らしめるためだ。それ以上来るな」

辰巳は立ち止まり、児島を睨みつけた。

「おまえのふりをした乗っ取り犯の映像がネットに垂れ流されていたのを知らなかったのか？」

児島は目を剝いた。「なんだよ、それ？」

「人質の中に、おまえが言う資産家から送り込まれた男がそれを仕組んでいた。そいつをわかっていたか？」

児島はわけのわからない顔で辰巳を睨みつけた。

辰巳は金剛グループと彼らのもくろみについて話して聞かせた。

児島は凍りついたように黙りこんでいる。

「すべてはバス路線の廃止を明るみに出すためだ」辰巳は言った。「おまえがバスジャックをしたせいで、西紀グループのバス路線廃止がクローズアップされた。それこそがバスジャックをやらせた連中の目的だったんだ」

それ以上は聞きたくないという顔で、激しく児島は首を横にふる。「知るか、そんなこと……」

ドアが開き、捜査員がなだれ込んできた。驚いた児島は、内田を引き立たせた。

「わけのわからないことばかり言いやがって」その首にナイフを突きつける。「こんな運転手がのうのうとのさばっている会社こそ、おかしい」

辰巳はさらに近づいた。手を伸ばせば届く位置だ。

「いま、奥さんを担当した産科医に話を聞かせてもらった」辰巳は言った。「奥さんが流産したのは、バスの中で転んだのが原因じゃない」

児島の顔色が変わった。眉間にくっきりと皺を寄せて、見当のつかない顔だ。

「子宮頸管無力症」冷たい声で辰巳は言った。「子宮の出口の頸管は狭くてデリケートだ。この部分の機能が不全だと胎児が十分に育つまで妊娠が維持できない。奥さんはもともと、この症状が出ていたが、おまえを落胆させたくなくて伝えなかったんだろう」

辰巳が現場を離れたのは、それを聞くためだったのか。

児島はみるみる蒼ざめ、血の気の引いた唇を固く引き結んだ。

辰巳が続ける。「子どもが産めない体になっていると言いたくなかったからだ」

児島は歯を食いしばりうなだれた。「そ、そんなことってあるかよ……」

児島の表情が変わった。生白くなっていた顔に赤みが差したかと思うと、抱えていた内田を前のめりに倒した。次の瞬間、ナイフを握った右手をふりかぶり、辰巳に襲いかかった。

辰巳は左足を一歩前に踏み出し、左手で児島の右前腕をつかんだ。同時に右手で相手の肘をつかんで、地面と垂直に固定した。そのまま、児島の腕をねじ上げた。

こらえきれず、児島はナイフを落とした。

辰巳の右足が児島の右膝の裏側に食い込んだ。バランスを失い、児島があっけなくひっくり返った。その腕をとったまま、辰巳はポケットから取り出した手錠を食い込ませた。

捜査員が駆け寄る前にあっさり逮捕劇は終わった。

何事もなかったように、辰巳は息ひとつ乱さず、捜査員たちに児島を引き渡すと、目の前を通りすぎていった。

「……児島の取り調べはしないんですか？」

日吉の問いかけに応じず、辰巳は早足にドアに近づいてゆく。

「いまので十分だ。きょうのヤマに関わった人間を、ひとり残らず挙げるまで仕事は終わらん」

辰巳はつぶやくように言うと、ドアノブに手をかけた。

半分開いたところで日吉をふりかえった。

「トモ、これからが本番だぞ」

「は、はい、行きます」

建物の中に入っていく辰巳のあとについて、日吉も中に入った。

病院特有の消毒薬の臭いに、そのときになってはじめて気がついた。

第4話　急襲

1

……そうそう、会社のカネで株を買ったんだけど、ほら先週けっこう暴落したんだよ。あれで、すっかりやられちゃって。目減りした分も含めて、すぐ会社に返さないと、おれ、いられなくなっちゃうんだよ……あー、違うってば、監査が入っていて会社から出られないんだよ……

日吉はイヤホンから流れる若い男の声を聞きながら、窓に目を転じた。道一本へだてた向かいに、五階建ての賃貸マンションが見える。その三階にある空き部屋の壁に仕掛けたコンクリートマイクが拾っている声だ。

部屋には二十代から三十代の男が五人いる。それぞれが携帯を使い、名簿にある電話番号に電話をかけて架空のホラ話を語っている。振り込め詐欺のカケ子のグループだ。

朝の九時ごろから、五月雨《さみだれ》式にはじまった〝仕事〟は、午後に入っても成果が上がっていない。たいがいは振り込め詐欺に気づかれて電話を切られるか、もしくは電話の相手方が認知症などでまったく会話が成立しないためだ。

張り込みをはじめて二日目。盗聴している限り、詐欺が成立した例はなかった。

それでも数撃ちゃ当たるで、騙《だま》しに成功して犯罪が成立するものもある。そうなってからでは後の祭りだ。振り込め詐欺のアジトが判明した以上、すみやかに摘発して一網打尽にするのが警察の使命だ。

ここはJR池袋駅から北に一キロほどのところにある池袋四丁目の閑静な住宅街。五十メートル四方の区画に、大小おりまぜて九軒のマンションが建っている。アジトはその北側の中ほどにあるトライコート池袋の301号室。七年前にできた比較的新しいマンションで各階に三戸ずつあり、301号室は奥の突き当たりに位置している。

道路をへだてて、マンションが見渡せる向かいの民間アパートを張り込み拠点として借り上げ、日吉を含めた捜査員五名がつめていた。

捜査二課による内偵でアジトが突き止められたのは三日前。アジトを急襲するため、捜査一課の特殊班が応援に駆り出され、日吉が属する辰巳の班十名がそれに当たっているのだ。

打ち込みの時間は本日午後三時きっかりと決められ、特殊班の捜査員はすでにマンションの周辺を含めて全員が配置についている。

腕にはめたG‐SHOCKに目をやる。三時まで、残すところ五分を切った。

着ている服を確認する。ざわざわと血が騒ぐ。

紺のスウェットの上に防刃ベストをつけ、ジップアップフリースを着込んでいる。ベージュのパンツ。監視カメラを使って、犯人たちが外部を見ている可能性があり、突入服は着られない。

腰のホルスターからシグ・ザウエルP220改良型を引き抜く。安全帯《ランヤード》につながれたそれは手入れをしたばかりで、油が滲んでいる。

銃口を天井に向け、左手でスライドをつかんで手前いっぱいまで引く。チャンバーに初弾が収まるのを感じつつ、いつでも撃てる状態にした拳銃を慎重にホルスターに押し込んだ。

背中のデイパックには特殊閃光弾《スタングレネード》があり、装着ポケットには無線機本体が取り付けられている。いまそれは明瞭に作動していた。

これから相手にするヤカラたちにどんな抵抗をされてもいいように、装備は万全を期す。拳銃を使う事態に陥らないとも限らない。

窓の横に陣取っている江間管理官が緊張で赤らんだ顔を向けてきた。耳にヘッドセットをつけている。

軽くうなずいて答える。

ふりむけば、ドアの前に捜査二課の木元美喜夫《きもとみきお》警部がスーツ姿をさらしていた。頼むぞとその目が言っている。自分たちはこの部屋から一歩も出ない。アジトの急襲とマル被（被疑者）の逮捕はすべて、おまえたち特殊班にまかせるぞという顔だ。

もともとは、木元の部下の捜査二課員が羽振りのいい若い男がいるとの情報をつかんできたのが、アジト発見の糸口につながった。その男は何らかの犯罪に手を染めていて、そこからかなりのカネを得、身分不相応なキャバクラ通いをはじめとする夜の遊びに金を費やしていたらしかった。行動確認の結果、トライコート池袋が突き止められ、振り込め詐欺のカケ子たちのアジトであると判明したのだ。

「ブツの確保、くれぐれもな」木元が声をかけてくる。

四角い太り気味の顔に緊張の色が濃かった。

犯人たちが使っている携帯電話をはじめとする様々な道具類だ。電話をかけるカモが掲載されている名簿や背景音が吹き込まれているＭＤラジカセなど。

立件はむろんのこと、カケ子の上層部にあたる番頭やオーナー格になる金主まで突き上げ捜査をするための必需品だ。

「了解です」と日吉は答える。

「全員、ホシの配置はわかってるな?」今度は江間が確認してきた。

それに応える声がイヤホンから入感する。

〈玄関右手洋室に二名、リビングキッチンに一名、バルコニー側の洋室に二名、計五名が稼働中〉

A班の班長の声だ。

突入前はマル対らが部屋の中でどういう位置取りをしているのか、知っておく必要がある。

301号室は縦長の造りだ。三部屋あるそれぞれに、ひとりないしふたりがいて、電話をかけている。

裏口を固めた捜査員からも準備完了の声が続けて入感する。入り口はメモリーキーになっていて、暗証番号は大家を通じてつかんでいる。入室はスムーズに行くはずだ。それでも、万一に備えて屋上からロープを使ってバルコニーに飛び込む班も待機している。

人通りはほとんどなく、快晴。気温十三度、無風。

十時まで残り二分を切った。下りて突入する班に合流する時間だ。

そのとき、外で待機している辰巳の声が入感した。

〈中止、中止〉

イヤホンを耳にはさんでいた木元が、すっと動いて窓に取りついた。

「どうした？」

「……わからん」と江間も通りを見下ろす。

続けて辰巳の声。

〈中止する、A班B班C班、すみやかに撤退しろ〉

「撤退だとぉ」

壁を叩きながら、木元が怒りに震えた声を発した。

辰巳の声につられ、捜査二課員三名と江間を残したまま部屋を出る。

〈日吉、来い〉

足早に階段を下り、通りに出る。

トライコート前を西に向かって歩き出した。

辰巳から入感する。〈そこの軽ワゴン。素通りしろ〉

トライコートから別のマンションをひとつはさんで、印章店のシャッターが下りた前に、白い軽ワゴン車が停まっていた。銀髪の男が、ハンドルに覆い被さるよう前のめりになって道を見ている。視線の先はトライコートだ。

何気ないふうを装って歩きながら、その横を通りすぎる。

痩せた顔立ち。アゴからもみあげにかけて、白いヒゲを伸ばしている。

角を左手に曲がる。小学校の裏門から現れた辰巳が横についた。

チェスターコートに短くロールアップした黒ズボン。紺のスニーカー。

リラックスした出で立ちだが緊張感が漂っている。

「見てきたか？」

歩みを止めないで訊いてくる。

体にふったエゴイストのラベンダー香が漂ってくる。

「はい、ふつうのオヤジ、五十代前半でしょうか。いつから？」

「きょうで二度目だ」

「じゃ、きのうも？」

「同じ時刻に五分ほどいた」

印章店は廃業していてシャッターは下りたままだ。その前に車を停めて、何をしていたのだ。いずれにしろ、それが中止を決めた要因だったようだ。

「われわれと同じマンションを張り込んでいたんですか？」

「だったらどうする」

「いや……それは」

わけがわからなかった。きょうの打ち込みは地元の池袋署に通告済みで、警察車両というのはありえない。

「来たぞ」

小学校の桜並木の途絶える柵のある四辻だ。するすると鼻っ面を出した車がある。

たったいま見た軽ワゴンだ。

トライコートのある区画を一周してきたようだ。

運転する男の顔が確認のため左右に振られた。ゆっくりと本道に出た軽ワゴンは池袋小学校沿いを北上する。

後方からエンジン音がした。辰巳が張り込みで使っていた特殊班のミニバンだ。スライドドアを開けて乗り込む。

「あれですね」

ハンドルを握る小畑良幸巡査が前方をゆく軽ワゴンを指さす。

「やってくれ」

椅子にもたれかかりながら辰巳が言った。

三十メートルほど走ったところで軽ワゴンは右に曲がった。

〈……辰巳、辰巳――〉

木元が呼びかける声がイヤホンから伝わってくる。

打ち込みを放棄したうえに、急遽別行動に出た辰巳の動きにとまどい、怒りを滲ませている。その気持ちはよくわかる。日吉にしてもまったく意味がわからない。

江間の声が続いた。

〈……おい、離脱して、どこ行こうってんだ？〉

「あとで説明する」

言うなり、辰巳は無線の電源を落とした。

ぴったり張りつけという辰巳の指示のもと、小畑はやや速度を上げた。

軽ワゴンは大通りに出て、左折した。しばらく進み、川越街道の交差点を右に取る。都心方向に進んだ。

辰巳は現場に残した別班に位置を知らせ、ついてくるように命令する。

慣れた運転だ。すぐ側道に入り、住宅街を突っ切って明治通りに出た。道はすいていた。上池袋から王子駅へ進み、ふたたび明治通りを田端方面に向かった。

東北新幹線の高架と沿うように、二キロほど走った。迷いのない運転だ。目的地がはっきりしているのだろう。

日吉たちが乗る車を気にしている様子はまったく見受けられない。

東北本線の尾久駅をすぎて三百メートルほど走ると左折し、住宅街に入った。下町だ。鋼材卸商や鉄工場のあいだを走り抜け、角の酒屋を右に曲がった。

やや遅れて同じ方角に車を向けさせる。角から三軒目にあるガレージのような建物の前で、軽ワゴンは切り返してバックで中に入った。徐行しながらその前をゆっくり通りすぎる。

太い鉄骨の柱に支えられた小さな自動車整備工場だ。前向きで停まっている軽ワゴンの横に、ボンネットが開かれたセダンがあり、ツナギを着た男が車体の下に潜り込んでエンジン整備にいそしんでいる。

二階は住宅になっているようで、シャッターの上に〝有限会社岸川モータース〟とペイントされていた。

すぐ先の角で左に曲がり、ミニバンを停まらせた。

自動車整備工場が見えるあたりまで、バックさせる。

「整備工場のオヤジか」日吉が口を開いた。「マンションに何用があったんでしょうかね」

「小畑」と辰巳が運転手に声をかけた。「近くの交番で確認してこい」

それだけ伝えると、辰巳はさっさとミニバンを降りた。自動車整備工場に向かって歩き出す。日吉もあとについた。

工場の外壁は薄緑に塗られ、シャッターのある前方部分だけが二階を突き抜けるように飛び出ている造りだ。住居部分の二階の窓は夏の名残のように簾《すだれ》がかかっていた。

工場の前を通りかかる。工場の名前が書かれた看板の横に、電気メーターと郵便箱がつけられていた。岸川宏光《きしかわひろみつ》、亮介《りようすけ》とマジックペンで記されてある。

工場は乗用車二台が入れる程度の間口しかなく、奥行きも五メートルあるかないか。床は油で分厚く汚れて、壁も煤をかぶったように浅黒い。コンプレッサーのほかに、右手の壁に造り付けられた工具箱や作業台には、必要最小限の工具類しかない。

軽ワゴンの後部ハッチが開いており、その中に銀髪の男が乗り込んで作業をしていた。さきほど運転していた男だ。

工場を通りすぎて酒屋の角を左にとる。

特殊班の車二台がちょうどすぐ先の角を曲がってきたところだった。

両方に事情を説明し、捜査員たちを聞き込みに走らせた。

日吉も同様に、聞き込みに入った。思いもよらない展開だったが、辰巳の指示に従うしかなかった。

2

二十分後。

辰巳に呼ばれて、ミニバンを停めてあるコインパーキングに戻った。岸川モータースは目と鼻の先だ。黒のミニバンがやって来て、横に停まった。捜査二課の要員が使っている車だ。

辰巳とともに三列目の座席に乗り込むと、二列目にいた木元が穏やかならざる視線を辰巳に送りつけてきた。もっともだと思った。本来なら、本部に五人を連行して、取り調べを開始するころあいだったのだ。

木元の隣にいる江間は、またいつものことと思っているのか、黙り込んだまま前を向いて話そうともしない。

「わけを言え」

鋭く言い放った木元の言葉に、辰巳はふだんどおりの冷めた口調で切り出した。

「工場は岸川宏光、五十三歳が経営している。十九歳になる息子とふたり住まいだ」

赤い幕がかかったみたいに、木元の顔が紅潮した。

「ふざけるな、現場をほったらかしにしてどういうつもりだ」

「見てのとおり、時間がなかった」

辰巳が答える。

「だからどうして、軽ワゴンなんぞを追いかけ回した」木元が声を絞り出す。「やつもホシの一員だとでも思ったのか。トライコートにゃ、手錠をかけさせてくださいっていう五人が、がん首そろえているんだぞ」

「そう言うなら、あんた方だけで首、取りゃよかった」

話が通じないと言わんばかりに、木元は江間を窺う。

木元の所属は、捜査二課第四知能犯捜査第二係。通称、四知《よんち》二係《にがかり》。贈収賄事件を扱う捜査二課にあり、〝ナンバー〟と呼ばれる本流中の本流に身を置く。警視庁の中でももっともプライドが高いセクションだが、ここ数年、贈収賄事件の立件はほとんどない。代わりに振り込め詐欺の摘発が至上命令になり、捜査員たちのほとんどが駆り出されている有様だった。打ち込みをするにも手が足りず、特殊班の応援を仰ぐようになったのだ。

「だからさ、辰巳」江間が口を開いた。「きのうきょうと振り込め詐欺の連中がいるマンションを張り込んでいた不審人物が気になって追いかけてきた。それだけのことなんだろ？」

「場合によっては本ボシにつながる線もある」

「本ボシだと？　どこにそんなのがいるんだ」

木元がふたたび声を荒らげた。

「考えてもみろ」辰巳が切り返す。「トライコートにいる連中は、マンションに入る時間もまちまちだし、私服を着るのもいれば、スーツで決めているのもいる。あんたがたが目をつけた高橋っていうカケ子も、トライコート近くの青空駐車場に無断でBMWを乗りつけて通ってる。こんな統制の取れていないS《エス》は、一発の常道から外れている」

詐欺グループや振り込め詐欺を意味する隠語を繰り出す辰巳に、日吉も同感だった。

振り込め詐欺のアジトは主要駅近くのオフィスビルかマンションと相場が決まっている。〝通勤〟には必ず電車を使い、服装も目立たないスーツを着込んで雑踏にまぎれ込む。髪染めも御法度だ。しかし、トライコートは近場に駅はなく、最寄りの池袋駅にしても、徒歩で十五分はかかる。高橋に至っては茶髪だ。ジャージ姿で遠目からでも見えるピアスを揺らしながら、くわえタバコで〝通勤〟している。唯一の利点は、トライコートがある区画全体がマンションで占められ、そこに出入りする人間たちの風体が千差万別であるというだけだ。

「あんた方が盗聴していたこの一週間、リーダー格の人間が現れたか？」

辰巳の問いかけに、ワンテンポ遅れて木元が答えた。

「番頭格の人間は来ていない。だがな、ここはもう潮時だったんだ。だいたい、借り上げたのは二か月も前だ。あそこが捨てられるのは時間の問題だ」

特殊班が盗聴に加わったのは二日前からだった。それまでは、捜査二課の要員が行っていた。

「マンションを引き上げる話は連中の会話に出ていない」辰巳が言った。「統制を取るための朝礼もないし、リーダー役の男もいない。こんなゆるい一発は聞いたことがない」

「だからどうなんだ。この一週間で、連中は三件も釣った。このまま黙って見過ごしていいと思っているのか」

「たまたまだろう。使っている名簿もありふれたものだろうし、二名ないし三名で代わる代わる電話に出て、相手を追い込むのが常道だが、それもしない。会社の金を株に回してヘタを打ったっていうシナリオを五人が五人とも、単独で毎日毎日繰り返している。……ガキの遊びだ」

「何だとぅ」

木元はふりむきざま右手を伸ばし、辰巳のコートの襟をつかんだ。

「連中はここ数か月に、太い組織から独立したひよっこグループだ」辰巳は木元の手をふりほどきながら続ける。「しかし、番頭格が現れないところからすると、似たような店をほかにも三つ四つ持っている可能性がある」

木元も同じ考えを持っているらしく、息を吐いて辰巳の言葉を待った。

「このグループは番頭格がすべてだ。そいつさえ見分けがつけば、複数箇所同時に挙げられる」辰巳が言った。「うまくいけば金主もだ」

振り込め詐欺のアジトにするマンションやトバシ携帯、カモの名簿などにかかる費用を負担する金主まで、同時にからめとろうとする辰巳の言葉に、木元は沈黙で返した。目の前にぶら下がっている獲物をみすみす見逃すか。それとも、甘言ともとれる辰巳の言葉に従うか。木元は脳内で思惑の火花を散らしているはずだ。

「で、さっきのオヤジさんの工場はいつからやってる?」

ころあいを見計らったように江間が訊いた。

「四十年前の開業です。宏光の父親から受け継いだとなっています」

日吉が仕入れたばかりのネタを披露する。

「息子のほかに家族は？」

「五年前に離婚した元妻が、十二歳の長女を連れて家を出て行きました。いまは十九になる長男坊だけです。それから、二十年来雇っている従業員の野末《のずえ》がいます」

「昼間は宏光と野末だけか？」

「いえ、息子もいるようです。通信制の高校らしいですが」

「引きこもりか？」

「そのようです」

木元が半身をずらした。「おいおい、しょうもない整備工場くんだりにかまってる場合か」

辰巳がその横顔を睨みつける。「そのしょうもない整備工場のオヤジが、どうして振り込め詐欺のアジトなんかを張り込む？」

「そうと決まったわけじゃないだろ」

ふたたび火がつきそうになったところで、「辰巳、よさないか」と江間がまたあいだに入った。「まあまあ、木元氏も手加減してやってくれないかね。こいつ、言い出したら聞かないんだよ。こう見えても勘だけはあってさ。悪いようにはしないから。な」と辰巳を見やる。

「三日間」辰巳が言った。「あの岸川モータースをやる」

江間が木元の顔を見やった。

返事はなく、それを承知したと受け取った江間が木元の肩に手を置く。

「じゃ、そういうことで」

「もちろん、お宅らも使わせてもらう」

調子に乗ったように繰り出した辰巳の言葉に、木元は顔をそむけて返事もしなかった。

「四知二係はとりあえず池袋四丁目のマンションの張り込みを続ける。こちらのほうで、何か出てきたら応援に入ってもらうってことでいいかな？」

江間の問いかけに、仕方なさそうに木元がうなずいた。

3

その日のうちに、岸川モータースと道をはさんで建つ廃屋同然のアパートの一室を張り込み拠点として借り上げた。入居者はおらず、すべての窓の雨戸が閉じられ、苔むしたモルタルの壁はいたるところに亀裂が走っている。部屋の中は荒れ放題で、畳はところどころが腐っていた。その二階の道に面した部屋で、駐車場をはさんで、二十メートルほど先に岸川モータースがある。

黒のフード付きのコートに身を包んだ息子の亮介らしい男が帰宅したのは、すっかり日が落ちた午後六時前だった。酒屋の方角から来たのは、尾久駅まで電車を使ったのを示している。ほっそりしたタイプで、グレーのニットキャップをかぶり、そこそこに重そうな縦長のデイパックを背負っていた。髪は長いが、きちんと刈りそろえられている。ふっくらした横顔はまだ少年のあどけなさを残していた。

軽ワゴンの横にある作業台の上で立ったまま書き物をしていた父親が気づいて声をかけたが、息子は何事かつぶやき、木のドアを開けて家の中に入っていった。

ふたりの会話をアパートの窓から突き出したガンマイクがくまなく拾っていた。三十メートルほどの距離なら、すべての音を聞ける超指向性集音マイクロホンだ。

〈こんな時間まで、どこほっつき歩いていた?〉

宏光の呼びかけに亮介は、

〈う、うるせーな〉

吃音《きつおん》の交じったうるさそうな声で返した。

たったそれだけの会話だった。

ぼろぼろになった畳の隅でそれを聞いていた辰巳がつぶやいた。「写真を撮ったな」

「はい」

窓際でカメラを構えている志賀篤志巡査部長が答えた。

「向こうにいる二課の連中に送ってたしかめとけ」

「了解」

志賀は望遠レンズ付一眼レフカメラで撮ったデータを送るため、モバイルパソコンを起動させた。一分もかからず池袋四丁目の班に送りつけた。

「亮介が何か？」

日吉は訊いた。

「オヤジは息子の追っかけをしていたのかもしれねえ」

「追っかけ？」

……亮介が池袋四丁目のアジトにいた？

息子が振り込め詐欺のカケ子と言うのか？

五分ほどで答えが返ってきた。

「きょうも含めて、これまで亮介らしい人物はマンションに出入りしていないということです」

志賀が報告する。

日吉はどことなく安堵した。

「息子は関係ないですね」

日吉が言ったものの、辰巳の返事はない。

やはり、宏光が池袋四丁目のマンションを張り込んでいたというのは、何か別の目的があってあの場にいたのではないだろうか。

「どうしてそう言い切れる？」

辰巳に訊かれた。

「得意先があの近くにあって、御用聞きに出向いていたとか」

「御用聞きなら、さっさと家に入るだろ」

「……かもしれないですが」

「明日は亮介をやる。それから志賀、岸川モータースの住まい部分にマイクを仕掛けろ」

「一階だけでいいですか？」

「二階もだ」

志賀はわずかに開けた窓から、もう一度岸川モータースに目をやり、「やってみます」と朝飯前の顔つきで答えた。「電柱から光ファイバーも引いてるから、ネットもがんがんやってるでしょうね。無線LANとしたら適当にハッキングしてみましょうか」

「まだいい」

辰巳が短く答えた。

岸川親子がスマホやパソコンを使っているとしたら、アクセス先をはじめとする多くの情報を得られるだろう。彼らが使っているパソコンの中身も見ることができるはずだが。

4

翌日。

ママチャリで従業員の野末が岸川モータースにやって来たのは午前七時半。シャッターは開いていて、八時には自動車整備の仕事がはじまった。

亮介が姿を見せたのは、それから間もなくだった。油で汚れた真っ黒な床に、下ろしたてのような純白のスニーカーをつっかけながら現れた。二枚襟のシルエットシャツの上に、ぴっちりしたケーブル編みのニットセーターを重ね、ベージュのストレッチパンツを穿いている。きのうと同じものといえば、長細いデイパックだけだ。

挨拶もせず工場を出て行く息子の後ろ姿を、父親の宏光は、仕事の手を止めて見送った。声をかけたようだが、ガンマイクを使っていないので聞き分けることはできない。

辰巳とふたりして日吉はアパートを出た。亮介は酒屋の角を曲がり、駅の方向に向かって歩いている。通信制の高校のスクーリングにでも行くのだろうか。

辰巳と距離をおき、尾行をはじめる。宏光があとをつけてくる気配はない。

日吉はスマホの電源を入れ、耳に付けたヘッドセットに向かってつぶやく。「引きこもってるわりに、きちんとした身なりですね」

「ちゃんと前を見てろ」

後方から辰巳が返してきた。

亮介は尾久駅近くのファストフード店で、朝食ではいちばん値の張るマフィンと卵、ポークパティのプレートをコーヒーとともに平らげた。

尾久駅の上りホームで、ひと車両離れたところから、やって来た高崎線熱海行きの列車に乗る。上野駅で銀座線に乗り換えた亮介は、二駅目の末広町で降りた。

地上に出て蔵前橋通りを本郷方面に向かい、角の大きな喫茶店を回り込み、同じビルの一階から建物に入った。

通りすぎたところでビルを見上げる。二階の窓に通信制高校の名前が記されたテープが貼られていた。やはり学校に来たようだ。

全国に展開している高校のようだ。全日制と通信制があり、合計一万人以上の生徒を抱えているとある。通信制高校は、主要都市の繁華街のオフィスビルにキャンパスを置き、亮介の入った高校もそのカテゴリーに入るらしい。

秋葉原という場所柄、ロボットやゲーム、コミックといった専攻コースが設けられている。通信制なので、生徒たちは都合の良い時間帯にキャンパスを訪れスクーリングなどを受けているようだ。

辰巳と分かれ、高校のビルに入った。一階の受付手前でキャンパスのレイアウトを確認する。一階に大教室、二階には三つの教室がある。階段で二階に上がった。

私服姿の若者たちがロビーに大勢いた。窓際のテーブル席に亮介の姿もあった。同じ年頃の男子生徒と話し込んでいる。生徒たちのほとんどは顔見知りのようで、その中に入って行くのは怪しまれる。とりあえず建物を出た。

辰巳と合流し、見てきたものを報告する。

「亮介が籍を置いているコースを確認しますか？」

日吉は訊いた。

「必要ない、行くぞ」

辰巳は答えた。

通りをはさんだ向こう側の路地に、ミニバンが停まっていた。

運転席に小畑の姿が見える。辰巳が呼んだのだ。

横断歩道を渡りながら、池袋四丁目のアジトについて訊いてみた。

「きょうも相変わらずだ」

「そうですか……」

日中ずっと、カモのところに電話をかけ続けるのだ。

無関係と思われる亮介の張り込みをしている意味がいまひとつつかめなかった。父親がアジトの近くで不審な動きをしていたというだけなのだ。小畑のミニバンに乗り込み、反対側にあるビルを視野に入れる。

午前十時十五分になっていた。


岸川亮介が姿を見せたのは午後一時ちょうどだった。ただちに車を降り、辰巳とともに背後についた。

デイパックを担いだ亮介は蔵前橋通りを渡った。地下鉄駅ではなく神田川の方角に足を向けた。小さなパソコンショップや飲食店が軒を連ねる路地をゆっくり進んだ。中央通りからひと区画北にあるので、外国人観光客はほとんどいない。イヤホン専門店に入った亮介は、しばらく出てこなかった。十分ほどしてようやく姿を見せた。小さなレジ袋を携えている。

その店に入った辰巳をおいて、亮介のあとにつく。総武本線の高架が見える一画に入った。カプセルホテルやネットカフェが目につく。チェーン店ではなく、どれも地味な外装だ。高架をくぐり、しばらく行ったところにある店舗に亮介は入っていった。

その前まで歩いて足を止める。モルタル造りの古い建物だ。三階建ての二階部分に、ネットカフェの看板が出ている。扉のガラス戸に使用料一時間百円と大書された紙が貼られている。その下に細かな字で、ナイトパック八時間千二百円となっていた。夜も泊まれるようだ。かなり安価の部類になる。

高架下をこちらに向かって歩いてくる辰巳の姿があった。ジェスチャーで店の中に入ることを示し、日吉は階段を上り店に入った。

正面にカウンターがあり、右手に茶色い個室が並んでいる。

受付の男に運転免許証を見せ、基本コースを選択して料金の百円を払い、個室の前を通った。奥まったところに雑誌コーナーと仕切りのついた席が設けられ、デスクトップ型のパソコンとモニターが置かれていた。五席のうちの離れたふたつに人が座ってモニターと向き合っていた。

亮介は奥手の男の横で腰をかがめ、画面をともに覗き込みながら何事か話しかけていた。

男はうなずきながら、答えている。二十代前半だろうか。寒くもないのにボアのついたコートを着込んでいる。

空いた個室に入って、しばらく様子を窺った。

ふたりは初対面のようにも見える。知り合いと待ち合わせでもしていたのかと思ったが、そうではないようだ。とりあえずそれだけ確認して店を出た。辰巳とともに、店の斜め前の路地に入った。

「あの息子、イヤホンの専門店で何を買ったんですか？」

日吉は訊いた。

「イヤホンしかないだろ」

「……ですね」

「八万九千円のやつだ」

「八万九千円？　ひとつで？」

「来た」

辰巳はネットカフェに目をやりながら言った。

道路に降り立った亮介は脇目もふらずに目の前を通りすぎていった。急いでいるようだ。そのまま人で溢れた中央通りに出た。青信号が点滅しだした横断歩道を駆け抜け、観光客でごった返す歩道を突っ切った。

見失いそうになり、思わず辰巳を置いたままあわてて信号を渡る。

コミック専門店横の路地の先にかろうじてその姿を認めたものの、すぐ右手に消えた。

路地を走って秋葉原UDX前に出る。

広い歩道の先に、ぴっちりしたラインのセーターを見つけた。

駅が近づくにつれ、亮介はスピードを上げた。

ネットカフェに入るまでの亮介とは別人だった。

ネットカフェで何かあったのだろうか。

中央改札口手前で左に消えた。そこまで一気に走った。

亮介が入ったのは東西自由通路だった。大勢の人が行き交い、その姿が見えない。とにかく、入るしかなかった。

様々な言語が飛び交う空間の先に、見覚えのある横顔があった。

亮介はコインロッカーの中からバッグを取り出していた。代わりにデイパックをその中に放り込んでロックすると通路を逆戻りしてきた。壁に張りついてやりすごし、再度、亮介のあとについた。大手スポーツメーカーのロゴが記されたスポーツバッグを下げたまま、亮介は中央改札から中に入った。右手にあるトイレの中に駆け込むようにして消えた。

手前で待機していると男が出てきた。

一瞬、見間違えた。スーツに着替えた亮介だ。ノータイだが、真っ白いワイシャツは下ろしたてのようにぱりっとしている。スポーツバッグは手にしていない。トイレに置いてきたのだろうか。

早足でホームにつながるエスカレーターに乗り込むと、階段を一段飛ばしで上りだした。ホームに到達すると同時に、滑り込んできた山手線外回りの電車に亮介は飛び乗った。

かろうじて間にあった。ふたつとなりの車両に乗り込み、亮介に近い車両に移った。亮介は右手の扉のガラスにぴったりと身を張りつけて前を見ていた。

スマホにつないだヘッドセットで辰巳に居所を伝える。

車で追いかけるという答えが辰巳から返ってきた。

亮介は扉にもたれかかったまま、何度かスマホで話し込んだ。

十五分後、亮介は品川駅で降りた。ここも小走りで改札を通り抜け、隣接する京急《けいきゅう》本線の改札を通って、下りのホームに立った。

三分後にやって来た特急三崎口駅行きに乗り込む。二分弱乗ったかと思うと、降りる準備をはじめた。青物横丁駅で降りた亮介は、あわただしく改札を抜けて、階段を下って高架下に降り立った。その場でスマホに目を落とした。

辰巳に現在位置を知らせる。

しばらくして、亮介は駅舎をあとにした。第一京浜と交差する通りに入った。池上通りだ。

亮介は早足で歩道を大井町方面に向かって歩いていた。うしろを気にかけている様子はない。百メートルほど距離をおいてあとをつけた。

逐一、居場所を辰巳に報告する。

〈もうじき、そっちに着く〉

辰巳の声がヘッドセットを通じて響く。

通りの左は古い住宅街。道をはさんで右側は真新しい女子高校の塀が続いている。ふたたび、亮介はスマホを耳に当てた。話しながら、歩くスピードを上げ、あたりをきょろきょろ眺めながら、速歩で進んでいく。落ち着かない様子だ。

女子校の塀が途切れたあたりで亮介は立ち止まった。モダンなマンションのわきの側道から、紙袋を手にしたスーツ姿の男が現れた。亮介にその紙袋を渡すと、車道を横切り反対側の歩道を駅方面に向かって歩き出した。

アパートの陰に隠れて、男をやりすごした。若い。二十代前半、いやもっと若いかもしれない。

男が歩き去り、歩道に出る。

百五十メートル先だ。亮介は背中を見せて歩き続けていた。

距離を少しずつ縮める。

バス停らしきもののところで止まる。

こちらをふりかえったので、あわてて民家のブロック塀の陰に身を寄せた。

そのときだ。

白っぽい大きめのスクーターが亮介の前に走り込んできた。バス停で急停止したスクーターに亮介が駆け寄り、紙袋を運転手に手渡した。

スクーターにまたがったまま、運転手は体をねじり、うしろにつけられた青いトランクボックスのふたを開けて中に入れた。ふたを閉め、小さくうなずいてスクーターは走り去っていった。

亮介はそのあとを追いかけるように、すぐ先にある交差点まで歩いた。

スマホが震えた。ヘッドセットをオンにすると、女性の声がした。

〈あとはまかせて〉

フルカウルのバイクが、目の前を走っていった。ピンクのライディングジャケットを着た運転手が左手親指を突き立てた。

紅トカゲの半田久子に違いなかった。

辰巳が応援に呼んだのだ。

スクーターを追いかけるのだろうか。

黒のミニバンが停まった。開いたスライドドアから飛び乗ると、すぐ発進した。

わきに望遠レンズ付きのカメラを置いた辰巳が、身を乗り出して前方を走る半田を見ている。黄色信号を突っ切ると、それは見えなくなった。

5

岸川亮介が帰宅したのは午後五時を回っていた。スーツではなく、グレーのニットセ

ーターにストレッチパンツ姿だった。デイパックを肩にかけ、手に食料がつまっている
らしいレジ袋を下げている。ガレージに入るなり、ドイツ車のボンネットに首を突っ込
んでいた宏光がレンチを手にしたまま亮介の前に立ちふさがった。
日吉はイヤホンを通じて、盗聴マイクから送られてくる音声に耳を澄ませた。
〈きょうの午後、どこほっつき歩いていた〉
宏光が声をかける。
〈どこだっていいだろ〉
と亮介は宏光の肩を押して進もうとした。
宏光は作業台の上から、プラスチックケースを取り上げて、亮介の眼前にかざした。
ケースの中にCDのようなものが収まっている。
〈これに入ってるのは何なんだ？〉
宏光のなじり声に、亮介の腕がさっと伸びてそれを奪い取った。
突き飛ばすように宏光の横をすり抜け、ドアを開けて家の中に入っていった。
「あれって、何なんですか？」
日吉はひとりごちた。
「J-POPなんぞ入ってない」辰巳がつぶやいた。「もっと物騒なものだ」

今朝、亮介はごくふつうに家を出ていったように見えたが、父親は心配になって、学校に電話で問い合わせたようだ。息子とのあいだで切羽詰まったものが感じられた。

六時前に自動車整備の仕事が終わり、野末が帰って行った。

シャッターが下ろされる。

居間から宏光が夕食の準備をする音が聞こえてくる。

テレビがつけられ、食事をするらしい物音がしばらく続いた。

亮介は二階の自分の部屋に上がったきり、下りてこないようだ。

午後七時近く、捜査二課の木元がアパートの監視拠点にやって来た。

池袋四丁目のマンションでは、きょうも相変わらず五人のカケ子たちが電話をかけ続けていたという。成果があったらしく、木元は目を吊り上げていた。

「一件か？」

辰巳は訊いた。

「いや」

木元は指を二本立てた。

アジトで行われている振り込め詐欺が二件成功したらしい。

胃のあたりが重たくなった。

辰巳とともに、きょうの岸川亮介の行動を詳しく話して聞かせた。

木元は胡散臭げな顔で窓にとりつき、細めに開けて向こうに見える岸川モータースを窺った。「……高校生が八万もするおもちゃをぽんと買ったんだと」

「もっと高額なイヤホンもある」

辰巳が言った。

木元は日吉に向き合った。

「ネットカフェに入るまでは、落ち着いていたんだな？」

「そのように見えました」

「そこから飛び出て、秋葉原駅まで駆けたってどういうことだ？」

「ネットカフェにいたとき、電話が入ったはずだ」辰巳が続ける。「電話の主は、すぐ、青物横丁まで来いと命令した。それで秋葉原駅で着替えて電車に乗った。この中に入っていたスーツに着替えて」

辰巳は畳の上に置いてあるスポーツバッグを手に取り、中を開けて木元に見せた。中は空だ。秋葉原駅のトイレで亮介が捨てたものを辰巳が拾って持ち帰ってきたのだ。

「亮介は青物横丁の街角で男から荷物を受け取り、それをバイク便に預けて五反田の私設私書箱に送りつけた……そういうことか？」

「そんなところだ」

半田久子はバイクの尾行に成功し、五反田駅西口に近い雑居ビルの三階にある私設私書箱を見つけ出したのだ。

「その私書箱にはまだ手をつけていないな？」

「つけていない」

辰巳は言いながら、みずから撮影した写真を木元に見せた。

紙袋を手渡す場面を望遠カメラで撮影したのだ。

写真に見入りながら木元は、

「この紙包みが現金だった可能性はあるか？」

と訊いた。

「菓子折を渡しているように見えるか？」

木元は鼻で笑い、写真を畳に放った。また窓の外に目をやる。

「現金とすれば、亮介に手渡した男は、どこでそれを手に入れた？」

「すぐ近所で入手したはずだ」

「振り込め詐欺で騙された人間から渡されたと言いたい？」

「その可能性もある」

木元は部屋の中をふりかえった。

「岸川亮介は振り込め詐欺のウケ子の一員で、現金の受け渡し役を仰せつかっていた

——そう見ているか？」

「それもある」

「不登校が通う通信制高校のガキがウケ子？　だったら振り込め詐欺のアジトを張り込んでいたオヤジは何なんだ？」

「一味じゃありませんよ」

日吉が口をはさむと、木元は、黙れと言いたげに睨みつけた。

「きょうだって連中のカモになった人間がいるんだ」木元は言った。「これ以上、手をこまねいてみているわけにはいかん」

辰巳はとりあわず、

「あのオヤジは息子が悪さをしているのに気づいている」

とだけ口にした。

「根拠は？　オヤジの口からSの文句でも出たか？」

「出ていない」

「だいたい、会話は少ないんですよ」

日吉はあいだに入った。

「しかしオヤジは息子の留守中に、息子の部屋を調べて、一発の道具を見つけた可能性もある」

さきほどのCDらしい。

「だからどうだっていうんだ？　オヤジがアジトを見張っていた理由にはならんぞ」

「それを明日中に見極める必要がある」辰巳は言った。「そっちの手も借りるぞ」

木元はいぶかしげに目を細め、辰巳の言葉を待った。

「きょう一日の岸川亮介の行動は、パソコンの地図に落としてある。それをトレースして聞き込みをしてもらいたい。ただし亮介の通っている高校は手をつけるな。触ればすぐ亮介に洩れる」

「……わかったようなことを」不服そうに木元は返した。「そっちは？」

「もう一度、息子に張りつく。いまの通信制高校に移る前は、この北区にある都立の商業高校に通っていたらしい。そっちにも行ってみる」

「いいだろう。ただし、明日いっぱい動きがなかったら明後日は打ち込む。いいな」

辰巳は黙ってうなずいた。

木元は部下をこっちに差し向けると言って部屋から出て行った。

6

翌朝。

亮介が自宅を出たのは、父親が整備ずみのセダンを送り届けに工場から出た直後だった。野末が気にしている様子はなかった。午前九時半を回っていた。

亮介は尾久駅に向かった。きのうよりも心なしか猫背気味に、無骨な黒革のブーツを履き、襟の大きめの四つボタンジャケットをきつそうに身につけていた。どことなく張りつめたものを感じさせる。デイパックは持っていない。

昨晩の親子は、かなり激しいやりとりをした。

夜の十時過ぎだ。二階の居間に取り付けた盗聴マイクを通して、亮介がゲームをしているらしい音が聞こえた。階段を上ってくる足音が聞こえたかと思うと、ゲーム音がふいに消えた。

〈何するんだよ〉

迷惑げな亮介の声が上がった。帰宅直後の、我を張った強い言い方ではなかった。

〈もうやめろよ〉言い聞かせるような宏光の声だった。〈きょうの午後、何してた？〉

〈何だっていいじゃないか〉

〈よくないから言ってる。だいたいが、そのパソコンだって三十万はくだらない最新型じゃないか。どこから持ってきた〉

〈……もらったんだって〉

自信なさそうな答えだった。

〈うそつくな。おまえがやってることを、お父さんがわからないと思ってるのか。このまま、ずるずるいったら大変なことになるぞ。わかってるのか〉

〈……だからなんだよ〉

消え入るような声だ。

〈どうした？　返事ぐらいしろ〉

〈明日だよ、明日。わかるんだって〉

〈何がわかる？〉

〈……抜けられるかどうか〉

〈またそんなことを……はったりはもうきかんぞ〉

しばらく互いに黙り込んだあと、宏光が声をかけたが、うまく聞き取れなかった。

〈っせーな、消えろよ〉

その言葉を最後に、またゲーム音がして会話は途切れた。

亮介はファストフード店には寄らず、駅の2番ホームから宇都宮線の古河行きに乗車した。赤羽で埼京線の大宮行きに乗り換え、二駅目の浮間舟渡《うきまふなど》で降りた。

辰巳とともに、離れた車両から下車した。

亮介はホームに出てすぐ、スマホを手にした。電話しながら階段を下り、改札の手前で通話をやめた。深刻そうな顔つきだ。家を出てからずっとこんな調子だ。

学校とは正反対の方向だし、荷物も持っていない。

スマホで後方にいる辰巳に電話をする。

「亮介、何かあったんでしょうか？」

「何かって？」

「何か思いつめているというか、突っ張っているような気がします」

「自分を鼓舞している」

「……鼓舞ですか」

よくわからない。自分を奮い立たせて何をしようとしているのだろう。

スマホを切る。

改札を出て、亮介は戸田方面に向かって高架下を歩き出した。二十四時間営業のスーパーマーケットの横を通りすぎる。店の端まで達したとき、スーパーのもうひとつの入り口前に停まっていた黒いセダンの後部座席のドアが開いた。

亮介はおどおどした様子で中を覗き込み、歩道を下りてセダンに乗り込んだ。

走り出したセダンは五十メートルほど先を左に曲がった。

ふりかえると、タクシーが走り込んできて目の前で停まった。辰巳が乗っていたので、乗り込んだ。

セダンが走り去った方角を伝えると、タクシーはすぐに発進した。

同じ角を左折し、高架をくぐる。

道路にぶつかった。

「停めろ」

辰巳が言うと、タクシーの運転手は急停止させた。

線路と垂直方向に、七階建ての新しいマンションが建っていた。その前に広いコインパーキングがあった。入り口付近に車が集中して停まり、ほかはあちこちに五、六台が散らばっていた。南西の角だ。そのあたりに車は一台しかいない。亮介が乗った黒いセダンと似ていた。

辰巳は徐行するように言い、高架に沿って走る道路を通り、マンション前の細い道路にタクシーを進入させた。

駐車場の中に停まっているミニバンの横でタクシーを停車させ、ここで待つように伝えてタクシーを降りた。

デイパックから望遠レンズのついたデジカメを取り出し、辰巳とともにコインパーキングの塀にとりついた。中に停まっているミニバンの陰から、黒いセダンのあたりに目をやる。

ちょうどそのとき、セダンの後部ドアが開いた。亮介が弾き出されるように出てきた。

日吉はカメラで撮影をはじめた。

尻餅をつき、顔をかばうように亮介は両手を前に持っていった。

黒い背広を着た男が降りてきて、亮介の腹に革靴を押しつけた。三十代後半ぐらいだろうか。男が体重を乗せると、亮介はバランスを崩して地面に横になった。その顔めがけて、男が蹴りを入れた。亮介は体を回転させたが、よけきれず靴の先が頰のあたりに当たった。這々《ほうほう》の体《てい》で亮介が起き上がる。

男が何か口にした。亮介は顔に手を当てながら小さくうなずく。

男は車に乗り込み、ドアを閉めた。セダンはバックで切り返し、出口で料金を支払い、コインパーキングを出て反対方向へ走り去っていった。

何事が起きたのか。

セダンに乗った人間に呼び出されて、やって来たのは間違いなさそうだ。ここに来るまで、亮介がいつもと違って緊張した様子だったのは、あらかじめこうした事態を予想していたためか。あのセダンの男は何者なのか。

抜き差しならないところまで、亮介は来ているとしか思えなかった。

駅の方角に向かって、とぼとぼと歩き出した亮介を見ながら、考えをめぐらした。

その場でタクシーを捨てて、辰巳とともに駅に戻る。亮介が埼京線の新宿行きに乗ったのをたしかめて、尾行を中止した。

7

小畑が運転するミニバンで北区西が丘にある都立高校まで、二十分ほどの距離だった。まだ正午にはなっていなかった。西が丘サッカー場に近い場所にあり、新築されたらしい校舎は垢抜けている。二階にある教職員室を訪ね、岸川亮介について訊いてみた。

応対した教頭は、何冊かの生徒名簿を開きながら、二年前のそこに行き着いた。

「岸川亮介、ありました、ありました。ここ、三年前の春の入学ですね」

小作りな体で、腰を浮かせながらそのページを指さして見せた。

十三ルームの一員として載っている。名前住所ともに間違いなかった。

しかし、翌年の生徒名簿には記載はなかったようだ。索引を調べても岸川の名前はない。別の台帳を繰りながら、教頭は、

「いや、これはこれは」と薄くなった頭を掻いた。「入った年の夏に退学処分になってますよ」

「理由は？」

辰巳が訊いた。

「どうでしょうね」教頭は開いたままのページを見せた。〝退学〟となっているだけである。「わたしも去年、こちらに来たばかりだもんですから、当時の事情は存じ上げなくて。校長もこの翌年の着任になってますし。どういたしましょう？」

「当時の担任の教師を呼んでいただけませんか？」

日吉が訊くと、教頭はページを繰りながら申し訳なさそうに、

「あいにく、その先生も今年の春、文京区の高校に移ってしまっておりまして」

「岸川を覚えている先生や生徒はいませんかね？」

「はあ、先生方に当たってみますので、ちょっとお待ちください」

そう言って出ていった教頭は、三分ほどで戻ってきた。

結果はその顔に出ていた。やはり、詳しいいきさつはわからないという。

「こちらの生徒さん、卒業後は就職が多いですか？」

日吉は当たり障りのないことを口にした。

「そうですね、七割は就職します。残りは専門学校や大学に行ったりします。最近では介護士なんかになる生徒が多いですね」

それは来る前にネットで調べてある。この高校自体さほど偏差値は高くない。

自動車整備工場を営む家庭の子息が、油にまみれて働くのを嫌がり、少しでも体裁のよい職に就きたいと願って、岸川亮介はここを選択したのかもしれない。

昼休みになり、教頭の了解を得て校内の聞き込みをはじめた。

昼の弁当を食べ終えた生徒たちは、教室や廊下など、校内のいたる場所に散っていた。女子生徒はベストの上に紺のブレザー、ほとんどが紺の靴下にミニスカートだ。男子も同じ制服にグレーのズボンだ。スポーツをやっているのだろう、丸刈りにした男の子も交じっている。三年生のクラスを回ってみたものの、岸川亮介について知っているものはいなかった。

体育館で、バスケットボールに興じている男子生徒らに声をかけてみた。岸川亮介の名前とともに警察の名前を出すと、興味深げにやってきたふたりがいた。

ひとりは丸刈りでがっしりした体軀の持ち主だった。もうひとりは、メガネをかけた細身の子だった。

「亮介って、たぶんあれじゃね？」

丸刈りの子がメガネに声をかけた。

「うんうん、十三にいたっけ」

「きみらも一年生のとき十三ルームだったの？」

日吉が問いかけると、ふたりは同時にうなずいた。

「すんげー、影薄かったし」メガネが続ける。「野球やってるやつらにいじめられてたんじゃなかったっけ？」

「だったかもなー」

「いじめられて退学したの？」

「じゃなくてぇ、なんか駅のホームかなんかで、そいつらをフルボッコにしたんで、やめさせられたんじゃね？」

「そうそう」丸刈りがうなずいた。「中学校のときの同級生かなんかを呼んじゃって、そいつらと派手なケンカをして、大怪我をさせたって聞いたけどな」

「それで退学させられたのかな？」

「さー、よくわかりませーん」

「その中学校の同級生、ここにも来た？」

「うちの学校に？　さあ、どう？」

メガネが丸刈りの顔を見た。

「なんかさあ、校庭にたむろしてた連中がいたよ。うちらが野球やってて、うしろでヤジ飛ばされた。あれだったかな」

「そうそう、亮介、川口のキクチだとか抜かしていたな」

「そのキクチっていうのが同級生なのか？」

辰巳が訊いたものの、ふたりはそれ以上覚えていないようだった。

辰巳はその場を離れた。「行くぞ」とつぶやく。

「どこへですか？」

「赤羽署」

「了解」

日吉は辰巳とともに車に戻った。

8

亮介が自宅に戻ってきたのは、その日の午後四時ちょうど。家を出ていたときと同じ服装だ。整備の仕事の手を止めて、亮介の顔を見た宏光は車から離れて、亮介の前に立ちはだかった。

〈……どうしたんだ〉

じっと顔を見つめられて、亮介は目をそらした。

午前中、コインパーキングで痛めつけられた傷が顔に残っている。それを見て思わず父親が声をかけたのだ。

隣の車の横にいた野末も、仕事の手を止めて心配げに振り返った。

〈な、何でもないから〉

そう言い残しただけで、亮介は家の中に消えた。

野末は何か言いたげに宏光の顔を見ていたが、けっきょく声をかけずに仕事に戻った。

その日の夕食は珍しく、親子でともにしたようだった。

会話はほとんどなかった。

晩の七時過ぎ、アパートの張り込み拠点に木元がやって来た。

窓に取りつき、シャッターの下りた岸川モータースの様子をしばらく眺める。

辰巳に促され、日吉は亮介のきょう取った行動と商業高校で聞いてきた事柄を木元に話した。駐車場で撮影した写真も見せ、盗聴した親子のやりとりも再生した。

聞き終えると木元は、

「きのうの青物横丁のタレ（被害届）が出た」

と言った。

驚いた。昨日、自分たちが見聞きしたものと関係しているのだろうか。

「そっちはどれくらい持っていかれた？」

辰巳が訊く。

「百五十」

「手口は？」

「警官を騙《かた》って、息子が交通事故を起こしたと、細々と状況を聞かされて、七十のばあさんはすっかり縮み上がった。家中の現金をかき集めて、家を訪れた保険会社を名乗る男に手渡した」

その人物が紙袋を持っていた男としたら、亮介はそれを受け取り、バイク便に配送させる役目を帯びていたのだろう。

「池袋四丁目のシナリオとは違う連中だな」

「ああ。別のグループだろう。そっちにしても、同じシナリオを使って、日がな一日、壊れたテープレコーダーみたいに繰り返しているだろうな。ただし、ウケ子はこのモータースの総領息子かもしれん。マル害の住所は亮介が紙袋を受け取った場所から歩いて三分のところだ」

やはり、自分たちは振り込め詐欺の現金受け渡しの現場を目撃したのだ。

木元は畳に腰を下ろし、背広のポケットから携帯式の灰皿とタバコを取り出した。

「ウケ子か」辰巳は洩らした。「どっちにしろ、亮介は池袋のアジトにも出入りしていたはずだ。金遣いが荒くなったりしているのを見て、父親はSに関係していると気づいたかもしれん」

「それでオヤジは尾行してアジトを突き止めたわけか」

辰巳はうなずいた。

「池袋のアジトで亮介はカケ子をやっていたわけですね？」

日吉が口をはさんだ。

木元はたばこに火をつけて深々と吸い込む。「カケ子ってのは、それなりに口が回らないとカネは引けん。あのガキができると思うか？」

「……無理かもしれません」

「そっちがだめで、ひとつ下の仕事に回されたのかもしれんな」

辰巳が引き取った。

「ウケ子をやらされているとしたら、アジトのオーナーにとってリスクを抱え込むことになりますよ」日吉は言った。「ウケ子は一番警察に捕まりやすいポジションですから」

「番頭格とそれなりに深い関係にあるかもしれん」辰巳は言うと、木元を振り返った。

「池袋のアジトに番頭は来たか？」

「まだだ」

「亮介が出向いた秋葉原のネットカフェあるだろ」木元は言った。「亮介が声をかけた男から話が聞けた。債権回収の仕事をしませんかと誘われたようだな」

辰巳は先を続けろと言いたげに押し黙った。

木元はタバコに火をつけ、深々と吸い込んだ。「簡単な仕事だ。週、二、三か所回ってもらうだけでいい。ただし、指定の場所に待機していてもらって、すぐ車で向かってもらう——そう言われたらしい」

「そいつは引き受けたのか？」

「いや、ピンときたらしくて断ったと言っている」

「ウケ子のリクルート役を仰せつかったか」辰巳が言った。「あんな若い分際で」

「若いからできるんだよ。上から命令されているはずだ。亮介が通ってる高校に探りを入れてみたが、そっちにつながる筋の生徒の噂はない」

高校は触れるなと辰巳が言ったが、おかまいなしのようだ。

「ウケ子のグループは独立しているはずだ」ふたたび木元は口を開いた。「そっちはそっちで、別ルートから指図されている可能性が高い。あちこちの一発のグループから声がかかり次第、動くようになっているはずだ」

それが駐車場で暴力をふるった三十五前後の男だろうか。

「気になる情報がある。亮介の親友で、不良仲間がいる」

辰巳は言うと、そこから先の説明をしろとばかり日吉を見た。

「はい、赤羽署の生活安全課に出向きました」日吉は代わって言った。「二年前の少年カードに、亮介の名前がありました。万引きで、一度警察に通報されています。当時は菊地将人《きくちまさと》という中学校の同級生とつるんでいたようです」

メモに菊地将人と書いて見せた。

「……亮介をいじめていた連中にヤキを入れたやつか？」

「と思われます。当時、川口の栄町に住んでいて、地元の中学に通っていましたが、暴力事件を起こして、尾久にある亮介の私立中学校に転校した経緯があります。当時から札つきのワルだったようで、中学卒業後は下水道工事の会社にいたようですが、すぐにやめて、いまは住所不定です」

「そいつが今回のヤマと関係しているのか？」

「そこまではわかりません」

「どうなんだ？」

木元は辰巳に振った。

「そこまではわからん。直接息子に訊いたらどうだ」

さらりと辰巳に言われて、木元は目尻を吊り上げた。「馬鹿野郎、てめえの仕事だ。辰巳、これ以上、マル害を増やすわけにゃいかねえ。いますぐにでも打ち込むぞ」

「好きにしろって言ってるだろ」

辰巳は窓にとりつき、岸川モータースに目をやった。

木元は忌々しげにタバコを携帯灰皿に放り込んだ。

逃げられる前に一刻も早く五人を検挙し、実績を作りたいのだ。その一方で、辰巳の提案どおりに、ほかの店舗も同時に挙げることができれば、それはそれで捜査二課、そして生え抜きの木元自身の面目も大いに立つと踏んでいるのがその表情から読み取れた。振り込め詐欺の捜査は、警視庁の最大関心事で、刑事部のみならず、生活安全部や組織犯罪対策部までもその摘発に当たっている。その中から、捜査二課が一歩、ほかよりも先んじていることを示したい。

――さすが二課。

そう言わせたいのだ。

無言のやりとりに痺れを切らしたのは、木元のほうだった。

「……何か算段でもあるのか？」

と辰巳を振り返った。

「父親だ」辰巳は言った。「あれと組んでみる手はあるかもしれねえ」

「何言ってんだ、おまえ」

木元はわけのわからない顔で声を荒らげた。

「明日いっぱいまでは約束の日だろう。追い込みをかけてみる。打ち込みはそれからでもいいだろ」

木元は息をひとつ吐いてから、辰巳を睨んだ。

「明後日だ。午後二時、打ち込みだ」

辰巳は耳に入っていないとばかり、チーズバーガーを食べ始めた。

9

翌朝、亮介は九時前に制服姿で家を出た。前日とは違って肩の力が抜けていた。きょうのところは、おとなしく学校に行くのかもしれない。

特殊班の捜査員がその背後について尾行をはじめた。その様子を日吉は窓から眺めた。辰巳は今朝方早く来てから、カラーシャツの上にステンカラーコートを着たまま、寝袋にくるまって横になっていた。

起き抜けに、日吉が用意したおにぎりとサンドイッチを胃に収め、九時半になると、携えてきたバッグからスーツを取り出して着替えた。

濃紺のブランドものだ。筋肉質の体に、イタリア製ならではのシャープなシルエットが映える。

しばらく窓越しに岸川モータースを眺めてから、辰巳は行ってくる、とつぶやいて部屋を出て行った。その背中に、どこに行くのですかと声をかけた。

辰巳は返事もせず、持ってきた革靴を履いた。腰を上げながら、「ついてきたけりゃ、いいぞ」とつぶやく。

あわててスニーカーを履き、辰巳のあとにつく。

辰巳は駐車場を回り込み、岸川モータースに向かって道を歩き出した。

何をする気なのだ……。

日吉は足がすくんだ。マル対の家に飛び込む？　宏光と会う？

心臓が高なり、息さえ苦しくなった。

堂々と胸を張って工場に近づく辰巳のうしろで、日吉は怖じ気づいた。

声もかけられなかった。辰巳が岸川モータースのシャッターの手前で、おはようございますと声をかけるのを信じられない面持ちで聞く。

青いツナギ姿の岸川宏光が、ドイツ車の横で立ち上がり、ぽかんとしたヒゲ面をさらした。

「あの」と心細げに応答する。

「警視庁の者です」

言ってしまった……。

辰巳の声に野末も反応して、岸川に歩み寄ってきた。

「中でお話しできませんか?」

警察手帳を示した辰巳の申し出に、宏光は革手袋を脱ぎながら、緊張した面持ちでドアを開けて居間に案内した。

どうするんだという顔で辰巳が振り向いた。反射的に日吉もふたりに続き、靴を脱いで殺風景な板の間に上がった。

長いテーブルに四つの腰掛けがあり、いまその上には味噌汁の入っていたらしい鍋が置かれたままだった。

台所の流しには、洗い終えた二人分の食器が収まった水切りカゴが載っている。

朝食は息子とふたりで取ったようだ。

「とつぜんで申し訳ない」

辰巳が立ったままで言うと、宏光は落ち着かなげに、流しに面した椅子を引いて、お座りください、とかすれた声で言った。

自身はその反対の斜め前の席についた。日吉は立ったままでいる。

「息子さん、きょうは学校ですか?」

と辰巳が切り出した。

「あ、はい……何か?」

さっぱり呑み込めないという顔で宏光は訊き返す。

「ご心配でしょう」

見えないつぶてが当たったみたいに、宏光はうっと呻いた。

喉にモノがつまって吐き出せないような感じだ。

「かねてから、亮介くんは捜査の対象になっております」辰巳が言った。「きょうはそれについて詳しくお話しするために伺わせていただきました」

ぽかんとした顔で宏光は聞いている。

「お父さん、亮介くんが振り込め詐欺のグループに関わっているのはご存じですね？」

電流が走ったみたいに宏光の顔がひきつった。声は発しないままだ。

「池袋四丁目のトライコートというマンションにたびたび出向いていたのはご存じですね？」

「いや……知らない」

青い顔で答える宏光に、辰巳は懐から写真を取り出してその前に滑らせた。

軽ワゴンが写っていた。運転席に宏光が座っている。

三日前の朝、特殊班の捜査員が秘匿で撮影した写真だ。

宏光の表情の影が濃くなった。

続けて辰巳は三枚のカラー写真を並べて見せた。

一昨日、青物横丁でウケ子から現金の入った紙袋を受け取っている亮介の現場写真だ。スクーターのバイク便の男に、亮介が紙袋を渡している写真もある。

写真の由来を説明し、近所で振り込め詐欺の被害が発生したことを辰巳が伝えた。体を縮こめるように聞いている宏光の息が荒くなってきた。

「亮介くんはたびたび値の張るものを家に持ち込んできた。一昨日はこんなものを買いましたよ」

辰巳が小さなレジペーパーを見せた。

きのう、木元の部下が持ってきたものだ。亮介が購入した秋葉原のイヤホン専門店のレジペーパーの写し――。

「アルバイトもしないのに、あなたはふだんから不審に思っていた。何度も問いつめた。しかし、息子さんから納得のいく説明はなかった」

そんなこと関係あるのか、というような冷淡な顔色を宏光は作ったが、動揺が隠しきれない。

「お父さん、あなたはどこで息子さんが振り込め詐欺に関わっていると判断したんですか？」

「あ……あの、振り込め詐欺とか……何だかさっぱりだ」

宏光は顔のヒゲを撫でながら、言い繕う。

「息子さんの部屋から見つけ出したＣＤ、あれですか？」

宏光はぎょっとしたように辰巳の顔を見つめた。

「そ、それって……」

そこから先を口にすることができず、神経質そうにテーブルに置いた手を左右に振る。

「あの中には、表計算ソフトのデータがぎっしりつまっていた。あなたはそれをパソコンを使って開いた。高齢者の名簿とわかった。そうですね？」

宏光は反射的にうなずいたが、口に出して認めなかった。

「それを見て、あなたはすぐピンときた。振り込め詐欺のターゲットになる高齢者の名簿だと」辰巳は追い込むように続ける。「しかし息子さんは、認めなかった」

宏光は眼球をめまぐるしく動かしながら、必死でどう取り繕えばよいか、考えているようだった。

日吉ははらはらしてきた。このままでは、何もかもぶちこわしになるのではないか。ほうっておけば、この男は振り込め詐欺のグループに、警察に感知されたから逃げろ、と伝えかねない。

辰巳は攻撃する手をゆるめそうになかった。きのうのあの不可思議な暴力沙汰も、きっと飛び出すに違いない。それを聞かされて、父親は何と返すだろう。

「息子さんの顔の傷、誰の仕業かわかるね？」

案の定、辰巳は口にした。

「息子さんが組織を抜けさせてくれと頼み込んだ相手だ。手荒い答えだった。あんたもわかっているな？」

「あ、それは……」

「しかし、連中はここの家や離婚した奥さんの家庭も娘さんも知っている。おいそれと組織から抜けるのは許されない」

報復を恐れているのだ。宏光も亮介も。

「苦しいな、宏光さん」辰巳が言った。「息子さんはいくらあなたが説得しても耳を貸さない」

なぜそこまでわかるのだ、という顔で辰巳を見た宏光の目は、赤くふくらんでいた。

「離婚して、息子さんはあんたと一緒に暮らすのを選んだ」辰巳が強い調子で言った。

「その大事な亮介くんが、このままずるずるダメになっていくのを黙って見ている気か」

警官ではなく、親戚筋の人間から叱責されているように宏光は縮こまっていた。

「ここまで来た以上、引き返せない」

辰巳が口にした。

「……息子は……どうなるんです」

仮面を剝ぎ取ったように、宏光は弱々しくつぶやいた。

「宏光さん、それはあなたにかかっている」

「わたしに？」

意外そうな目で辰巳を振り返る。

辰巳は自信たっぷりにうなずき、「このままじゃ、亮介くんは落ちるところまで落ちる。それを留まらせるのはあなたしかいない。どうだ？」

宏光は困惑しきった顔で辰巳の言葉を待った。

「しかし、あなたの単純な説得だけでは功を奏さないことも身に染みてわかっている」

辰巳は宏光の手に自分の指をかけた。「息子さんはおそらく、昔の友人関係から声をかけられ、詐欺の片棒を担ぐようになった。川口の菊地という男に聞き覚えがないか？」

宏光ははっとして手を引っ込めた。

知っていると顔に出ていた。辰巳にしても苦し紛れに口にしたと思われた。

「……息子が……亮介があんなだから、いつも小さいころからいじめられていた。だが中学校のとき、転校してきた菊地は出席番号が近かったせいで、亮介の隣に座ったときがある。菊地とはウマが合ったみたいで、うちにも何度か泊まりに来たことがあるが……」

振り込め詐欺グループの番頭格が菊地と決まったわけではないが、その可能性はあると日吉は思った。中学時代から悪に手を染めた菊地は、振り込め詐欺のグループに入り、わずかな年月で頭目に近い存在にまで登りつめたのかもしれない。

「そいつを捕まえたい。いま、都内で複数の振り込め詐欺のグループを束ねているはずだ。池袋のアジトもそのひとつだ。しかし、現行犯でなければ検挙できない」

「菊地をどうしろと……？」

エサに食いついてきた宏光を見守る。

「振り込め詐欺のカケ子たちは現金支給で報酬を得ている。番頭格は不定期にアジトをめぐってカネを渡している。少なくとも二週間ないしは一週間に一度はアジトに顔を見せるはずだ。それをわれわれは待っている」

ようやく腑に落ちたとばかりに、宏光は目線を外した。

席を離れテレビ台の下にある引き出しから、アルバムのようなものを取り出し、それを広げながらテーブルに置いた。

開かれたページに亮介と同年代の男の子が肩を組んで写っている写真があった。この自動車整備工場の前の路上で撮られたものだ。亮介より上背があり、剃り込みが入っている。眉も細く整えてあり、ふてぶてしい顔つきだ。アルバムからその一枚を取り出し、菊地だと言いながら辰巳に差し出した。

「急に押しかけてすまなかった」辰巳はそれをもらいうけ、席を立った。「だが、いつまでも待てない。せいぜい、明日までだ」

宏光は納得したようにつぶやく。「恥ずかしい話だが、家も工場も借家だったのを、一昨年、銀行のローンを組んで買い上げた。月々の返済も馬鹿にならない。この家に住んでいたけりゃ、少しでも金を入れろと息子に言ってみる」

以前からそう思っていたのか、それとも辰巳に言われて思いついたのか。

宏光の吐いた言葉の意味をはかりかねたが、辰巳は納得したようにうなずいた。腰が抜けたように座りっぱなしになっている宏光をおいて、辰巳とともに板の間から下りた。

岸川モータースを出て、アパートに戻る道を取る。

辰巳にかける言葉が見つからなかった。

「このまま……ですか？」

とだけ口にした。

「おれたちができるのは張り込みだけだ」

辰巳はそう言っただけで口をつぐんだ。

すべては明日の結果待ちになる。

しかし、賽《さい》が投げられてしまったからには、どの目が出ても、警察として対応しなければならない。頭を抱える思いで辰巳のあとにしたがった。

10

翌日。

朝方は曇りがちの天気だったが、午後になって晴れ間がのぞいてきた。

三日前と同じように、日吉は連絡係としてトライコートの向かいのアパートにいた。

振り込め詐欺のアジトでは、カケ子たちが口を酸っぱくしてダマシに明け暮れている。

これまでの五人のメンバーに変わりはなかった。

いつ打ち込みのゴーサインが出てもいいように、特殊班は四班に分かれてマンションを囲んでいた。五人以外に訪れる者はなく、ずるずると時間はすぎて午後四時を回っていた。マンション前を撮影しているカメラとつながっているノートパソコンのモニターを睨んでいた木元が踏ん切りをつけたように立ち上がった。

「もう待てん、かかるぞ」

捜査二課のふたりの捜査員が、気を引き締めるようにうなずくと、電話をかけはじめた。

日吉はヘッドセットで辰巳に報告した。

すると、すぐ木元のスマホが震えて、辰巳から連絡が入った。

「……ぎりぎりだ、留置場の手配もすませた。これ以上、待てん」

せわしなく木元が電話口の辰巳に応答する。

辰巳はまだ待てと言っているに違いない。

そのとき、モニターに人影が映った。

本道からそれて、トライコートに向かって歩いてくる。男だ。

短く頭を刈り込んでいる。地味なグレーのスーツだ。ブロウ型の薄いサングラスをつけている。西日が当たり、耳につけた小さなイヤリングがかすかに光った。

……間違いなかった。菊地将人だ。

プレーンレザーのトートバッグを肩にかけていた。重みがありそうだ。

カネ？　カケ子たちの給料？

父親への要請が功を奏したのか。それとも、単なる不定期の訪問なのか。

とにかく、菊地がアジトを訪れると見て間違いない。

番頭であるにせよ、そうでないにせよ、菊地を捕まえるチャンスだ。

各所で気づいたらしく、無線が活気づいた。

〈どうだ？〉

〈やつだ〉

〈間違いないな〉

〈菊地だ〉

菊地らしい人物は何気ないふうを装ってトライコートの玄関で暗証番号を入力し、建物に入っていった。

しばらくして、盗聴中の301号室がにわかにやかましくなった。

それまで電話をしていた者が中途で慌ただしく電話を切り、入室してきた人物に向かって、こんにちはとか、オスとか、挨拶を繰り出している。

〈あー、続けていいよ、続けて〉

〈はいっ〉

威勢のいい声で応じた男たちがふたたび、電話をかけはじめるのが聞こえてくる。

緊張が最高に達したかのように、木元が窓際につめてマンションを窺う。

「……かかるぞ」

今度こそ摘発に入るという固い意志を感じさせる声を発した。

〈待て、路上注目〉

辰巳の声がイヤホンに入感した。

もう一度ノートパソコンを覗き込む。

ニットセーターの男がトライコートに近づいてきていた。手にしているものはない。

疑問が渦巻いた。なぜいまここに、亮介が来る？

亮介がトライコートに入って行くのを全員が息を詰めて見守った。

どうしてだと思った。

父親は菊地だけをマンションに送り込めばすむ話ではなかったか。宏光は息子をマンションに行かないよう、止めることができた。

なのに、しなかった。

父親は我が子の身柄を警察に預けるつもりなのか……。

自分ではもう手に負えない。更生の見込みはない。だから、あえて谷底に落とす……。

そういうことなのか。辰巳はそこまで見通して、宏光と会った――。

ふと気がつくと、イヤホンから打ち込みのカウントダウンが聞こえた。

辰巳の声だ。

〈A班、準備いいか〉

〈こちらA班、準備完了〉マンション裏口にいる班長の声。

〈屋上は？〉

〈こちらB班、準備完了、いつでもどうぞ〉

〈ホシは七名。いいな〉

〈了解〉

〈了解〉

〈きっかり三分後に突入〉

日吉はあわてて着ている服を点検し、木元の前を通り抜けてアパートから外に走り出た。道の向こうから、ゆっくりと通行人を装って近づいてくる辰巳が見えた。

第5話　衝突

1

六月三日火曜日　3：10 pm

「クリーニング店にいたのは二分半ほどでしたね？」

殺人犯捜査第七係《サツナナ》の有本豊昭《ありもととよあき》係長が尋ねる。

「はい、主人の背広のクリーニング代金を払って、受け取りをもらっただけです。三分もいませんでした」

大矢《おおや》夏美《なつみ》がしっかりした口調で答える。面長の顔付き。広い肩幅を強調させないためだろうか、白いインナーの上にVネックのニットシャツを着ている。

「そのあいだ、里沙《りさ》ちゃんはアーケードにいたわけですね？」

「そうです。店に入ってこなくて」

「一度振り返ったとき、向かいの雑貨屋さんに入っていくのを見たのが最後になった？」

夏美の顔色がとたんに曇った。「はい……それだけです。あれから一度も見ていません」

有本が所属する捜査一課第四強行犯捜査管理官の福地隆三を窺《うかが》った。福地はただ首を横に振っただけだった。散髪したての髪にグレーのスーツ。射すくめるような視線をカウチタイプのソファに座っている大矢夫妻に投げかけている。

夫妻の間には、幼稚園に通っている長女の杏奈《あんな》があどけない顔で座っている。夏美に寄り添っている夫の伸行《のぶゆき》は、三十五歳になる転職関連サイトを運営するＩＴ企業の執行役員。急報を聞いて正午すぎには帰宅していた。ノータイで黒い背広姿。目尻が長くきれ、高い鼻にスクエアタイプのメガネを載せている。

さりげなく夏美が付けているネックレスには青いサファイアが光っていた。

辰巳英司は無遠慮にリビング内を歩き回り、ダイニングのコルクボードに貼られている紙を眺めている。

大矢夫妻の次女の里沙二歳三か月が品川区、中延商店街の中ほどにあるクリーニング店白亜舎前から、忽然《こつぜん》と姿を消したのは午前十一時四十五分。クリーニング店を出て、夏美は向かいにある雑貨屋の中を回ったものの、里沙の姿は見えなかった。アーケード街を約十五分間捜したものの、とうとう見つからず、１１０番通報した。管轄する荏原《えばら》署はただちに刑事を送り込み、事情を聞くと同時に署員を動員して付近を捜したが所在は確認できず、所在不明事案として捜査一課に報告を上げた。

本多康則捜査一課長は、失踪時の状況から、何らかの事件に巻き込まれた可能性があると見て、殺人・傷害事件担当の殺人犯捜査第七係と誘拐事件を担当する特殊班捜査第一係を両面態勢で送り込んだのだった。大矢宅には、第七係の捜査員と特殊班被害者対応の捜査員それぞれで十名近い捜査員がいる。

目下のところ、身代金等を要求する電話は入っておらず、殺人犯捜査第七係主導による聞き取りが進んでいるのだ。

「辰巳」

福地の咎めるような鋭い声が発せられ、辰巳はコルクボードから目を離した。

それでも意に介した様子はなく、ダイニングに立てかけられたタブレットを興味深げに触りだした。

誘拐に備えて、すでに固定電話や大矢夫妻のスマホには、特殊班によりモニター装置が装着されている。電話会社にも捜査員が派遣されて、いつでも逆探知できる態勢が整っていた。特殊班の交渉役担当の久松孝史がテーブルの横にしゃがみ込んでいる。

失踪当時の服をもう一度確認させてくださいとの問いかけに、夏美が自分のスマホを操作し有本に差し出した。それは有本から福地の手に渡り、日吉の元に来た。額の丸い愛らしい顔付きだ。キリンのイラストがあしらわれたTシャツにボーダー柄のスカートを穿いている。捜索に当たっている全警官のスマホにも送られている写真だ。一瞥《いちべつ》して辰巳に渡す。ラベンダーの香りが鼻をつく。

「スカートも同じものですか？」

有本が確認を求める。

「あ、はい、それです」夏美が辰巳の手に渡ったスマホを見る。「きょうも同じものを着せていました」

横で聞いている伸行が夏美の腕に手を載せ、

「黒のレギンズも穿いていたんじゃないか？」

と問いかけると、夏美は前屈みになり額に手を当てた。

「……そうだったわ」

「靴は？　あの赤いのか？」

伸行がさらに問いかけると夏美は何度も首を縦に振り、

「そうよ、赤いあの靴――」

辰巳が夏美の眼前にスマホを差し出すと、夏美はそれを奪うように取り上げた。

「そうそう、これです。これを履いていました」

全員に見えるようにスマホを前に向ける。

わかったと手で示しながら、有本がテーブルに広げた商店街の地図を指でなぞった。

「奥さん、もうひとつ確認です。このカバン屋の角から中延駅手前のアーケードの出口まで捜したんですね？」

夏美も地図に目を落とした。「はい……出口のパン屋さんのところで引き返してきて」

「商店街の人の反応は？　誰かに助けてもらった？」

「何人かに言いましたけど、一緒に捜してくれる人はいませんでした」

「商店街の中で顔なじみの店はありますか？」

さらに有本が突っ込むが夏美は首を横に振りながら、

「ぜんぜんありません」

と返すだけだった。

「このクリーニング屋はいつも使う店だね？」

動揺が激しい夏美に代わって伸行が、「ええ、いつもそこです」と答える。

「あの、これからどうするんですか？」

絶望の色が濃い夏美が涙目で訴えるのを、不安げな顔で杏奈が見上げる。

「現在、警官を動員して付近一帯を捜索中です」

有本がなだめにかかった。

すでに五十名近くの警官が商店街を中心として捜索活動に従事していた。警察犬も三頭動員されている。二時間半が経過しても、発見の報は入ってこない。

中延商店街は、東京都品川区の西南部に位置し、第二京浜国道に並行する形で、南北に三百メートルほど延びているアーケード商店街だ。東急池上《いけがみ》線の荏原中延駅と東急大井《おおいまち》町線中延駅のあいだにあり、食料品店をはじめとして、カフェやレストラン、衣料品店からインテリアショップまで、ひと通りの店が軒を並べている。

大矢宅は、商店街の中ほどから東へ百メートルほど入った住宅街にある。第二京浜と中原《なかはら》街道のあいだ、やや中原街道寄りにある。新築されて間もないらしく、リビングの天井に取られた採光窓から、明るい日差しが降り注いでいる。大型テレビの横には、アンティーク調のチェストがさりげなく置かれていた。年収三千万円という主にマッチした家だ。

辰巳が夏美からスマホを取り上げて、中身を見ている。写真をはじめとして、SNSまで遠慮なくチェックしているのだ。

テーブルの上に広げられたモニター機器類に混じって、里沙の好物というマンゴージュースのパックが、一刻も早い帰宅を祈るように、ふたつ置かれていた。

辰巳が持っているスマホが鳴り、持ち主にそれを返した。

　受け取った夏美がすがるように通話ボタンを押し、耳に押しつける。

「……どう？　見つかった？」

　女性の声がテーブルの上に設置された小型スピーカーから流れる。

「ううん、まだ」

「まだなの？　大丈夫？　そっちへ行こうか？」

　久松が立ち上がり、腕を胸元で交差させて×を作った。

　それを見た夏美が「ごめん、警察の人がいるから」と断る。

「わかった、何かあったらいつでも言ってね」

「うん」

　通話が切れる。

「いまのはどなた？」

　久松がおどおどした口調で問いかけた。この春から交渉役についた警部補だが、夏美以上に緊張し、丸顔を強ばらせている。

「えりちゃんです」夏美が杏奈の肩をつかむ。「うちの子と同じ幼稚園に通っている子どもがいます」

　ママ友のようだ。

杏奈の通っている私立幼稚園は徒歩で五分ほどの至近にある。三十分ほど前、伸行が降園時間前に迎えに行ったのだ。

辰巳がタブレットを手にして戻ってきた。

「いまのはこの方？」

と言いながら、写真付きのプロファイルを表示させる。

松岡英里子《まつおかえりこ》となっている。五歳くらいの女の子と一緒に写っている。

スマホと同じものを表示させているようだ。

「あ、はい」

「ほかにもきょう、電話があったのはどなたになりますか？」

続けて辰巳が訊く。

夏美は言われるがまま、スマホの通話履歴を表示させる。

それを辰巳は横から取り上げ、しばらく見入ってから夏美に返した。

「白井景子《しらいけいこ》さんと岩崎佳奈《いわさきかな》さんのお二方から、一度ずつですね？」

「はい」

「おふたりは何か仰ってましたか？」

夏美は戸惑い顔で、「いえ、特にには」と口にする。

「子どもたち同士で何かの約束をしたり、お母さん方の知らないところで一緒に遊んだりするような場所。何でもけっこうです。仰っていただけませんか？」

ようやく腑に落ちたように、

「子どもたち同士では特にないと思います。行きそうな場所……公園かな」

たまらない様子で伸行が立ち上がった。「戸越《とごし》公園や文庫の森公園がありますけど、ちょっと遠いんで、ふだんは親同士が誘いあって車で行きます。だよな？」

「ええ、そうしてます。子どもだけでは行けませんから」

スマホで付近の地図を見た。両方の公園は、大矢宅から北西に一キロほど離れている。子どもたちではいけない距離だ。

「ここ以外に、お子さんたちが一緒に遊ぶところはありますか？」

辰巳が改めて訊く。

「区民センターや商店街のカフェもたまに子どもたちを連れて行きますけど、お互いの家で遊んだりすることもあるし」

「そのカフェはどちらですか？」

有本が割り込んできたので、夏美が地図のそこを指さした。まどかとある。

南北に延びる中延商店街の南端、東急中延駅近くだ。

有本がその場で警察無線を使い、カフェの名前を告げ、ただちにそこを調べるように現場に伝えた。

福地が辰巳を呼びつけて、玄関先まで連れていった。

「邪魔だ。さっさと指揮本部へ行け」

福地の吐き捨てる声が耳に入った。

最寄りの荏原署にはすでに刑事部長をはじめとする幹部たちが集まり、誘拐に備えた指揮本部が設営済みなのだ。

「まだ誘拐と決まったわけじゃないぜ」

辰巳が言い返す。

「ここまで捜しても見つからないんだ。いずれ誘拐犯から電話が入る」

福地は引く様子がない。

「母親の知り合い関係に当たる必要があるだろ」

福地は突き放すような目で辰巳を睨みつける。「長女が通っている幼稚園関係者とママ友にはすべて当たった。そっちの線はない。いまは父親の交友関係を洗っている最中だ。そっちも、じき終わる」

「あんがい、人波に混じって電車にでも乗ったかもしれんぜ」

冗談めいた辰巳の言い方に、福地はこめかみに青筋を浮かせた。

「二歳の女の子がするか。消えろ」

辰巳は言い返さず、リビングにいる久松に声をかけて、大矢家をあとにする。マンションの裏口から周囲を窺いながら路地に出た。誘拐犯が見張っているかもしれないからだ。日吉も続いた。

2

狭い一方通行の道だ。人通りはほとんどない。どんよりした曇り空だった。

中延商店街のアーケード街に突き当たる場所まで二分かからなかった。角にある寝具店を回り込んだ一軒目が、里沙がいなくなったクリーニング店だ。商店街のちょうど中間地点にある。

そこまで来て立ち止まり、通りを振り返った。夕方が近づいて、女性の買い物客が目立つ。いたるところで制服警官や私服の刑事が店に出入りしている。

クリーニング店付近に防犯カメラはなく、いちばん近いところでも、北へ五十メートルほど行った歯科医院前だ。

向かいにある雑貨店の店頭には、すのこや衣装ケース、プランターやガーデニング用品などが通りにはみ出るように置かれている。人ひとり通るのがやっとの通路が三通りあり、この中に迷い込んだのではないかと一瞬考えた。

しかし、雑貨店の店内はおろか、店の居間や二階にまで捜査員が上がり込んでくまなく捜したが、それらしい姿はなかったのだ。

里沙がいなくなったのは、もっとも人の出が少ない時間帯だった。ここで何者かが理沙の手を引いて連れ去ってしまえば、ふたつある東急線の駅まで、二分ほどでたどり着ける。商店街は微妙に曲がっていて、クリーニング店の位置からだと、数十秒足らずで、姿が見えなくなるはずである。

耳にはめたイヤホンから警察無線が流れてくる。

〈……まどかの聞き込み完了。大矢里沙は来店していない〉

辰巳が北に向かって速歩で歩き出した。あわててそれに倣った。防犯カメラのある歯科医院を通りすぎ、商店街と交わる路地に入った。時計店のある角だ。

シェパードの警察犬を連れている若い本部鑑識員が、路地の際にある側溝の前にいた。車専用の停止線が引かれているあたりだ。警察犬が地面すれすれに鼻を近づけて嗅《か》いでいる。

辰巳が声をかけると鑑識員は困り顔で、

「ここに来ると止まっちゃうんですよ」

と答えた。

「ほかの犬のションベンでも嗅いでいるんじゃないか？」

辰巳がからかうように言ったので、鑑識員は口の端を歪《ゆが》め、憮然《ぶぜん》とした面持ちで、

「それはないですね。訓練してありますから」

と返した。

シェパードはしきりと尻尾を振り、鼻先を地面に擦りつける。

「里沙ちゃんの匂いがついているのか？」

「……ほかにないと思いますけどね」

「報告しておけよ」

「もう、してありますよ」

その場を離れる辰巳のあとについた。

大矢宅の方向に戻る。

戸建て住宅が続く。角ごとに低層のマンションやアパートが建っている。大きな公園はなく、川も流れていない。閑静な住宅街が広がっているのみだった。

路地を左手にとり、少し行ったところのアパート前に、屋根付き駐車場があった。セダンが並んでいる奥に長細いハイエースが停まっていた。捜査指揮車（L1）だ。辰巳に続いて中に入った。

テーブル席に赤ら顔の江間管理官と並んで本多捜査一課長がいた。本多は指揮本部にいるとばかり思っていたので、日吉は少し面食らった。

無線機器類で埋まっている後方では、ヘッドセットをはめた志賀巡査部長がモニターを注視している。

辰巳が本多一課長に目礼して、その前に腰を落ち着けた。日吉もスライドドア横に座った。ぷんと香水の匂いが漂う。きょうはひときわエゴイストの匂いが強い。

「大矢宅はどうだった？」

江間が訊いてくる。

「動揺が激しい。とくに奥さん」

さらりと辰巳が言う。

「無理なかろう」

本多一課長が辰巳に目を当てたまま、腕を組んで洩らす。

長めに伸ばした黒い髪が額に降りかかっている。

「辰巳」本多が続ける。「感触はどうだ?」

事件がらみか、それとも誘拐なのか、本多も判断しあぐねているようだ。

「どちらでも問題ありませんよ」

妙な答え方をした辰巳だったが、本多はそれ以上問いかけなかった。

事件にしろ、誘拐にしろ、特殊班がいるのだから対応はできると言いたいのだろう。

辰巳は後部座席の志賀巡査部長を見やった。「支援センターの連中はどうだ?」

「指揮本部に集まってきていますよ」

現場の防犯カメラの収集に長《た》けた捜査支援分析センターのモバイルチームが二班投入されているのだ。

「指揮本部へ入ろう」

本多の一声に、運転手の小畑良幸巡査が緊張した面持ちで左右を確認して車を発進させた。

3

荏原署四階の会議室は、捜索に当たっている警官たちの無線交信で溢れかえっていた。

幹部席に座る沢井《さわい》君宏《きみひろ》刑事部長が本多一課長をみとめると、駆け寄ってきた。背広を脱ぎ、ワイシャツを腕まくりしている。五十二歳のキャリア。前職は宮城県警本部長だ。指揮席には荏原署の天野《あまの》署長以下副署長、刑事課長も顔をそろえている。

「感触はどうだ？」

沢井の声も救いを求めるようなそれだった。

「まだ……何とも」

本多は視線をそらし、苦渋に満ちた声を洩らす。

「管内の素行不良者のピックアップはすませたぞ」

沢井が口にしたので、天野署長が厳しい表情で近づいてきた。

それは荏原署の任務になっているからだ。

「半数は連絡がついてシロですが、それ以外はまだわかりません」

こちらも混迷の色を深めた顔で答える。

「隣接署はどうだ？」

「同年代の幼女の迷子や事件事故等の情報は入っておりません。児童相談所も同様です。捜索についている人間からも、怪しい目撃証言等はいっさい出てきておりません」

「ないない尽くしか」沢井がふと思いついたように口にする。「マル対がらみで怨恨《えんこん》の線はあるか？」

本多が沢井に向き直り、「すでに両親から事情聴取はすませています」と答えた。「これまで、怨恨のネタは両名から上がってきておりません。念のため、母親の友人関係、父親の会社関係者について、ふたりの口から出た人物全員に当たっています。これまでに怪しい人物や行方不明時にアリバイのない人間はおりません」

聞いている沢井の顔がみるみる硬くなっていく。

「次に打つ手は？」

「捜索範囲を広げるか、積極広報に出るかのいずれかです」

マスコミに大矢里沙の写真を公表し、テレビ媒体などを使って公開捜査に出るのだ。

指揮本部は警察電話と一般電話が複数台設置され、基幹系をはじめとする三系統の警察無線機が設置されている。正面パネルには管内の地図や公衆電話の位置図が貼り出されていた。沢井は腰に手を当て、見えない回答を探すような目でそれらの地図を眺める。

「どこまで広げる？」

天野があわてて地図まで走り、隣接する警察署をひとつずつ指さす。

「……当面、この七署管内の警らを強化させるしかないと思われます」

「聞き込みは続けているな？」

「はっ、私服員により続行中です。いざというときに備えて寮員への待機も下命してあります」

「消防と病院は？」

「そちらも不明者、不審者等の問い合わせを続行中です。これまで情報は入ってきておりません」

沢井は長机を回り込み、幹部席の中央に腰掛けた。「よし。午後五時、マスコミに大矢里沙の写真を公開しろ」

「了解しました」

敬礼し、天野はその場で副署長に子細について命令する。

幹部たちを横目に、辰巳は補助席に陣取る支援センターのモバイルチームに合流していた。これまでに集めた防犯カメラの映像を、五台のノートパソコンでチームの捜査員が目を皿のようにして見ている。

辰巳は班長の堀内秀則《ほりうちひでのり》警部に、

「ふたつの駅の防犯カメラは？」

と問いかけた。

堀内は鑑識畑が長い。中でも指紋についてはエキスパートとして知られているが、支援センターの発足と同時に、モバイルチームを率いることになったのだ。

「もちろん、取ってきてある。こっちに」

堀内が見せた段ボール箱には、ＤＶＤのほかに、旧型のビデオテープも含めて、録画媒体が四分の一ほどまで溜まっていた。

「その顔じゃなしか？」

辰巳の質問に堀内はただうなずくだけだった。

駅に連れ込まれた形跡はないらしい。

「戸越銀座《とごしぎんざ》なら、通りすべてをカバーした映像を録画しているが、なにせ中延商店街は古い」

中延商店街にほど近い戸越銀座は近年リニューアルされて、最新式の防犯カメラシステムが導入されているのだ。

堀内は段ボール箱の中身を見せ、「ぜんぶで二十本ほどある。行方不明になった時間帯にマル対が映っている映像はないぞ」

と続けた。

いったい、大矢里沙はどこへ消えてしまったのだ？

そのとき、スピーカーから大矢宅につめている特殊班の捜査員の声が流れた。

〈こちら大矢宅、ただいま誘拐犯と思われる男から固定電話に入電中、音声を切り替える〉

会議室は一瞬のうちに凍りついた。動いていた者は立ち止まり、パソコンに見入っていた捜査員たちが顔を上げた。電話の通話音に切り替わる。

〈……生きてる。信用しろ〉

誘拐犯の声か？

厚いマスクを通したような、くぐもった声だ。

〈聞かせてください、ねえ、聞かせて〉

すがりつくような母親の声が会議室に響き渡る。

〈いまはできん〉

興奮している。高いキーだ。

〈どうして？　早く聞かせて〉

誘拐犯の舌打ちする音が伝わる。湿っている。

「久松……」押し殺すような辰巳の声が洩れた。「早く代わってやれ」

大矢宅にいる交渉役が一刻も早く電話に出ろと言いたいのだ。

〈あなた誰？〉

〈お願い、里沙ちゃん、いるんでしょ？　出しなさいよ、出してよ〉

〈誰でもいい〉

悲鳴に近い声に変わっていく。

日吉も混乱した。ここまで取り乱してしまっては、交渉も何もない。

交渉役の久松警部補がぴったり張りついているはずだ。何をしている。打ち合わせもせず、いきなり、母親に電話を取らせたのか？

あり得ない。誘拐犯から電話がかかってきたら、いったん出て、父親に扮した交渉役に替わってもらうと説明しているはずだ。なのに、どうして久松は出ない？

〈カネだ、カネだよ、用意しておけよ〉

それきり通話は切れた。

「江間」本多の恫喝《どうかつ》するような声が響き渡った。「逆探知っ」

平身低頭の姿勢でそれを受けた江間が、その場で電話会社にいる捜査員に電話を入れる。

「公開捜査中止」沢井刑事部長が怒鳴り声を上げた。「一課長、秘匿捜査の指示を出せ。本部にも連絡っ」

本多は顔色を変え、天野署長に捜索中の警官の引き上げを命じたのち、自ら警視庁本部の刑事総務課に報道協定の締結に向けて準備する旨の電話を入れる。

それが終わるのを待って、江間がひな壇の前に進み出た。

「ただいまの架電は公衆電話からです」

「どこだ？」

「西品川二丁目十二××、水谷タバコ店前」

捜査員のひとりが壁に貼られた公衆電話の位置図まで走りピンを突き刺す。

路地が縦横に走る住宅街の一画だ。直線距離にして一・五キロ足らず。

「捕捉班、動け」

本多が手をふり指図すると、待機していた特殊班の犯人捕捉B班がいっせいに動き出した。八名ほどだ。辰巳はすでにドアの戸口近くにいた。

「全管《ゼンカン》集結発出」

刑事部長の声を背中で聞きながら、会議室を飛び出していった辰巳を追いかける。

4

日吉の運転するセダンで第二京浜から戸越方面に向かって住宅街を走った。東急大井町線の南側を並行する道を取り、東海道新幹線の高架とぶつかったところで品川駅方面に線路と並行して走った。高架下を二度、行ったり来たりして高架の西側に戻り、そこから住宅街の一方通行の路地を三百メートルほど進む。

T字路の際にたばこ屋があり、路地の側に隠れるように公衆電話が設置されていた。車も人もいなかった。向かいに青空駐車場と小さな公園があるだけで、防犯カメラは見当たらない。

駐車場にセダンを入れ、先に降りた辰巳とともに公衆電話にとりつく。枠と一体型のキャビネットタイプの公衆電話だ。受話器はきちんと収められている。電話機やキャビネットの壁面、そして裏側までチェックするが、目立った書き込みやメモなどは貼られていない。

もう一台の犯人捕捉B班が乗るセダンがやって来て合流する。

たばこの自動販売機が設置された脇の引き戸を開けて、たばこ屋に入った。丸椅子に腰掛けた六十すぎくらいの女がこちらを振り返った。

日吉は警察手帳を見せ、すこし前、ここの公衆電話を使った人を見ましたかと尋ねた。女はぽかんとした顔で、ただ首を横に振るだけだった。

公衆電話近くに防犯カメラがあるか、と問いかけたものの、こちらも首を横に振るだけで怯えるような顔で見つめている。

話になりそうもない。店から出る。

公衆電話はT字形になった路地の付け根にある電信柱の手前にあり、まっすぐな通りからは引っ込んでいる。

犯人が車を使っているなら、駐車場に車を停めて使ったはずだ。通行人が通りかかったとしても、犯人は電話機のほうを向いていたはずで、顔は見えなかっただろう。いまこうしていても、人通りがほとんどないから、犯人の背中を見た人間すらいない可能性がある。

辰巳に促されて指揮本部に連絡を入れる。

鑑識員たちが乗る車がやって来た。駐車場に誘導してやる。防犯カメラを捜せと辰巳に命令され、徒歩でいま来た道をたどって逆戻りした。アパートや戸建て住宅が続き、防犯カメラらしきものはひとつも見当たらない。新幹線の高架下まで戻ったところで引き返した。

鑑識作業を見守る辰巳に報告する。

「……野郎、慌ててるな」

ぽつりと辰巳が言う。

「単独犯と思われるんですか？」

「だろうな」

どうして、そう言い切れるのか。

「こんな近場で危ない橋を渡ってるんだ」

身元を特定されないために公衆電話を使ったはずだが、第三者の目がある。犯人側にもリスクがある。それをあえて使ったのだから、犯人サイドのマンパワーも少ないと見ているらしい。しかしそれだけで単独犯と言い切っていいのだろうか。

「人質も連れていると思われますか？」

「たぶん別だな」

ならば複数犯になるのではないか。

辰巳も混乱しているのかもしれない。

辰巳はB班に残るように命令し、指揮本部に戻るように小畑を促した。五時四十五分。

まだ十分に明るかった。

5

午後六時半。

指揮本部は捜査一課の理事官と管理官十名が全員顔をそろえていた。大矢宅から半径二キロ圏内に収まる公衆電話はすべて監視対象とされ、近隣署からの応援も得て張り込み態勢が整っていた。マスコミとの報道協定も締結され、記事一本公にされていない。カネの要求もあり、二千万円の真札が用意されている。

江間が落ち着かない様子で、現金持参人に指名された捜査員に細かな指示を与えていた。待機席にいた福地が辰巳に歩み寄ってきた。

「どうして戻ってきた？」

「ここのほうが何かと便利だ」辰巳が答える。

「おまえたちは外で待機していろ」福地が戸口を指さす。「こんなところに顔を出すな」

「そっちこそどうした？」辰巳が福地を見据えて返した。「聞き込みは終わっていないだろ」

「そんなもの、とっくに終わった」

「もう終わった？　誰の判断だ？」

「おれだ」

「どうして終わらせた？」

険悪な雰囲気が伝わり、福地の配下の殺人犯捜査第七係の有本係長が福地の横についた。

「大矢伸行の年収を聞いていないか？　三千万だぞ」有本が目を剝《む》いて言った。「身代金目当ての誘拐に決まっているだろうが」

「母親の交友関係、父親の会社関係は？　全員回ったのか？」

福地が睨みつける。「とっくに回った。おまえにつべこべ言われる筋合いはない」

「範囲を広げろ。同じ家を再度当たれ」辰巳が返した。

有本が辰巳の肩を突いて退かせた。「おれたちを何だと思ってる。ホシにつながる人間と出くわせばその場でわかる」

「すみっちょで、何喚《わめ》いてるんだ」待機席にいる管理官が声を上げた。「ケンカするなら部長の前でやれ」

福地は苦笑いを浮かべ、「見せてやれ」と言った。

正式な報告書はなく、捜査員たちの取ったメモを有本が集めて辰巳に渡した。

立ったままそれらに目を通すと辰巳は福地に返した。回れ右して会議室をあとにする。

「どこへ……？」日吉が呼びかける。

いまのやりとりを見ていなかったのかという顔で睨みつけられる。

聞き込みに行くのだろうか。

荏原署の駐車場は管理官専用車で埋まっていた。正面玄関横に停まっている署の車を借りだし、運転席に着く。後部座席に乗り込んだ辰巳の口にした住所をカーナビに入力する。大矢夏美の友人の松岡英里子という、長女が通っている幼稚園のママ友らしい。近場だ。地図によれば中延商店街の西二百メートルほどのところに位置している。中原中原街道を南方向に下り、左手の住宅街に入った。西中延二丁目の交差点を南にとる。左手に三階建てのマンションがあった。入り口に三角のゲートがある。高級そうだ。正面の駐車スペースに車を停め、玄関に回る。

エントランスで辰巳が部屋番号を押すとすぐ女の声で返事があった。警察を名乗ると扉が開いた。エレベーターで三階まで上り、三〇二号室の呼び鈴を鳴らす。

内側からドアが開き、額の丸っこい女が顔を覗かせた。松岡英里子のようだ。

「失礼、上がらせてもらいます」

さっさと上がり込む辰巳のあとについた。

リビングには五歳くらいの女の子が父親の膝枕で寝転がりながら、テレビを見ていた。誘拐された里沙と同じクラスの子だ。

部屋全体が明るい木目調で統一されていて、居心地がよさそうだった。

父親は帰宅したばかりのようで、ワイシャツにスラックス姿でいる。松岡俊英《としひで》といったはずだ。

その横に辰巳が座ると、女の子はしぶしぶ起き上がって、母親の膝にからみついた。

「みわちゃん、ちょっとお話があるの、いい？」

パパと行こう、と父親が隣室に連れていった。

松岡英里子が斜め向かいに座り、手のひらを重ねる。「里沙ちゃんは見つかりましたか？」と心配げな顔で訊いてきた。

タック入りの膝下パンツにグレーのパーカーを着ている。夫と同年代で三十すぎ。専業主婦だ。

「や、まだ」

「そうですか」

「大矢夏美さんについて、お伺いします」

辰巳が切り出したので、英里子は意外そうな顔で目をしばたたいた。

「幼稚園でお嬢さんたちが同じ年中のクラスで、ふだんからお付き合いされていると聞いています。間違いないですね？」

英里子がやや戸惑った顔でうなずいた。「はい、子ども同士がよく遊んでいるので、自然と友だちになりましたけど」

「あなたのほかに、白井景子さんと岩崎佳奈さん、それから大矢さんの四人で、よくご一緒される？」

「あ、はい、よくその三人と買い物やご飯を一緒に食べたりしますけど」

質問の意図がわからないようで、おそるおそる答える。

「あなたが特に仲がいいのはどなたになります？」

「わたしですか？」英里子は面食らったようだ。「誰っていうことはないですけど。あの、やっぱり大矢さんと白井さんはいちばん仲がいいと思います」

「何か理由でも？」

「わたしと岩崎さんは、幼稚園に入ってからですけど、大矢さんと白井さんは幼稚園に入る前から、お知り合いだったですから」

「いつごろから？」

「二歳か三歳くらいじゃないかしら」

「わかりました。で、あなたのご主人は、会計士で監査法人に勤務されていますね？」

そんなことまで訊かれるのかという顔で、「そうですけど」と英里子が答える。

「四人でご一緒される際は、大矢さんが中心になって動かれるそうですね？」

「だいたいそうなるかな。大矢さんて、バスケットボールをやっていたから、体育会系の乗りでリーダーシップを取るっていうか。そんな感じです」

「なるほど。彼女はスポーツマンタイプかもしれない」

辰巳の言葉にしきりと英里子はうなずく。

「ホームパーティーもよく、大矢さんのお宅で開かれるそうですね」辰巳が続ける。

「あなた方四人とお子さんが集まるわけ?」

「はい。サンドイッチとか、クッキーとかを焼いて、持ち寄ったりして」

「パーティーが終わったら、夏美さん手作りのケーキをもらってお帰りになる?」

「そうですね、だいたいそういう流れになっています」

「手作りでないのを持っていったりすると、どうなるの?」

日吉はハラハラしながら聞いていた。そんな細かいことまで尋ねてどうする気なのか。

しかし英里子は少し考えてから、「そういえば、そういうお母さんもいらしたわ」と口にした。

「というと?」遠慮なく辰巳が突っ込む。

「去年の秋だったかな。お遊戯会で仲良くなった永田《ながた》さんというお母さんが呼ばれたんです。そのお母さん、市販の焼き菓子を持ってきて、それで夏美さんがうちは手作りでないとダメなのって言って。永田さんはそれきりだったわ」

「それで終わらなかったんじゃないですか？」

辰巳が意外なことを口走った。七係のメモにそれらしいことが書かれていたのを思い出した。しかし、そんなことをいまここで、くどくど訊く必要などないのではないか。

英里子がしきりと長い髪を手ですくう。「永田さん、料理が下手で冷凍食品ばかり子どもに食べさせているって噂が立って……」

「大矢さんが流したの？」

英里子は首を横に振る。「わかりません……」

辰巳は何も言わず、夫と子どものいる隣室に出向いた。

子どもとブロック遊びをしていた松岡俊英に、話を聞きたいと声をかける。

唐突な申し出に戸惑ったようだが、俊英は子どもを母親に預けて、立ったまま辰巳と向き合った。

「四人のお母さん方のグループはご存じですか？」

辰巳が尋ねる。

「知っていますけど」

「ご主人もその方々と一緒に出かけたりしますか？」

「わたしはないですねえ。彼女たち、月に一度ペースで川崎方面に買い物ツアーなんかに出かけていますけどね」

俊英は、川崎にある倉庫型の会員制小売店の名前を口にした。

大矢家のミニバンで出かけるはずだ。

「ふだん何かお気づきな点はありますか？　ＳＮＳのやりとりとか」

「あー、お弁当の写メを見せ合ったりしてるようですけど」

その程度はどこのママ友もやっているだろう。

「大矢夏美さんについてです。ご主人から見て、何か気になる点はありますか？」

「幼稚園でも積極的に役員なんかを引き受けているんじゃないかな」

「どんな役員？」

「大したことないと思いましたよ。バザーとかお遊戯会担当とか。でも、うちのはけっこう迷惑しているみたいだし」

「どうして？」

俊英は頭をかいた。「大矢さんがいつも言い出しっぺみたいで。いちいち、つきあわされるので面倒とかぼやいてますよ」

「里沙ちゃんはどうです？」

「里沙ちゃんですか……お母さんと似てやっぱり、勝ち気なところがあるんじゃないかな」

「それが元で子どもたち同士、ケンカになったりします？」

「それは、どうでしょうかね」

訊くべきことはもうないらしく、辰巳は手短に挨拶をすませて、松岡家を辞した。

ふたたび車に乗り、次の家の地番を入力して、細い路地を走り出す。

「あの係長」おそるおそる日吉は切り出す。「ほかのお母さん方の話を聞いて、どうするのかなと思って……」

「里沙ちゃんの居所がわからんから回っているんだろ」

「はあ……」

「どうした？」

「いざというときのために、指揮本部で待機していた方がいいんじゃありませんか？」

「無線で連絡が来る。指揮本部にいてもいなくても同じだ」

楯突いてもムダなようだ。

何度か角を曲がり、一方通行の道を進んだ。東急大井町線中延駅にほど近い薬局の前に車を停める。薬局の上がマンションになっており、白井景子一家の住まいがあるはずだ。タイル張りで頑丈そうだが、かなり年季の入った建物だった。

外階段を使って二階に上がった。戸を開けると、三つの茶色い鉄扉があった。手前のドアの呼び鈴を鳴らす。細めに開き、カチューシャを頭にはめた女が顔を覗かせた。辰巳が白井景子さんですか、と尋ねると、女は口元に手を当てながら「そうですけど」と答えた。

ざっくりしたハイネックのニットを着て、スウェードのスカートを穿いている。色が白く小顔でおとなしそうな感じだ。

「ちょっと入らせてもらっていい?」

辰巳が改めて声をかけると、景子はようやく気づいたというように、ドアを広めに開けて、ふたりを中に通した。

「昼間も警察の方が見えましたけど」

靴を脱ぎ、早々に入っていった辰巳の背中に景子の声がかかる。

オープンタイプのキッチンから、女の子が飛び出てきた。里沙と同じ幼稚園に通っているひとり娘だ。麻衣《まい》といったはずだ。

長細いリビングにロータイプのテーブルがあり、新聞に目を通していた夫らしい男が立ち上がり、辰巳と向き合う形になった。

「また警察の方」

景子の声がかかると、男はセルフレームのメガネに手をやり、目をしばたたいた。夫の敦史《あつし》だ。焦げ茶のズボンに、黄緑の制服らしいものを着ている。大手スーパーの配送の仕事をしているはずだ。

「……里沙ちゃん、見つかりました？」

と敦史は遠慮がちに訊いてくる。

「残念ながら見つかっていません」

辰巳が答えた。

「そうですか」

肩を落とした敦史の足元に、麻衣が絡みつく。

さっそく、辰巳が松岡家と同じ質問を口にする。

「そうですね、うちと大矢さんと松岡さん、岩崎さんのお母さんと仲良くさせてもらっていますけど」あっさりと、景子が答える。

「景子さんが大矢さんといちばん仲がいいと伺いましたが」

ずけずけと辰巳が口にする。

景子は口元を覆いながら、子どもを抱きかかえた夫を振り返った。

「うちのが文庫の森公園でこの子を遊ばせていたときに、顔見知りになったんですよ、なあ」

敦史に促されて、景子が何度かうなずいた。

「その場で意気投合して、携帯の番号も交換したんだろ？」

「ええ。でも、最近来なくなったし」

ぽつりと景子が洩らす。

「そんなことない。この前の日曜だって来たじゃないか」

敦史が返すと、景子は視線を外した。

「奥さんも主婦専業でいらっしゃいます？」

つい、日吉は口にしていた。

景子の目が吊り上がり、「いまはそうです」と答えた。

何かあるのか、という顔で辰巳が敦史をふり返る。

「去年の秋まで近所のパン屋で働いていたんですけど、やめちゃって」ばつが悪そうに敦史が答える。

「ほんとは続けたかったんですよ」景子が不服そうに続ける。「でも、ほかの人から、いろいろ言われて……」

「よせよ」あわてて敦史がかぶせる。

「どうしたんです？」日吉が訊いた。

「うちのって、ちょっと見栄っ張りなところがあって。大矢さんも松岡さんも、働いていないでしょ。彼女らと会うと肩身が狭いらしくて」

　景子の厳しい視線を感じたらしく、敦史は言葉を呑み込んだ。

「まあ、いろいろあるでしょう」日吉がとりなした。「それで、里沙ちゃん、幼稚園から帰ってきて、ふだんはどのようなところで遊んでいました？　やっぱり公園とか？」

「公園は遠いし、最近はめったに行きません」景子が答えた。

「近場は公園がほとんどないんですよ」と敦史。

「ほんとにないんです」景子が反応した。「区民センターくらいしか」

　かなりイラついているようだ。

　都内で暮らす小さな子どもを抱えた母親は、多かれ少なかれ似たような悩みを抱えているだろう。だから、四人でまとまって川崎の会員制小売店に行ったりするのだ。

　辰巳は窓側に置かれた観葉植物の鉢の中を覗いたり、テーブルを回って、そこに置かれたものを手に取って見ている。

もう、訊くこともないようだ。

日吉に目配せしてきたので、ふたりに挨拶をして家を辞した。

6

指揮本部は警察無線の交信が一層満ちていた。正面パネルに貼られた公衆電話の位置図にふたりの特殊班の捜査員が張りつき、いちいち幹部に示している。大矢家を中心にして半径二キロの圏内に五十か所ほどある。それらにすべて警官が張りついているのだ。

中延商店街にあるコンビニの公衆電話を張り込んでいる捜査員からの入電があった。

——ただいま、紺のフリースを着た男が架電。ソフトモヒカン、年齢三十前後。

江間がただちにマイクを取り、「了解、そいつは違う、マル害宅に電話は入っていない」

——了解しました。

また別の公衆電話に張りついている捜査員から入電する。

——こちら中延駅構内の公衆電話。アノラックを着た五十前後の男が架電している。

繰り返す……

　ふたたび江間がマイクを握る。「違う違う、そいつじゃない」

　堂々めぐりが続く。

　辰巳は補助席にるモバイルチームに加わり、さらに増えている防犯カメラの映像のチェックを始めた。

　福地が近づいてきて、その背中に声をかける。「どこほっつき歩いていた？」

「どこでもいい」辰巳が一蹴する。

「先は長くなるぞ」

「そっちこそ用意できているのか」辰巳が背中を向けたまま答える。

「何をだ？」

「地道な捜査しかねえ」

　辰巳は再生映像に見入っている。

「ほざくな。ホシを捕捉するまでがてめえらの仕事だ」

「だったらギャーギャー喚くな」

　ふたりの会話が新たな公衆電話からの入電でかき消される。

　今度も大矢家への架電ではなく、江間が見守りの指示を出したのち、待機席にいる管

理官らに向かって、
「ぼうっとしてるなら、こっちへきて手伝え」
と声を荒らげた。
とたんに管理官たちが反応した。
——そっちにまかせるぜ
——さっさと居所を突き止めろ
——ほかに芸当はねえのか
ふたりの管理官が席を離れて、江間の元に参じてマイクを握る。
味方になる管理官もいるようだ。
スピーカーからひときわ高い声が流れた。大矢宅につめている特殊班の捜査員の声だ。
〈こちら大矢宅、誘拐犯から固定電話に入電中——〉
ただちに音声が切り替わる。指揮本部が静まりかえった。
〈……用意できたか?〉
くぐもった聞き取りにくい声だ。
誘拐犯に間違いない。
〈はい、できました〉

夏美の声が隅々まで響いた。

〈用意して待ってろ〉

最初のときより、落ち着いている。

〈あの……どこで？〉

通話が切れた。

またしても、母親に電話を受けさせるとは。

いったい、久松は何をしているのか。

辰巳は青ざめたような顔で天井を睨みつけている。

「池上梅園正門前の公衆電話です」

モニターしていた捜査員の声が響き渡る。

特殊班の捜査員があわてて地図をなぞるが、その公衆電話は見当たらなかった。別の捜査員が南、南と怒鳴る。ようやく、池上梅園を見つけて報告する。

大矢家から三キロほど離れている。監視外の公衆電話だ。

辰巳が目配せしてきた。

「大矢家に行く」

耳打ちされ、そのまま指揮本部を出る。大矢宅まで走った。午後十時を回っていた。

大矢夏美はソファに横になり、夫の伸行の介抱を受けていた。パジャマ姿の長女の杏奈が所在なげに、絨毯《じゅうたん》の上でお絵かきをしている。辰巳の到着に、五名の捜査員たちが安堵の表情を浮かべた。そのうちのひとりが、テーブルにある固定電話の前でしゃがみ込む交渉役の久松に視線を送った。

右手で頬杖したまま、もう片方の手はだらりと垂れている。辰巳の呼びかけに気づかず、肩を突かれてようやく振り返った。

「大丈夫か？」辰巳が耳元に小声で呼びかける。

ふっと目が覚めたように、久松は辰巳の顔を見た。

「……あ、はい」かすれ声で久松は答えた。

昼間見たときよりやつれているように見える。目の下に黒々とクマができて疲労の色が濃い。

バスジャック事件のときは、どうにか乗り切ったが、今回は交渉役として臨んだはじめての誘拐事件だ。緊張の糸が張りつめていたのだろう。訓練のときとは別人のようだ。人質を取られているという冷厳な現実に、神経がささくれ立っている。これでは正常な判断はできないのではないか。

辰巳はそれ以上声をかけず、見守っている捜査員のひとりに声をかけると大矢家をあとにする。マンションの裏口から人目につかないように出る。

早足で近くに停まっているＬ１まで急ぎ、中に入った。

運転手役の小畑が指揮官席に腰を落ち着けていた。機器類で埋まっている後部座席から志賀が振り返る。やっと戻ってきてくれたかという顔だ。

誘拐事件が発生した場合、辰巳のいる場所はＬ１なのだ。

小畑がいったん車を降りて運転席に収まった。

辰巳は懐からスマホを取り出して、電話をした。相手は江間管理官だった。

「見てきた」辰巳は言った。「久松はダメだ。樋口《ひぐち》に代えろ」

さきほど大矢家で辰巳が声をかけた特殊班の捜査員だ。

しばらく応答があった。江間は渋っているようだ。

「このままじゃ、助かるものも助からんぞ」

辰巳が言うと、それ以上の問答はなくなった。

電話を切り、ちょっと行ってくると言って、辰巳は車から降りて去っていった。大矢家に戻っていくようだ。

「何だか十年前の小岩事件みたいだな」志賀が言った。

小学二年生の女の子が誘拐され、四日間ものあいだ、解放を目指して誘拐犯と身代金のやりとりをしたあげくに、人質が帰らぬ人となった痛恨の事案だ。五千万円の身代金を要求した犯人三名は捕まったものの、子どもは誘拐された三日目の朝、絞殺されていたのだ。

「どうしてそんなことを思うんですか？」

「あのヤマは、一課の殺人犯捜査第五係が加わっていてさ。その係長がいまの一課長だろ。三日目に捕まった連絡役《レポ》のホシを取り調べたのが、その下にいた福地さんだったし」

当時、本多一課長は警部、福地は警部補だったはずだ。

「たしかうちの係長も？」

辰巳も事案に交渉役として関わっていたはずだ。

「それだけどさ」志賀は背もたれに手を載せて日吉を見る。「ちょうどいまの久松さんの立場だったんだよ。マル害の父親の中尾役で、まる三日間不眠不休で電話に張りついていた」

辰巳ならやり通したのではないか。

「本物の父親から、人質になった娘さんの話し方から、体のホクロやアザ、学校の得意科目や食べ物の好き嫌い、友だちの名前なんかも、洗いざらい聞きだして頭に入れてな。

しゃべり方までまねて、準備万端で用意して待っていてさ」

「最初の電話は本物の親が取ったんでしょ？」

犯人が知り合いや身内の場合、親の声を知っている可能性があるので、はじめのうちは実の親が出たはずだ。

「最初の一回こっきりで親の役目は終わり。一時間あとに二度目の電話がかかってきたときは、辰巳係長に代わっていたよ」

「なるほど」

「それからも不定期に三十分おきとか二時間おきとかに犯人側から電話があってさ。そのたびに、現金の受け渡し場所がくるくる変わって。三日目の早朝だった。十一回目の電話が鳴って、取ったとき、つい、辰巳ですって言っちゃってさ」

浅くため息をついた志賀の顔をまじまじと見入った。

「本名を？」

志賀は気怠げに首のあたりをかいた。

「犯人側に警官だと気取られた？」続けて日吉は訊いた。

「だってさ、その直後に人質は殺されてるんだぜ」

息が止まった。一睡もせずに犯人側と交渉し、一瞬だけ気がゆるんで、本名を告げてしまったのだ。疲労困憊《こんぱい》していたはずだ。無理もない。

辰巳が久松の交代を江間に要請したのも、自分の経験があったからこそだろう。

福地が辰巳とことあるごとに衝突するのは、それが元なのかもしれなかった。そうした当時の状況を知る人間が、捜査一課長の本多なのだ。

何という巡り合わせか。

7

三度目の電話があったのは、明くる日の午前十時半。

L1で一夜を過ごし、ついうとうととしかかったとき無線が入った。

わたし、父親です、と久松と代わった樋口の声だったので、息を止めて聞き入った。

指揮本部内も緊張しているはずだ。

〈これから言う場所に現金を持ってこい〉犯人の声。

〈どこへですか？〉

〈台場の潮風公園〉

〈わかりました。公園のどこへ〉

〈すぐ来い〉

それきり通話は切れた。

犯人は樋口を父親と信じ込んで、疑っていないようだ。

しばらくして、捜査員の声が入感する。

〈武蔵小山《むさしこやま》の五平寿司前の公衆電話からだ……〉

近い。北へ一キロほどだ。

〈犯人捕捉班、急行しろ〉江間が怒鳴る声が伝わってくる。

日吉はうっすら目を開けている辰巳に、行きましょうと声をかけた。

辰巳はだるそうに首を横に振った。

「でも、行かないと」

「ムダだ」

「えっ、でも……」

「昼飯でも買ってこい」

ポイと投げ捨てるように辰巳の放った二枚の千円札が、日吉の足元に落ちてくる。しばらく迷ったが、言うことを聞くしかなさそうだった。

中延商店街にあるコンビニまで走り、目にとまったおにぎりやらパンやら牛乳を買い求めてL1に戻った。

辰巳が言ったように、潮風公園に犯人が来た形跡はなかった。また、寿司屋の前の公衆電話は防犯カメラがついておらず、今度も犯人の姿は捉えることができなかった。

十一時近くなり、辰巳が思い出したように岩崎佳奈の家に行ってみようと口にした。大矢夏美のママ友のひとりだ。

小畑が応じて、車を発進させる。

中延商店街を突っ切り、五十メートルほどのところで左に曲がった。どこを走っても一方通行の路地ばかりだ。

岩崎家は、コンクリート塀に囲まれた二階建ての日本家屋だった。辰巳とともに車を降りて、塀の門を開けて玄関の戸を叩く。

しばらくして、六十すぎぐらいの女が引き戸を開けて顔を見せた。警察を名乗り、佳奈さんは在宅ですかと話しかける。

はいはい、里沙ちゃんの件ですねと中に引っ込み、茶髪の若い女が玄関に姿を見せた。大きな目だ。つけまつげがカールしている。上下ともジャージを着て、足の指に赤いネイルアートを施していた。ほかのママ友より若そうだ。五歳になる長女が顔を見せたが、すぐに引っ込んだ。

大矢も含めてほかの三人は三十代だが、佳奈だけ年代がずれているので、話が合うのかどうか気になって、日吉はあえて訊いてみた。

「だって、同じ幼稚園の年中さんだし」

と佳奈は屈託がない。

大矢家のティーパーティにも行くし、川崎への買い出しも大矢の車を運転して出かけるのだという。

「運転が苦にならないし、わたしって重宝がられているかも」

佳奈が自らの立場を分析してみる。

話していると、ほかの三人も、佳奈をほっとする存在と思っているのかもしれないと想像した。

ほかの三人について、思いつくことがあれば言ってくれと辰巳に促され、

「景子さんて、ちょっと変わってるかな」

と佳奈は口にした。

「どういうふうに？」

「だんなさんが浮気していたらしくて、かなりめげていたと思いますよ」

ネットスーパーに勤めている白井敦史だ。

「いまでも続いてるの？」辰巳が訊く。

「どうかなぁ、去年だったから、もう終わってると思うんだけど」佳奈は声を潜める。

「知ってます？　景子さんて、麻衣ちゃんにときどき手を上げるんですよ」

「彼女が？」

佳奈は口の端を曲げてうなずく。「わたし、見たもの」

「ストレス溜まってるのかな」辰巳が言った。「大矢さんもご存じ？」

「さあ」

「あれ？　白井さんとは一番仲がいいんじゃないんですか？」

佳奈は意外そうな顔で、

「ううん、大矢さんは松岡さんのほうが親しいですよ。いつも、ふたりで一緒に子どもの洋服買いに行ったりしてるし」

「そうなんですか」

ほかにも里沙に関することをあれこれ訊いたが、特別気にかかることはなかった。ママ友四人の言い分が少しずつ食い違っているようにも思えるが、どうということもない。犯人が人質の交換を申し出ているのにどうしてここまで、辰巳がママ友にこだわるのかわからなかった。

岩崎家を出て、指揮本部に向かった。

管理官たちは全員顔をそろえていた。

待機席から出てきた福地に呼び止められる。「おまえのところの交渉役はたった一日で降参か」

「先手を打っただけだ」辰巳が応じる。

「小岩と似てきたな」

タブーとなっている事件を口にしたが、辰巳は動じる様子はなかった。

「人材がいないなら、うちの人間を貸してやってもいいぞ」さらに福地が言う。

「御免被る」

「人質の命がかかっているんだぞ」福地が続ける。「まだ生きていればの話だが」

辰巳が福地を睨みつけた。「まだ生きている」

「どうして？」

「ホシだ。一本調子すぎる。行き当たりばったりだ」

「それで生きているってわかるのか？」

「わかる。マル害の命は、そっちの出方次第だ」

「出方？　何をするって言うんだ？」

「聞き込みに決まっているだろ。続けろ」

福地は辰巳のつま先から頭のてっぺんまで視線を送ってから、顔を見据えた。

「そんなものする必要がどこにある？」

「そっちこそ放棄してどうなる？」

押し問答に辟易《へきえき》となった。

辰巳が補助席に足を向けたので、ようやく福地が離れていった。

捜査支援分析センターのモバイルチームの元には、昨日に比べて倍ほどの防犯ビデオの映像が集まっていた。

班長の堀内警部に、気になる映像があるかと辰巳が尋ねる。

「すべて見た。特にはない」

辰巳はノートパソコンを一台借りて、その場でネットに接続し、収集した映像を再生する。

まず駅の映像から見はじめた。早送りだが、それだけで十五分ほどかかった。続いて、同じ行方不明になった時間帯の、大矢里沙がいなくなった場所と近い防犯カメラの映像から順に見ていく。まず五十メートル北にある歯科医院前の映像。十一時四十分から見ていく。まばらに老女や若い男などが横切っていく。そこからさらに北へ行った宝石店前も見る。特にないようだった。

地図と照合しながら、商店街を離れ、その西寄りの映像を連れ去り現場から近い順番に見ていく。マンションの入り口付近を捉えている防犯カメラの映像が二件、動物病院の駐車場とそこから見える路地、内科クリニック前に設置された防犯カメラの映像——。子どもを連れている人間はいない。

現場から少しずつ離れ、商店街の南側の映像を順繰りに再生させる。音楽教室前の通りを撮った映像のところで、マウスを動かす辰巳の手が止まった。11：40：56 am。

地図と照合すると、東急大井町線中延駅にほど近い商店街の東側だ。

どうしたのですか、と訊いてみるが、辰巳は映っている映像を十秒ほど巻き戻し、繰り返し確認している。ふと通りの向こう側でベビーカーを押している女の姿らしきものが目にとまった。

セミロングの髪の女がややうつむき加減で押していた。顔は見えない。灰色っぽいストレッチパンツを穿いている。

「……係長、この女ですか？」

辰巳は一時停止させた画面にあるベビーカーを指さした。「よく見ろ」まじまじと覗きこむ。

――空？

ベビーカーに子どもは乗っていない？

女の顔を拡大表示させた。体に比べて小作りな顔立ち。波を打っている髪。

「……白井景子？」

画面を見つめる辰巳の横顔に、不安げな影が張りついていた。

「……滑ったかもしれねえ」

辰巳はつぶやいた。すっと席を立ち、戸口に向かって歩き出す。

話しかけようとしたが、ピリピリしたものを感じてできなかった。まさかと思った。

白井景子が関係している？

8

白井景子が住むマンションは、東急大井町線の中延駅の南東五十メートルほどのところにあり、裏手は第二京浜国道が走っている。マンション前の路地を北に向かい、突き当たりを西に向かうと、東急大井町線の高架下に入る。そこをくぐって三十メートルほど行ったところに音楽教室が位置していた。防犯カメラに映っていた白井景子と思われる人物は、教室前の路地を北に向かった。その路地は中延商店街とほぼ並行しており、三か所ほど曲がれば、大矢里沙が行方不明になった現場横にある時計店の角に出ることができる。警察犬が止まって、里沙の匂いを嗅ぎつけた場所だ。

「どうして、景子が怪しいと思ったんですか?」ハンドルを握りながら、日吉は訊いた。

映像に映っていたのは白井景子のように見えるが、確かではない。

空のベビーカーを押していたとしても、それがおかしいのだろうか。

辰巳は答えず、考えをめぐらしているようだった。

薬局前に車を停めて、二階まで駆け上がった。呼び鈴を押す。

出ない。

胸騒ぎがしてくる。

まさか、大矢里沙はこの家の中にいる?

あり得ない。昨日、自分たちがこの目で見たではないか。

しかし……すべての部屋を見たわけではない。隠そうと思えば隠せる。だが、ひとり娘の麻衣の目をごまかして、隠し通せるだろうか。

「日吉、指揮本部に連絡。ただちに点検の手配をしろ」

辰巳に命令され、携帯で特殊班に連絡を入れた。正式な家宅捜索のための令状交付を待たず、すみやかに宅内の様子を探らせるのだ。Ｌ１の志賀にも連絡して、近くまで来るように促す。

辰巳はスマホで別の人間に電話をかけている。そちらは、つながらないようだ。しばらくして、雷に打たれたように目を大きく開いた。「そうだったか」

半信半疑の表情を浮かべたまま、階段を駆け下りる辰巳のあとにつく。

「係長、どこへ？」

辰巳は大型小売店名を口にした。

白井敦史の勤めているスーパーだ。

車に乗り、路地を走り抜ける。第二京浜とぶつかる交差点を右折して、最初の角を左に取る。四百メートルほど一気に走った。住宅街の路地を北に向かう。狭い。至るところで突き当たりになる。そのまま北向きのルートを取る。左手に二階建てのスーパーらしき建物が視界に入ってきた。敦史の勤めているスーパーだ。手前の肉屋の横にある空き地に車を停めて、スーパーに入った。店内を突っ切り、バックヤードに通じるドアを押し開く。

マスクをはめた店員に警察手帳を見せ、店長と会わせてもらうように頼んだ。

商品の収まった段ボール箱が積まれたワゴン車が並ぶ通路を通り、裏口に通じる一画に出た。ガラス張りの部屋の中に案内される。デスクトップ型のパソコンの画面と向き合っていた四十前後の男に店員が声をかける。

男は揉み手をしながら、席を立った。短髪でやや太っている。胸元に店長、竹下とある。さほど驚いた様子も見せない。警察手帳を見せる。

「……あの何か？」

「白井敦史さんはこちらに勤めてらっしゃる？」辰巳が口にする。

「はい、うちにおりますが」

「いま、ここにいますか？」

「いえ、配送で出ていますけど」

「どのあたりにいます？」

言われて竹下は怪訝そうな顔で頭に手をやり、

「いまですか」

と逆に訊いてくる。

「会社の携帯を持っているんでしょ？　ちょっと連絡してみてもらえる？」

辰巳が要請すると、竹下はあわてて机の上の携帯を取った。モニターに番号を表示させたのち、通話ボタンを押す。二度電話をかけたが、つながらないようだった。

「出ないなぁ」竹下が首を傾げる。

辰巳が壁に貼られた地図を見やった。「彼の受け持ち区域はどのあたりです？」

竹下は店の北側一帯のエリアを指した。「だいたい、このあたりになります」

ほぼ南北に走る東急大井町線と東急池上線、そして北側にある山手線に囲まれた区域だ。その中ほどに、誘拐犯が最初にかけてきた公衆電話がある。

竹下によれば、ふだんは午前十時前までに、前日までの注文分を区分けして軽トラックに積み込み、配送に出るという。

「昼には戻ってくるんですか？」

厳しさを増してくる辰巳に気圧《けお》されるように、

「その日の荷の具合によってですけど」

と竹下が答える。

「きょうは？」

竹下はパソコンに取りつき、キーを打ち込む。

「あ、きょうはたぶん、ぜんぶ配送が終わるまで戻らないと思います」

「何時までかかるの？」

「三時ごろには戻ってくると思いますけど」

「きのうは？　彼はずっと配送に出ていた？」

続けざまに訊かれて、竹下は目を白黒させる。「はい、出ていって、たぶん戻ってきていません」

「きのう、戻ってきたのは何時？」

「……ちょっと遅かった」

「だから何時に？」

「えっと、午後四時五十分になっています。どうしたのかな」じっと画面を見つめながら言う。

「配送車にGPSは取りつけてあるか？」辰巳が改めて訊く。

「はい、あります」

「見せてくれ」

「あ、はい」

竹下がパソコンの画面に配送車の位置情報を表示させる。

ぜんぶで五台あり、それぞれに運転手の氏名が付けられていた。

白井敦史はいま西品川の貴船《きふね》神社近くにいる。

辰巳がすっと竹下から離れ部屋を出る。スマホで指揮本部にいる江間に電話を入れた。

事情を話し、自分たちがいまいる場所を知らせ、ただちにこの店と白井敦史のいる近辺に特殊班の捜査員を差し向けるように伝える。

「行くぞ」

バックヤードをあとにする辰巳に従った。早足で売り場に戻る。

「どこへ行きます？」

「もういっぺん、聞き込みだ」

「え？　ここで待機しなくてもいいんですか？」

「ここは大丈夫だ。白井敦史の配送車を見つけ次第、連絡が来る」

「でも」

やはりここにいたほうがいいのではないか。

辰巳は車に戻ると、すみやかに出るように促した。松岡英里子宅に向かえと命令される。

「白井景子のマンションに行かなくてもいいんですか？」

「そっちは手配した。聞いていただろ」

「はい……白井景子の旦那にも疑いをかけた理由があるのですか？」

辰巳は強ばった表情で車窓の住宅街を見ている。
「観葉植物の鉢の中を見なかったか？」ぽつりと辰巳は口にする。
「白井家にあった観葉植物ですか？」
ルームミラーに映る辰巳がかすかにうなずいた。
そこまでは見なかった。
「マンゴージュースのパックがあった」辰巳が言った。
「マンゴージュース……？　確か里沙ちゃんの好物だったはずですけど」
「どうして鉢の中にあったのか気になっていた」辰巳は言った。「ようやくわかった。
おれたちが部屋に入ったんで、あわててあの中に隠したんだ」
マンゴージュースを隠した？　目に触れられては困るから？
「テーブルの上に薬袋があっただろ。睡眠薬が入っていたぞ」
何を言いたいのか、よくわからない。
辰巳のスマホに連絡が入った。通話をすませて、オフボタンを押す。
「白井の家にはいない」辰巳が言った。
白井夫婦とその子どもの麻衣、そして大矢里沙もいないということだ。
屋上から二階の窓に取りつき、中に侵入したのだろう。一刻を争う場合なのでそうするより手はないのだ。同時に令状交付の手続きも取られているはずで、あと一時間もすれば、正式に踏み込めるはずだ。

「行方は?」

「わからん」

どこに消えてしまったのか。こちらが察知したのに気づいたのか。

松岡英里子が住んでいるマンションが近づいてくる。

9

十分ほどの聞き込みをすませて、急ぎ車に戻った。車を発進させる。

ふたたび辰巳のスマホに連絡が来た。しばらく話したのち辰巳は通話を切り、運転席に手をかけた。「白井敦史の居所がわかった」

それだけ言うと、隊内系無線のヘッドセットを装着した。

日吉も渡されたヘッドセットを付け、イヤホンを耳に差し込む。

〈……こちらA班、白井敦史の運転する配送車の後方百メートルにつけている。どうぞ〉

「場所は？」辰巳が訊いた。

捜査員は電気メーカーの東京支店を口にした。それをカーナビに入力する。

そこは大崎警察署の南側にある私立大学の南西にある住宅街だ。

「そのまま距離を保て」と辰巳。

〈了解〉

「絶対に触るなよ」

〈了解〉

〈こちらＬ１志賀、そちらに向かいます。たぶんこっちが先着します〉

「よし」

中原街道に出る。一・三キロ北上して、第二京浜とぶつかった高架下を突っ切る。

ふたたび入感があった。〈こちらＡ班。配送車が停まった。白井敦史らしき男が降りてきた〉

「止まって監視続行」

〈了解〉

峰原《みねはら》通りの室内標識のある路地を斜めに入った。マンションの目につく路地を走り抜ける。低層の住宅街が続く。酒屋を過ぎてしばらく行った先に、アパートの駐車場が見えてきた。その奥に停まっているL1の横に車を停める。ほぼ同時に資機材車が到着した。

L1から外に出ていた志賀に案内されて、路地の先を見やった。

右手に戸建て住宅が二軒続き、その向こうに二階建てのアパートがある。その鼻先に白っぽい軽ワゴン車が停まっている。路地の右手からその前を見ると、コンクリート塀で囲まれた古い平屋の家が見えた。奥行きは七、八メートル。塀の内側に生えている庭木が葉を茂らせていた。窓は雨戸で閉め切られている。

「白井敦史はあの家の中に入ったまま、出てきません」

辰巳が目を細めて注視している。「……空き家か？」

志賀がうなずいた。「おばあちゃんがひとりで住んでいたみたいですけど、二年前に亡くなって、放ったらかしになっているらしいです」

「持ち主は？」

「子どもが神戸にいるようですけど連絡がつきません」

「配置は？」

志賀がタブレットであたりの地図を表示させ、敦史の入った一軒家の西側にある駐車場を指さす。「A班四名がここに待機しています」

「よし、踏み込むぞ」

志賀が驚いた顔で、

「指揮本部に連絡しなくてもいいのですか？」

と問いかけてくる。

「時間がない」

Ｌ１の前にいた特殊班の捜査員三人に、ついて来いと声をかける。

マテリに積まれている隊服に着替える余裕もなかった。拳銃と手錠を装着する。志賀からハンドライトを渡される。集音マイクやコンクリートマイクを使って、家の中をモニターする通常の手順も省くしかなさそうだった。

「Ａ班、こちら辰巳、聞こえるか？」

〈こちらＡ班、聞こえます〉

「こっちは表玄関から入る。おまえたちは裏口からだ」

〈了解〉

「ゴー」

志賀を残し、辰巳の合図とともにその場を離れる。

十秒かからず、空き家を取り囲むコンクリート壁に取りついた。

A班が裏手の壁を越えて、敷地内に入るのを確認する。

前方の辰巳はすでに木戸を開けて、中に入っていた。

「こちら辰巳、一、二の三で入るぞ」

引き戸の横に張りついてる辰巳が言った。

〈了解〉

「一、二の三、ゴー」

辰巳が引き戸を開けて、すっと中に入った。そのあとに続く。

暗い。辰巳がかかげるハンドライトの光が壁に当たる。

靴を履いたまま上がった。四畳半の居間だ。家の裏手からガラスを叩き割るような音が聞こえる。横手の襖を開けた。すえた臭いが鼻につく。ライトを当てた。

誰もいない。

「右手、押し入れ」

辰巳の命令が下り、押し入れの戸を引いた。

何もない。

パタン、パタンと音が連続する。奥の部屋の襖を開ける音だ。

そのとき、板の間を駆けるような音がした。辰巳がその方向に走った。

日本間の横の廊下だ。開けられた襖から覗き込むと、辰巳が男の背中に飛びつくのが見えた。

右手からA班の捜査員が現れて、それに続いた。

闇の中で数人の男たちが絡み合っていた。やがて、ひとりが抜け出てきた。

辰巳だ。窓を開け、雨戸を引いた。日の光が差し込み、男たちを照らした。

A班の捜査員らにより、男が床に組み伏せられていた。見開いた目がこちらを向いている。白井敦史に間違いなかった。

「います、います」

ひときわ甲高い声が右手奥から上がった。

そこに向かって急ぐと、わずかに開いた障子の隙間から、寝転がっている子どもの姿が見えた。タオルケットの中に丸まっている。まわりに菓子やペットボトルが散らばっていた。大矢里沙だ。

「里沙ちゃん」

捜査員が声をかけると、たいぎそうに薄目を開いた。

もうろうとしているようで、ふたたび目を閉じる。

隣室で誘拐容疑で緊急逮捕と連呼する捜査員の声が響く。

辰巳が里沙の腕をとり、脈を確かめる。

「大丈夫だ。指揮本部経由で救急車を呼べ」

「了解」

日吉はスマホで指揮本部にいる江間に報告し、大矢里沙発見の報と救急車を差し向けるように依頼して電話を切る。

里沙の手の届くところにマンゴージュースのパックがあった。拾い上げてみると、中身は空だった。ようやく理解した。

白井景子は大人用の睡眠薬をマンゴージュースに混ぜて里沙に飲ませたのだ。

しかしどこで?

10

十分後。

担架に乗せられて、救急車に運び込まれる大矢里沙を見送った。

辰巳に続いて、Ｌ１に乗り込む。

捜査員に挟まれ、指揮官用の席に手錠をかけられた白井敦史が魂の抜けたような顔で座り込んでいた。その前の席に辰巳がついた。日吉はいつもどおり、ドア側の席だ。荏原署に向けて出発する。

「白井」辰巳が呼びかける。「おまえがあの家にいた理由を教えてくれるか？」

敦史は顔をそむける。

「配達で寄ったら女の子がいたので、世話をしていたというわけじゃないだろ？」

敦史は何か言いたげに辰巳の顔をちらりと窺った。

「どうした？」

「配達していたんだよ」低い声で敦史は答えた。

「知ってる。二年前まであの家には、おばあちゃんがひとりで住んでいて、あんたは三日に一度配達していた。そのたび、やさしい声がけをしていたと店長から聞いている」

凍りついていた敦史の表情が溶けかかった。

「脳梗塞を患っていたんで」

「頼りにされていたんだな。留守のときも、玄関の鍵を開けて品物を置いていったろ？郵便受けの中とかに、置き鍵していたんだ」

敦史は首を横に振った。「いや、裏口の鍵を雨樋の内側に金具で引っかけていた」

「そうだったか」辰巳は一呼吸おいて続けた。「でも、勝手に入っちゃまずいだろ」

敦史は口を引き結び、「まあ……」と喉から声を振り絞った。

「昨日の昼、あんたは配送の途中で家に帰ったな？」

敦史は砂でも呑み込んだように激しく咳き込んだ。

しかし、反論する言葉は出なかった。

「居間で意識を失っている大矢里沙がいた。さぞかし驚いただろ？　どうしたんだと景子さんを問い質した。でも、彼女はおろおろするだけで、話にもならなかった。……違うか？」

「リビングじゃなくて……ベッドにいて」

そのときの衝撃がよみがえったように、顔色が青ざめている。

「幸い、里沙は息をしていた。ほっとしただろ？」

敦史は唾を飲み込み、かすかにうなずいた。

「とりあえず、自分の家から出すしかないと思った。浮かんだのは、さっきの空き家だった。当座の人の目は避けられるからな。意識を取り戻した里沙に睡眠薬入りのマンゴージュースを飲ませて、空き家に連れ込んだ。睡眠薬は景子さんが処方されているものだ。大人用だから里沙は死んだように眠ったろう」

敦史はうなだれている。

「どうして、犯人を騙《かた》って大矢家に電話を入れたりした？」辰巳は答えを促すように尋ねた。「時間稼ぎするしか、頭になかったか？　そのうち、こっそり大矢家に戻すなりして、なかったことにできると思ったのか？」

敦史は救いを求めるような目で辰巳を見つめた。

配送ルートに、人目のつかない公衆電話があることを知っていたのだ。

「だから……あのときは」

そこまで言ったが先が続かない。

「昨夜はどうした？　里沙ちゃんを放ったらかしにしなかっただろうな？」

「いや、行った、夜中の二時に。四時まで様子を見ていた。すやすや寝息を立てて寝ていたから、つい安心して」

敦史は手錠をはめられた両手を頭に持っていった。

「どうやって里沙ちゃんを家に連れ帰ったのか、景子さんから話は聞いたな？」

敦史は首を縦に振った。

「景子さんは最初から連れ帰るつもりで、空のベビーカーを転がして、商店街の中間地点に向かった」辰巳は言った。「里沙ちゃんの母親がいつも使っているクリーニング店がある場所だ」

防犯カメラを意識して、わざわざ住宅街の路地を通ったのだ。

「大矢夏美さんがクリーニング店に入るとき、里沙はひとりで商店街の通りに残っていることがあった。それをおまえの奥さんは知っていた」

　敦史の横顔に陰のようなものが走った。

「景子さんはひとりでいた大矢里沙に声をかけて、商店街の通りから路地に誘い込み、ベビーカーに乗せた。そのあと、どうした？」

　敦史の顔が引きつった。「知らない……」

「一気に首を絞めたんじゃないか？」

　敦史がまじまじと辰巳の顔を見た。

「奥さんは最初から殺すつもりで里沙をおびき出した。あんたは、かねてからそうなる兆候をつかんでいたとおれは見ている」

　敦史は何も言わず、ふたたび顔をそむけた。

「景子さんは、子どもが二歳のとき、文庫の森公園で自分と同じように子ども連れで遊びに来ていた大矢夏美さんと出会った。夏美さんから声をかけられ、すごくいい人だなと思ったそうだ。その場で携帯電話の番号を交換して交際をはじめた。夏美さんも同年代の母親の友人が欲しい時期だったので、ドンピシャのタイミングだった」

ここに来る前、大矢夏美に電話を入れてわかったのだ。

「それからは週に二度三度と会うようになり、お互いの家を訪ねたり、子ども連れで入れるカフェに行ったりした。育ちがよくて竹を割ったような性格の夏美さんをあんたの奥さんは気に入って、同じ幼稚園に通う約束もした。それほど仲がよかったのに、どうして、こんなことになってしまったんだ？」

「……最初はよかったんです」敦史が口を開いた。「でも、二年三年と過ぎていくうちに、うちのやつから大矢夏美の悪口が出るようになって……」

「どんな？」

「疎ましいとか、顔も見たくないとか……」敦史がちらちらと辰巳を見ながら答える。

「景子さんは子どもを叱りつけるのではなく、黙って見守るタイプの母親だそうだな。一方の大矢夏美さんはお嬢さんタイプだし、よその子も自分の子も、平気で叱りつける。それが嫌になるきっかけになった？」

「あの人……わがままだ。何でも取り仕切らないと気がすまない」

辰巳は口の端に笑みを浮かべた。「らしいな。同じ幼稚園に行くことが決まってから、しばらくつきあいが疎遠になった時期があるが、景子さんのほうから歩み寄って、またもとのように何度も会うようになった」

嫌になったなら、つきあいをやめればよかったのだ。

「幼稚園に入ってから、ほかにもママ友ができて、つきあいも変わった。彼女たちは家も裕福だし専業主婦だ。それに引け目を感じて、景子さんは働いていたパン屋をやめたんじゃないか？」

「家で不満ばかり言うから、やめてしまえって言ったことはあるけど」

「それで、奥さんが嫌いになって、浮気に走ったのか？」

熱した鉄板に触れたみたいに、敦史の体がぴくんと震えた。

白井景子は、岩崎佳奈に夫の浮気の不平を洩らしていたのだ。

「……それは」

「『おまえは一人っ子で甘やかされて育ったから、子育てもろくにできない』と奥さんはあんたからなじられたとママ友のひとりに嘆いている。ちょっと言いすぎだったかもしれんぞ」

「こっちだって、どうしていいのか」

「景子さんはひどく落ち込んで、心療内科に通うようになった。浮気をやめたが変化はなかった。謝るなりして、もう少し奥さんの力になれたんじゃないか？」

「幼稚園に入ってから、夏美さんは松岡英里子さんと一緒になる機会が多くなって」苦しげに敦史は続ける。「ふたりとも時間が自由に使えるし、カネもあるから。それを見ていてうちの女房は……」

「嫉妬を感じるようになった？」

敦史はふたたびうなだれた。「それだけじゃなくて。夏美さんがうちの子を叱りつけるのを見たりすると、女房は意地悪されていると受け取ってしまうんです」

それは大矢夏美の性格であり、彼女の白井景子に対する思いは以前と少しも変わらなかったのだ。

敦史は必死に考えをめぐらせているようだった。

「去年、ママ友の一員に加わった永田という母親も夏美さんは気に入らなかったようだ」辰巳は続ける。「グループから追い出すために、夏美さんはひそかに幼稚園内に永田さんが子どもを虐待しているとか、ありもしない噂を流して、ママ友から外れさせた。そうしたことも積み重なって、とうとうあんたの奥さんは……」

「二週間前です。大矢さん宅でティーパーティーがあって」敦史は無念そうに口にする。「うちのやつはいつもどおり、自分で焼いたクッキーを持っていったんです。里沙ちゃんは一口かじっただけで、クッキーをおいしくないって、ぱっと捨ててしまったんですよ……」

子どもとして、ごくふつうの反応なのに、白井景子はそう受け取らなかった。夏美さんにそうしろと命令されて里沙がやったと思い込んだ。それが今度の事件の直接の引き金になったというのか。

敦史は手錠をかけられた腕をぶるぶる震わせていた。こめかみのあたりに青い筋が浮いている。

白井景子は大矢夏美に対して、一方的に自分を避けていると思い込み苛立ちを募らせ、それらが憎しみに変わり、夏美と顔を合わせるのさえ苦痛になった。里沙がいなくなれば、会わなくてもすむと勝手に思ったのではないか。そして衝動的に犯行を企てた……。

「敦史さん」辰巳は呼びかけた。「あんたが里沙を殺すつもりなど毛ほどもなかったのは承知している」

敦史は助けを求めるような眼差しで辰巳に一瞥をくれた。

その肩に辰巳は手を載せた。「奥さんはどこにいる?」

敦史は精も根も尽き果てたような顔で、

「たぶん、文庫の森公園に」

と口にした。

11

荏原署の裏口では、殺人犯捜査第七係の有本係長をはじめとする捜査員十名が待ち構えていた。白井敦史の身柄はただちに二階の刑事課内にある取調室の中に放り込まれた。そこまで確認して、辰巳とともに指揮本部に上がった。

江間が満面の笑みを浮かべて辰巳を迎え入れた。

「白井景子が見つかった。娘とふたりで文庫の森公園にいたぞ」

「それはなによりだ」辰巳も安堵の表情を浮かべる。

「娘さんは？」日吉が訊いた。

江間は真顔に戻り、

「一緒にこっちに向かってる。きょうじゅうには浦和に住んでいる父方の祖父母が引き取りに来る」

「そうですか」

両親とも犯罪者になったいま、娘は親元から離れざるを得ない。

沢井刑事部長と本多捜査一課長が歩み寄ってきた。沢井が辰巳の肩に手を当てる。

「でかしたな、さすがだ」

辰巳はふたりに正対し、軽く頭を下げる。「いえ」

一課長のうしろで、福地管理官が油断のならない視線を辰巳に送りつけていた。

「突入のときは、こっちにひと言伝えてくれよ」沢井が笑みを絶やさず声をかける。

「一刻を争いました」辰巳が答えた。

「わかる、わかる。できたらの話だ、な」

沢井が本多の横顔を窺い、辰巳に向き直る。

「しかし、空のベビーカーを見ただけでよく判断がついたな」

「たまたまです」

「謙遜するな。おまえだからこそだぞ。助かった」一区切りついたように言うと、沢井は指揮官席に戻っていった。

残った本多捜査一課長は、まだ緊張を解いていなかった。

「白井敦史はサツナナの連中が取り調べに入っているが、白井景子はどうする？　おまえがやるか？」

「いえ、サツナナにまかせます」辰巳は答えた。

「いいのか？」

「かまいませんよ。存分にやってもらってください」

捜査一課長は辰巳の腕をぽんと叩いて離れていった。江間もそれに続いた。

待機席にいた管理官の半分ほどはいなくなっていた。持ち場に帰っていったのだろう。

福地管理官が拍手をまねて、大儀そうに手を叩きながら歩み寄ってきた。

「格好つけやがって」ぽつりと洩らす。

辰巳は冷ややかな表情で、

「格好つけていいときもある」

と返した。

「人の命がかかってるってか？」福地が口の端を歪める。「てめえが言えた義理か」

「何と言ってもらってもいい。こっちはそれが仕事だ」

福地は舌打ちしながら、辰巳を睨みつける。

「特殊班さんですって顔してんじゃねえ。いつもこうなると思うな。今回は偶然だ。忘れるな」

気がすんだように福地はきびすを返した。

その背中に向かって辰巳が吐き捨てる。「二度目の滑り止めはねえぜ」

ふりむいた福地の顔は、憤怒の色で煮えたぎっていた。

部下の有本が白井景子の聞き込みをしたのに、犯人と気づかなかった。改めてそれを突きつけられたのだ。

言い返す言葉を必死で探す福地に背を向けて、辰巳は歩き出した。

二言三言、福地の口から洩れたが意味は取れなかった。

「メシを食いに行こう」辰巳が言った。

「そうですね、猛烈に腹が減ってます」


Ｌ１に乗り、荏原署を出たのは午後三時ちょうどだった。江間は引き継ぎの関係で署に残っているので、車内は辰巳と志賀と運転手の小畑、そして日吉の四人だけだった。

特殊班は誘拐や立てこもり事案に即対処するのが任務だ。事件が解決したいま、こうしているあいだにも、いつほかの場所でそうした犯罪が行われるかわからない。ひとつ場所に留まってはいられないのだ。

中原街道から首都高速2号目黒線に入った。ビルの谷間を走る。

日吉にはまだ消えていない疑問があった。辰巳が何故、最初からママ友に目をつけて聞き込みを繰り返したのか。それについて尋ねてみると、

「あんな狭い場所だ。神隠しになど遭うわけがねぇ」と辰巳は言った。

「それはわかりますけど、どうしてママ友に目をつけたのかわからなくて」

辰巳は片足をテーブルに載せたまま、「よく考えてみろ」と言った。「マル害の母親がクリーニング屋に入ったからといって、いつもいつも、マル害がついていくわけじゃねえ」

「そうですよね」

「だからそこだ」念押しするように辰巳は言った。

ようやく、理解できた。マル害の親子の行動をふだんからつぶさに見ている人間にしか思いつかない犯行だった。そうしてみれば、おのずと犯人は絞り込まれる。辰巳が言いたいのはそのあたりだろう。

だから、ママ友だけを狙い撃ちしたように聞き込みを続けたのだ。

後部座席で志賀が耳を傾けている。

「係長、ひとつお伺いしてもよろしいですか?」

改めて口にしてみると、この場にそぐわない気がしたが、この際はっきりしておいたほうがいいだろうという気が勝った。

辰巳がじろりと流し目をくれる。

あたりの空気には、まだ、エゴイストの匂いが感じられた。

「あの……係長のつけている香水についてです。訓練のときにはつけていらっしゃいませんけど、きょうのような事件のときは必ずつけていらっしゃいます。かなり多めに。どうしてでしょう？」

辰巳は息をひとつ吐き、鋭く引き締まった顔付きになった。

「小岩事件あるだろ」

いきなり、その名前が出て怯んだ。

それは辰巳にとって、もっとも忌まわしい事件であり過去であるはずだった。

「あ、聞いています」

「主犯は森口透《もりぐちとおる》っていう二十八歳の男だった。背中にメデューサの入れ墨を背負ってた。同棲していた女の顔をバタフライナイフでめった切りするような輩だ」

「……そうでした」

少年院上がりで傷害を繰り返した小岩のワルだ。暴力団関係者に誘われて090金融《ヤミキン》に手を染めたあげくに、事務所からカネを持ち逃げし、ボスに捕まった。十日以内にカネを返さなければ、東京湾に沈めると脅され、不良仲間ふたりを誘って誘拐に走ったのだ。交渉役だった辰巳と電話でやりあったのも森口だった。辰巳が本名を洩らしてしまい、警察が介入しているとわかったせいでカッとなって、三日目の朝、小学二年生だった人質の女の子の首を絞めて殺害したのだ。

「四日目に連絡役《レポ》が吐いて、江戸川沿いのマンションに潜伏しているのがわかった。そこへおれも急行した」

「かなり抵抗があったと聞いていますけど」

「あったな」

「もうそのときには、人質は……」

そこから先の言葉を発することができなかった。

辰巳は居住まいを正し、肩の力を抜くような動作をしたあと、

「縦長の2DKの間取りだった。人質は玄関右手の日本間で亡くなっていた。突入したとき、捜査員がふたりナイフで刺されて重傷を負った。おれも主犯とやりあって、かろうじてかわしたがな。カタがついて現場検証につきあった。ふとリビングにその匂いが漂っているのに気づいた」

「エゴイスト?」

「森口と組み合ったとき、相手の体にその香水の匂いが染みついていた」

そこまで言うと辰巳は体を弛緩させた。片膝をテーブルにつけ、その上に手を載せて車窓を見やった。

誘拐犯が愛用していた香水を、なぜ辰巳自らが使うのか。

腑に落ちるものがあった。

自らの過ちで人質を死なせてしまった事件だ。特殊班専門でキャリアを重ねてきた辰巳にとって、致命的な出来事だったはずだ。その過ちを繰り返さないために、常にそこに原点を置く。事件を忘れないために、あえて犯人がつけていた香水を身にふりかける。緊張感を保つための一手段として、そうしているのだ。

ようやく辰巳の人となりが理解できたような気がした。

それほど特殊班の事案は過酷なのだ。二年間籍を置いて、それがわかりかけてきた。制服を着用せず、一般人を装って任務を遂行する。人命優先と任務の貫徹。それを成し遂げてこそ、特殊班たるわれわれがある。自分も肝に銘じなければ。

一ノ橋ジャンクションを北池袋方面に向かって進む。あと二十分もすれば霞が関の警視庁本部に着けるだろう。新宿方面は厚い雲が垂れ込めている。

そのときノイズとともに警察無線が入感した。

〈こちら世田谷署、下馬《しもうま》のアパートにて五十歳くらいと見える男が、住民を人質にとって立てこもった……繰り返す、こちら世田谷署、各局におかれては至急――〉

辰巳がテーブルに載せた足を下ろし、窓ガラスを手でコンコンと叩いた。

それを合図にしたかのように、後部座席の志賀が警察無線のマイクを握りしめる。
〈こちら特殊班1、ただちに現場に向かう〉
〈警視庁了解。世田谷管轄の重要任務についていない各局は、至急現場へ向かえ〉
応答を聞きながら、身の回りの装備を確認する。
疲れは消え去り、起きたばかりの事件への対応で日吉の頭はいっぱいになった。

参考文献

『ママの世界はいつも戦争』　杉浦由美子　ベストセラーズ（二〇一三年）
『警視庁捜査一課特殊班』　毛利文彦　角川書店（二〇〇二年）
『音羽幼女殺害事件』　佐木隆三　青春出版社（二〇〇一年）
『現着　元捜一課長が語る捜査のすべて』　久保正行　新潮文庫（二〇一三年）

このほか新聞雑誌記事などを参考にいたしました。

この作品は「パピルス」二〇一五年八月号～二〇一六年四月号に連載された「全《ゼン》管《カン》集結」を改題、加筆修正し再構成したものに、書き下ろしを加えた文庫オリジナルです。

幻冬舎文庫

●好評既刊

鬼子母神《きしもじん》

安東能明

保健婦が見た幼児虐待の恐るべき実態。急速に壊れゆく母子の絆。なぜ母は我が子を虐げてしまうのか？　平凡な家庭に潜む地獄図を描いた問題作で、第1回ホラーサスペンス大賞特別賞受賞作！

●好評既刊

水没
青函トンネル殺人事件

安東能明

ファッションデザイナー・三上連は、少年の頃、ある人間を殺して青函トンネルの中に隠した。それから25年、パリで活躍する彼のもとに脅迫状が届く。帰郷した彼を待っていたのは……。

●最新刊

ショットバー

麻生　幾

六本木の路上で女の絞殺死体が発見された。唯一の目撃者である亜希は捜査1課にマークされてしまう。外事警察も動き出す中、被害者の別の顔が明らかに……。国家権力と女の人生が交錯する！

●最新刊

リバース

五十嵐貴久

医師の父、美しい母、高貴なまでの美貌を振りまく双子の娘・梨花と結花。非の打ち所のない雨宮家を取り巻く人間に降りかかる血塗られた運命。それは、「あの女」の仕業だった。リカ誕生秘話。

●最新刊

不等辺三角形

内田康夫

名古屋の旧家に代々伝わる箪笥の修理を依頼した男、さらに箪笥修理の職人を訪ねた男が次々殺された。真相究明を依頼された浅見光彦は意外な人間関係にたどり着く。歴史の迷宮に誘うミステリ。

ゼンカン

警《けい》視《し》庁《ちょう》捜《そう》査《さ》一《いっ》課《か》・第《だい》一《いち》特《とく》殊《しゅ》班《はん》

安《あん》東《どう》能《よし》明《あき》

平成28年10月10日　初版発行

発行人――石原正康
編集人――袖山満一子
発行所――株式会社幻冬舎
〒151-0051東京都渋谷区千駄ヶ谷4-9-7
電話　03(5411)6222(営業)
　　　03(5411)6211(編集)
　　　振替00120-8-767643
印刷・製本―中央精版印刷株式会社
装丁者――高橋雅之

幻冬舎文庫

ISBN978-4-344-42525-5　C0193　あ-20-3

幻冬舎ホームページアドレス　http://www.gentosha.co.jp/
この本に関するご意見・ご感想をメールでお寄せいただく場合は、
comment@gentosha.co.jpまで。